世界文学名著经典

RenJian ShiGe

人间失格

〔日〕太宰治◎著
游一行◎编译

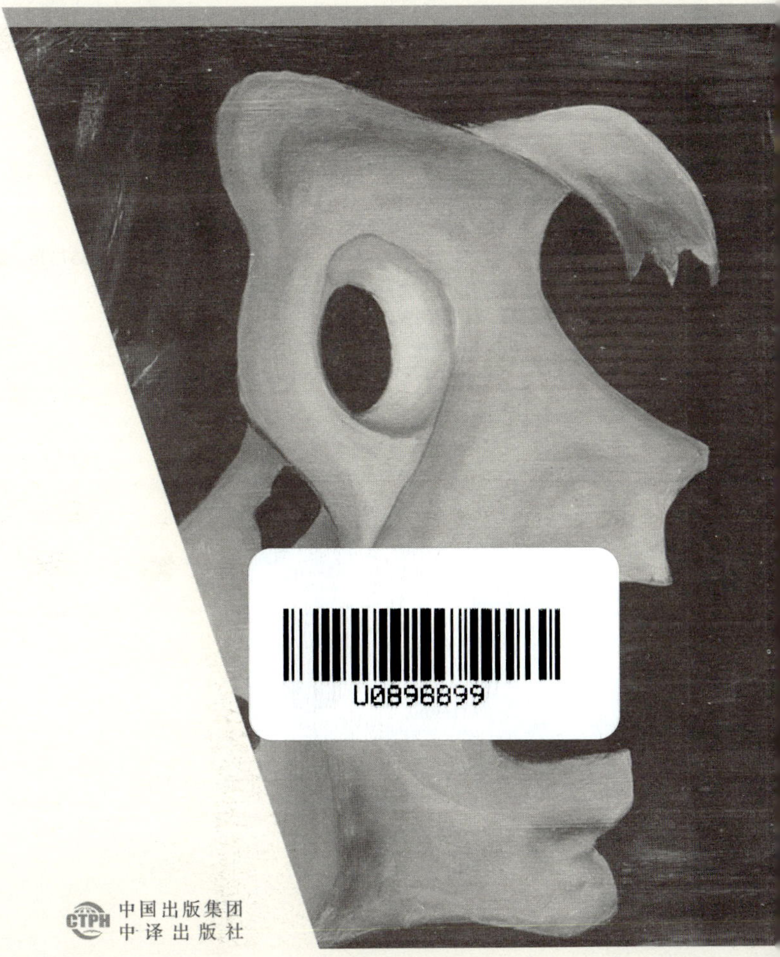

CTPH 中国出版集团
中译出版社

图书在版编目（CIP）数据

人间失格 /（日）太宰治著；游一行编译. --北京：中译出版社，2020.9

（基础教育阅读工程）

ISBN 978-7-5001-6239-1

Ⅰ. ①人… Ⅱ. ①太… ②游… Ⅲ. ①中篇小说－小说集－日本－现代 Ⅳ. ①I313.45

中国版本图书馆CIP数据核字（2020）第156949号

出版发行：中译出版社
地　　址：北京市西城区车公庄大街甲4号物华大厦6层
电　　话：（010）68359376；68359827（发行部）；68357328（编辑部）
传　　真：（010）68357870　　　**邮　　编**：100044
电子邮箱：book@ctph.com.cn
网　　址：http: //www.ctph.com.cn

总 策 划：张高里
责任编辑：温晓芳
装帧设计：北京华夏墨香文化传媒有限公司

排　　版：北京华夏墨香文化传媒有限公司
印　　刷：三河市冀华印务有限公司
经　　销：新华书店

规　　格：880mm × 1230mm　1/32
印　　张：9
字　　数：130千字
版　　次：2020年12月第1版
印　　次：2020年12月第1次

ISBN 978-7-5001-6239-1　　　　定价：38.00元

中　译　出　版　社

目　录

人间失格

自序

我见过那个男人的三张照片。

第一张，该是少年时代照的。那时的他看上去十岁左右，被一大帮女孩子(估计是他的姐妹或是堂姐妹之类的)围着，站在庭院的水池旁边，穿着粗条纹的和服裙裤，脑袋歪斜三十度，笑得很丑陋。丑陋？即使那些感觉迟钝的人（也就是根本不在乎美与丑的人）随口客套一句“这孩子真是可爱啊”，也不会有人认为是胡言乱语，毕竟那个少年的笑脸里也不是找不出人们经常说的那种“可爱”。可要是在美与丑方面稍微有些鉴赏能力的人，很可能会在用眼角的余光瞥一眼照片后，立马不高兴地嘟囔说“哎呀，这孩子可是让人讨厌”，甚至还会像甩掉毛毛虫似的，把照片远远地扔到一边。

说不上什么原因，那孩子的笑脸，越看越让人感到恐惧，即使是艳阳天，心头也觉得冷冰冰的。那根本不能被称作人的笑脸，因为他双手攥成了拳头站在那里。人是不会攥紧拳头笑的，只有猴子才会那样做，没错，那就是猴子的笑脸。那孩子只是把丑陋的皱纹挤在一起罢了，那奇怪的表情近乎猥琐，令人反胃，谁见了都会一脸嫌弃，说他“真像个满脸皱纹的小老头”也不为过。直到现在，我还没见过哪家的孩子会有如此怪异的表情。

在第二张照片里，那个人的模样发生了巨大的变化，穿着学生制服，虽然不能断定是上高中还是上大学时照的，但确是一副相貌俊秀的学生模样，令人感到不解乃至恐惧的是，照片里的他竟没有丝毫活人的气息。他穿着学生制服，胸口处的口袋露出白色手帕的一角，跷着二郎腿坐在藤椅上，脸上挂着笑。这次不再是那种满脸皱纹的猴子的笑容，而是一种带着某种技巧的微笑，不知为什么，这种笑还是与常人有所不同，缺乏小鸟般的鲜血之凝重或是生命之苦涩那样的充实感。他的那种笑如白纸一样轻飘飘的，给人感觉像是个假人。说他做作，说他轻浮，说他没有男子气概，都不算贴切，当然也不能说他爱打扮。仔细端详，你会发现，这个相貌堂堂的学生身上弥漫着不可思议的诡谲的气息，直到现在，我还没有见过如此怪异的俊秀青年。

第三张照片是最诡异的。照片中的男人看不出年纪有多大，他的头发已经白了，在破旧脏乱的房间(从照片上可以清楚地看到，房间的墙皮有三处剥落下来)的角落里，双手伸向火盆烤火，这一次他没有笑，什么表情也没有。他只是坐在那里，双手伸向火盆，一动不动，像是死了一样，整张照片弥漫着恐怖的气息。怪异的地方不止这一处。这张照片把他的脸拍得很大，我能够看清楚他的面容、额头以及额上的皱纹，还有眉毛、眼睛、鼻子、嘴、下巴，都很普通。啊，这张脸简直毫无特征可言，看完后我一点印象也没有，唯独对房间的墙壁和火盆还留有深刻的记忆。闭上眼睛我只能想起这些。任谁都无法画出那样一张脸，漫画也画不出来。睁开眼睛再看，我甚至不会有“啊，原来他长这样，我想起来了”这样的喜悦，极端一点说，即使睁眼再看这张照片，也还是想不起来那张脸，只会觉得烦躁，很不舒服。

即使是所谓的“死人的相貌”，起码也该有些表情，更让人印象深刻才对，或许身体上长了个马的脑袋，才会有那样的感觉吧。总之，这张照片让看的人心生厌恶。直到现在，我还没有见过如此怪异的男人。

手札之一

我一直过着充满耻辱的生活。

我无从理解什么是人的生活。我出生在东北地区的乡下，长大后才头一回看到火车。我经常在火车站的天桥上跑上跑下，完全不知道它是用来让旅客越过铁轨的，以为这么复杂的构造是为了像国外的游乐场一样有趣时髦。很长一段时间，我都一直这么认为。那时的我把在天桥上跑上跑下当成一个俏皮的游戏，我原来以为，这是铁路提供的最好的服务，等到发现它只不过是为了方便旅客越过铁轨而架设的便利设施，顿时就失去了兴趣。

此外，小时候的我在图画书上看到地铁时，也不认为它的建造是出于实用性的考虑，而是觉得车在地下行驶比在地上更有趣味。

我从小体弱多病，常年在家卧床休养。躺在床上时，我心里想着，这些床单、枕套、被套都是些无聊透顶的装饰品，直到二十来岁，我才意识到它们其实都是实用品，不禁为人的简朴伤感起来。

还有，我也不知道什么是饥肠辘辘的滋味。我这么说并不是故意炫耀自己出身于衣食无忧的富裕家庭，我还不至于这样浅薄，而是真的对饥饿到底是一种什么样的感觉一无所知。这听起来似乎难以理解，我是那种即使饿了也感觉不到的人。在我上小学和中学的时候，每次放学回来，周围的人都会围过来七嘴八舌地说："肚子饿了吧？我以前放学回来也总是饿得不行，来点儿甜纳豆怎么样？家里还有蛋糕和面包哦。"这个时候我就会发挥讨好别人的天性，边说着"我肚子好饿啊"，边把十粒甜纳豆塞进嘴里。实际上，那时的我对所谓的饥饿感到底是什么完全不明白。

我的食量当然也不小，但现在已不记得哪一次是因为饥饿才吃东西的。我喜欢吃的，是在别人看来很珍贵或很奢华的那些食物，去别人家做客时，主人招待的东西，就算不喜欢我也会强迫自己咽下去。这并不算什么，对小时候的我来说，最痛苦的莫过于在家里吃饭。

在东北乡下的家里，每次吃饭，全家十几口人分成两排，面对面坐在饭桌前，我是家里最小的孩子，自然坐在最靠边的位子上。每每想到十几个人在昏暗的屋子里吃饭，谁也不说话，我就背后一阵发凉。再加上我家是那种古板的老派家族，每次吃饭，端上来的菜肴都基本不变，更别指望有什么珍贵或奢华的食物，时间一长，在家里吃饭也就成了我最害怕的事。

在那间昏暗的屋子里，我坐在最靠边的位子上，冷得瑟瑟发抖，我把饭菜一点点硬塞进嘴里，暗自琢磨："人为什么非要一天吃三顿饭呢？难道这是一种仪式？全家人，一天之中分三次在规定的时间聚在昏暗的屋子里，按照顺序摆放好饭菜，就算没有食欲，也要弯腰低头默默地吃饭，不能交头接耳，这大概是在向居住在屋里的神灵们祈祷吧。"

"人不吃饭就会死"，这种话不过是唬人的迷信罢了。但（直到现在，我还是认为这是一种迷信）这种迷信却总是让我感到恐怖与不安。“人不吃饭就会死，所以才要一直劳作、一直吃饭”，对我来说，没有比这更晦涩难懂、更可怕的说法了。

总之，对于经营人生这种事，我完全不懂。自己的幸福观与世人大相径庭，这常常使我感到不安，整夜难以入眠，呻吟不止，甚至精神发狂。我称得上是个幸福的人吗？尽管从很小的时候起，我就常被人说成是幸福的孩子，我却觉得自己一直深陷于炼狱之中，而那些说我幸福的人在我看来远比我幸福得多。

我甚至认为，自己背负着十大不幸，随意将其中一种不幸交给别人承受，都会让人死无葬身之地。

总之，我实在不明白，旁人承受的痛苦的性质和程度，我完全不懂，现实性的痛苦，仅仅只是吃顿饭就能够解决的痛苦，也许才是最强烈的痛苦，是凄惨无比的阿鼻地狱。我刚才所说的十大不幸与之相比根本不值一提，是这样吗？我真的不知道。但就算这样，他们也从没想过自杀，也不会发狂，而是讨论着政治，不绝望、不放弃地与生活搏斗，他们从来没觉得痛苦，他们让自己成为利己主义者，并认为这是理所当然，他们从来没有怀疑过自己，所以他们过得轻松快活。可是，所谓人生真的如此就满足了吗？我实在搞不懂……夜晚如果酣然入睡，早晨就会神清气爽吧，是这样吗？他们在夜里究竟会做什么样的梦？走在路上的时候，脑袋里又在思索着什么？是金钱吗？不可能就只有这个吧？我以前的确听过“人为吃饭而活”，却从没有听说“人为金钱而活”。不，从现实情况来看……不，我对这个一点也不懂……

我越想越感到困惑，不安与恐惧紧紧拽着我，难道只有我是这样？我不敢与旁人交谈，因为不知道该说些什么。

那时，我能想到的最好的方法，就是像小丑那样用滑稽的言行讨好别人。

这是我对人最后的求爱。我对人极度恐惧却无论怎样也无法对他们死心。像小丑那样逗人开心是我能想到与别人保持联系的唯一方法。表面上，我总是露出一张笑脸，内心里其实是豁出了一切，拼死拼活地、汗流浃背地为人服务。

从我记事起，对于家人的痛苦，或是他们在思考什么，我真的是一无所知。这种家人之间的隔膜让我心怀恐惧，只好强迫自己像小丑那样去取悦别人。不知不觉中，我成了一个习惯用假话来讨好人的孩子。

翻出那时候我与家人的合照看一眼就会发现，其他人都一脸严肃，唯独我紧皱着脸，露出莫名其妙的笑容。这其实就是小时候的我逗人开心的一种可悲可怜的方式。

而且，无论家人怎么责备我，我从不还嘴。那些话，哪怕只是寥寥数语，对我来说也像是晴天霹雳，简直让我发狂，哪里还顾得上还嘴？我甚至觉得家人的责备才是人间至高无上的“真理”，只是我无力去实践这些真理，因此才不能与人相处。所以我从不与人争论或是为自己辩解。只要听到别人说我坏话，我就默默地接受，认为他们说的一点没错，是自己不对，然而内心却承受着近乎疯狂的恐惧。

无论是谁，被别人批评或斥责可能都不会有好心情，但我却从人们愤怒的表情里，发现了比狮子、鳄鱼、恶龙更可怕的动物本性。平常日子，他们刻意隐藏起这种本性，一旦遇到合适的机会就会暴露出来，就像是在草地上安稳睡觉的牛，猛地甩起尾巴，抽死肚皮上的牛虻。每每看到别人在勃然大怒中暴露出可怕的本性，我就一阵毛骨悚然，然而一想到这种本性或许也是人生存于世的一种资格，便对自己感到深深的绝望。

面对他人，我总是害怕得要命，对于身为人的举止，也没有半点信心，这样的烦恼，我只能深藏于心，将精神上的忧郁和敏感隐藏起来，把自己装扮成天真无邪的乐天派，逐渐将自己变成一个小丑般的滑稽怪人。

只要能让别人发笑，做什么都好，这样一来，即使我不在他们所谓的“生活”里，也没人会发现。总之，不能碍他们的眼。我是“无”、是“风”、是“空”，这样的想法与日俱增。

我就这样用滑稽可笑的方式逗家人开心，甚至在面对比家人更难懂更可怕的男佣和女佣时，我也竭力提供滑稽小丑的逗乐服务。

我曾于一个夏天。在浴衣里面穿上红色毛衣，沿着走廊跑来跑去，只为了逗大家笑。我的大哥是那种平常不苟言笑的人，见到我这个样子，也忍俊不禁。

“喂，阿叶，不能这么穿啊。”

语气里满是疼爱。是啊，再怎么说，我也不是那种不知冷热、在大夏天套着厚厚的毛衣到处走来走去的傻子，我只不过是把姐姐的裹腿缠在两条胳膊上，从浴衣的袖口露出一截，在外人看起来，我就好像穿了毛衣。

我的父亲在东京有许多公务要处理，因此在上野的樱木町购置了一栋别墅，一个月有大半时间在那里度过。每次回家，他都会给家人甚至亲戚带很多礼物，这似乎成了他的一大乐趣。

有一次，在去东京的前一天晚上，父亲把孩子们叫到客厅，笑着问每个人，下次回来想要他带什么礼物，然后把孩子们的要求记在记事本上。父亲对孩子们这般亲近，还是很少见的。

“叶藏呢？”被父亲这么一问，我竟不知道说什么。

当别人问我想要什么的时候，我反而什么都不想要了。给我什么就是什么，反正世上并不存在能让我快乐的东西——这样的想法牢牢占据着我的脑海。而且，别人赠送的东西，我就算再讨厌也不能拒绝。讨厌的事情不能说讨厌，喜欢的东西也要偷偷摸摸，我咀嚼着极度苦涩的滋味，因难以名状的恐惧而痛苦万分。我发现，自己竟连在讨厌和喜欢这二者之间选择其一的能力也没有。也许正是这种性格，导致了“我一直过着充满耻辱的生活”。

见我只是一味沉默，扭扭捏捏的，父亲的脸上显出不耐烦的神情。

“这次也还是想要书吗？浅草的商店街里，有人在卖狮子玩具，就是正月舞狮用的那种，大小正适合小孩儿玩，你不想要吗？”

一旦被问到“不想要吗”，我就没有办法了，再也不能用滑稽的回答来敷衍了。作为小丑，我是不合格的。

“还是书吧。”大哥认真地说。

“这样啊！”父亲顿觉扫兴，记都没记就合上了笔记本。

竟然惹恼了父亲，我真的太失败了！他一定会疯狂地报复我的。晚上，我躺在被窝里瑟瑟发抖，翻来覆去地思考对策。没多会儿，我突然起身来到客厅，打开父亲放笔记本的抽屉，拿出笔记本，哗啦啦地翻开，找到记下礼物的那一页，用铅笔写上“狮子”，而后回去睡觉。我其实一点也不想要什么舞狮用的狮子玩具，不如要书得了。但是我意识到，父亲想要给我买狮子玩具，为了迎合父亲的想法，让他高兴，我只能在深夜时分偷偷潜入客厅。

果然，我的这一非常手段获得了巨大成功。父亲一从东京回来，我就在自己的房间里听到他大声对母亲说：

“我在商店街的玩具店里打开笔记本一看，上面竟然写着‘狮子’，那可不是我写的。我当时觉得奇怪，后来一想，这肯定是叶藏的恶作剧。这孩子，我问他要什么时，他只顾着坏笑，也不说话。真是个怪家伙啊，他假装什么都不知道，却又清清楚楚地写在笔记本上，既然想要，为什么不直接告诉我呢？我在玩具店里忍不住哈哈笑了半天。快把叶藏叫过来。”

有时候，我会把家里的男佣和女佣召集起来，让其中一个男佣胡乱弹着钢琴（虽然我家在偏僻的东北乡下，但东西应有尽有），我则随着乱七八糟的曲调跳起印第安舞，大家笑得前仰后合。二哥这时会点亮镁光灯，把我跳舞的样子拍下来。等照片洗出来一看，腰布（一块印花布做的包袱皮）的接隙处竟露出了我的小鸡鸡，这又惹得大家大笑个不停。对我来说，这称得上是意外的成功。

每个月我都会订阅十来本新出版的少年杂志，另外，我还从东京邮购各种书籍，一个人默默地把它们读完。“乱七八糟博士”呀，“稀奇古怪博士”呀，这些书中的角色都是我的老朋友。还有鬼怪故事、讲谈、落语、江户趣谈之类的东西，我也样样精通，所以，平日里我常一脸严肃地说些笑话，逗大家一乐。

但是，说到学校……

在学校我相当受人尊敬。“受人尊敬”这个词的含义令我万分惶恐，我对所谓“受人尊敬”的定义是：近乎完美地欺骗旁人，然后被某个能力超群的人识破，所有的伪装都七零八落，被迫当众出丑，受尽羞辱，生不如死。欺骗别人从而获得尊敬，这种伎俩迟早会被人看穿，其他人很快会从他的口中得知真相，当他们意识到自己被骗，盛怒下的报复将会多么可怕！一想到这些，我就不寒而栗。

在学校我受到众人的尊敬，倒不是因为我家境富裕，而是得益于世人所谓的“聪明”。我从小体弱多病，经常请假，有时一两个月，甚至整个学年都卧病在家。但当我拖着刚刚好转的身体，坐着人力车到学校参加学年末考试，竟考得比班上任何一个人都好。我不是那种喜欢学习的人，就算在身体健康时，我也不怎么用功，即便去上课，也只是一个劲地画漫画。下课后，我就把画好的漫画拿给同学看，逗他们笑。而在作文课上，我也尽写些滑稽的故事，被老师警告也照写不误。因为我知道，老师其实私下里也在期待着读到我的那些滑稽故事呢！有一次，我像往常一样，用极为悲伤的笔调，描写了母亲带我坐火车去东京，我在车厢过道的痰盂里撒尿的事（我不是不知道那是痰盂，只是为了显示孩子的天真无邪，故意那样做罢了）。我有把握，自己写的故事一定能让老师发笑，因此在他回教员办公室时，我偷偷地跟在他身后。只见他一出教室，就迫不及待地挑出我的作文本，在走廊上边走边看，不时发出“哧哧”的笑声。走进办公室后，可能是看完了，他大笑起来，立刻拿给其他老师看。看到这一幕，我特别满足。

真是个顽皮的孩子啊！我成功把自己变成了别人眼中爱恶作剧的顽皮孩子，因此也成功摆脱了众人的尊敬。在我的成绩单上，所有的学科都是十分，唯有操行评定是七分，这也成了家里的一大笑话。

然而，我的本性却与那种恶作剧的顽皮孩子完全不同。那时，在家里的女佣和男佣的教唆下，我做了许多可悲的丑事。在我看来，对孩子干出那种事，简直是人类所能犯下的罪行中最丑恶、最卑劣的。可我却忍气吞声，苦笑着告诉自己发现了人的另一种特质。如果我有说实话的习惯，也许会毫不惭愧地向父母控告他们犯下的罪行，可是我连自己的生身父母也不完全了解。至于向别人诉苦，我不抱任何期望。无论是告诉父亲还是母亲，或是告诉周围的人，乃至上告政府，结果还是会被那些深谙世故之人的狡辩打败。

明摆着，这世上不存在什么公平，既然告诉谁都没用，我也只能以假话示人，默默忍受着一切，继续扮演逗人开心的小丑角色。

或许有人会这样嘲笑我："怎么，你的意思是说你不相信人类？哎？你什么时候变成基督徒了？"不相信人类并不意味着一定会与宗教之路相通。实际上，包括嘲笑我的人在内，大家不都是在对彼此的怀疑中，把耶和华什么的抛诸脑后，心安理得地生活吗？

记得小时候，父亲所属政党的名流来我们镇做演讲，男佣带着我到剧院去听。现场坐满了人，镇上许多和父亲有密切来往的人也在场，掌声雷动。演讲结束后。听众们三三两两地在下雪的夜路结伴回家，不分青红皂白地批评当天的演讲内容，与父亲有密切来往的人的声音也时不时地出现在其中。那些所谓的父亲的"同志们"用近乎愤怒的声调大肆贬斥，说父亲的开场致辞糟糕透顶，那个名流的演讲更是拙劣无比，然后，他们顺路来到了我家，等他们进到客厅，竟换了一副嘴脸，堆着笑，恭喜父亲说今天的演讲大获成功。当母亲问男佣今晚的演讲如何时，他们也都若无其事地回答"很有趣"，可是在回家的路上，男佣明明说过"演讲什么的无聊死了"这样的话。

这不过是一个微不足道的例子。人们彼此欺骗却又相安无事，就好像根本没有互相欺骗这回事。我对互相欺骗没什么兴趣，因为我自己也是一天到晚地扮丑逗笑，以此来欺骗人们。对教条般的正义或道德之类的东西，我并不在乎，那些互相欺骗却又纯粹而开朗地活着，或者说互相欺骗却还能自信满满地面对生活的人，才令人无法理解。人们终究还是没让我明白其中的真谛。也许，如果明白了其中的缘由，我就不会再畏惧人类，也不用拼命地讨好别人，更不必像现在这样，与人的生活对立，夜夜被地狱般的苦难折磨。总之，我没向任何人控诉佣人们对我犯下的令人憎恶的罪行，这不是出于我对人的不信任，也不是受到基督教的影响，而是人们对我这个名为叶藏的人闭上了信赖的外壳。即便是我的父母，有时也会展现出令我费解的一面。

许多女人依靠本能，嗅到了我难以诉说的孤独，多年后，这成为我被女人乘虚而入的诱因之一。

因为在女人眼中，我是一个能对秘密恋情守口如瓶的男人。

手札之二

在海边，靠近海岸线处，二十多棵高大黝黑的山樱树并排生长着。每到新学年开始，山樱树便会抽出褐色的嫩叶，在蔚蓝色的大海的映衬下，绽放出绚丽的花朵。待到樱花散落之时，花瓣便随风飘向大海，在海面上起起伏伏，不久又被海浪冲回到海岸。东北地区的某所中学，在这长着山樱树的海岸边就势建起了校园。尽管我没怎么用功，却也顺利地考进了中学。这所中学的学生帽徽章上、制服纽扣上，都印着盛放的樱花图案。

有一位远房亲戚的家就在这所中学附近，所以父亲为我选了这所面朝大海、开满樱花的中学。我就寄宿在亲戚家，由于离学校特别近，因此每次总是在听到早礼的钟声响起后，我才赶去学校。虽然懒惰成性，但凭着从小装傻逗笑的本事，我日益赢得了同学们的拥戴。

那是我生平第一次远离家乡去异地生活，却由衷地认为他乡比家乡更让我轻松快乐。这也许得益于我当时已将逗人笑的本领掌握得炉火纯青，欺骗他人不再像从前那样吃力。其实，面对亲人与陌生人，身处故乡与他乡，这当中难免存在着演技的难易之别。无论对哪位天才，就算是上帝之子耶稣，这种差别也是不可避免的。对演员来说，最困难的表演场所莫过于故乡的剧场，如果家里的亲朋挚友齐坐一堂，即便再有名的演员也施展不出绝技吧。然而我的表演却相当成功。在家乡都能获得满堂彩，到他乡演出自然万无一失。

不过，我对人的恐惧与过去相比毫无消减的迹象，它像恶心的虫子一样在我的心底蠕动着，但我的演技却日趋见长。我经常在教室里惹同学们大笑，连老师也一边感慨“班里要是没有叶藏该多好啊”，一边捂着嘴笑。甚至那些有着雷吼般大嗓门的驻校军官，我也能轻而易举地让他们哈哈大笑。

正当我为成功隐藏自己真实的面目而暗自高兴，准备长出一口气时，冷不防地遭到了别人的算计。那个算计我的人，竟是班上身体最差劲的家伙。他脸色涨青，身上的衣服看上去像是父亲或哥哥穿剩下的，上衣袖子特别长，让我想起古时的圣德太子。那家伙成绩一塌糊涂，在军事训练或上体操课时，只会在一旁看着，简直就是个白痴。连我这样的人，都觉得没有提防他的必要。

那一天上体操课，那个学生（我早已想不起他姓什么，只记得名叫竹一），也就是那个竹一，一如往常地在旁边看着，而我们则被要求做单杠练习。我装出一本正经的表情，“啊”地大叫一声，像跳远一样朝着单杠猛扑过去，结果一屁股摔在沙地上，这个失败的动作是我早就计划好的。不出所料，同学们大笑起来，我也一边苦笑，一边爬起来，拍掉裤子上的沙土。这时，竹一不知什么时候来到我身旁，戳戳我的后背，低声说道：“故意的，你是故意的。”

我做梦也没想到，自己故意摔倒的伎俩竟轻易地被别人看破。我害怕极了，那一瞬间，我仿佛看到眼前的世界被熊熊燃烧的地狱之火包围。我“哇”的一声叫了出来，拼命抑制住近乎疯狂的心绪，才不至精神崩溃。

从那以后，我每天都在不安与恐惧中煎熬。

尽管我表面上依然扮成可悲的小丑逗大家发笑，然而一想到无论怎么做都会被竹一轻易识破，我就不禁一声长叹。说不定他很快就会把真相说出去，弄得人尽皆知，想到这个，我就直冒冷汗，像疯子似的用怪异的眼神四下张望。如果可以，我真想一步不离地跟在竹一身后，防止他泄密。在形影不离的这段时间里，我会竭尽全力让他相信，我滑稽的动作不是故意为之，而是货真价实的。此外我还打定主意，要是一切顺利的话，我希望成为他独一无二的朋友。倘若这一切不可行，我只能期盼他从这个世界上消失。但我从没有想过置他于死地，我倒是无数次期盼自己被人杀死，想杀死别人的念头却从未在我脑袋里萌生过。或许我认为，那样做反而给了对方幸福。

为了驯服竹一，一见到他，我就立刻堆起基督徒般“温柔”的微笑，脑袋左倾三十度左右，轻轻勾着他瘦小的肩膀，嗲声嗲气地邀请他到我寄宿的家里玩。可他总是一声不吭，愣愣地发呆。不过有一次，记得是在初夏时节，那天放学后，下起了暴雨，别的学生都被困在了教室，我因为亲戚家离得很近，于是打算直接冒着雨跑出去，这时，我发现竹一孤零零地站在木屐柜的后面。

“跟我走，我借你伞！”

我一把拉起竹一的手，一起冲进瓢泼的雨中。到家后，我拜托婶婶帮我们把衣服晾干，我则成功地把竹一带到了位于二楼的房间。

我寄宿的亲戚家只有三口人。年过五旬的婶婶和两个女儿。姐姐三十岁左右，鼻梁上架着眼镜，个子高高的，身子看上去却很虚弱（她结过婚，后来又回到娘家，我也跟着这个家的人叫她阿姐）。妹妹叫节子，跟她姐姐完全不同，个子矮矮的，脸圆圆的，听说刚从女子学校毕业。婶婶过世的丈夫留下了五六栋房子，她们全给租了出去。虽然她们在一楼开了间卖文具和运动用品的小店，不过家庭的主要收入还是来自那些房子的租金。

“耳朵好痛啊。”竹一站着说道。

“因为被雨淋到了吧。”我仔细一看，发现他的两只耳朵患上了严重的耳漏病，眼看脓水就要流到耳外了。

“这可不行啊，很痛吧？”我装出惊诧的样子，“都怪我强拉着你，害你淋雨。”

我用女人般温柔的语气向他道歉，然后下楼拿来酒精和棉签，让竹一枕在我的腿上，细心地为他清理耳朵。这一次，我虚伪的计谋总算骗过了竹一。

“一定会有女人迷上你的。”他枕在我的腿上，说了一句愚蠢的恭维话。

过了很多年我才发现，这句话简直就像恶魔的预言一样教人恐惧，这可能连竹一也没预料到。什么“迷上你”“被迷上”，这样粗俗不堪且又戏谑的字眼，只会让人觉得自己被愚弄，不论多么严肃的场合，一有这种字眼露头，阴沉的伽蓝也会顷刻间崩塌，变得毫无生趣。但假如不用“被迷上的痛苦”这种俗语，而用“被爱的不安”之类的文学语言，就不会破坏阴沉的伽蓝。这真是奇妙啊。

竹一因为我帮他清理耳脓而说出“一定会有女人迷上你

的”这样愚蠢的恭维话。虽然我当时满脸通红，只是笑着一句话也没说，可实际上我隐约觉得他说的在理。不过，在因“被迷上”这类粗俗的字眼而产生的得意扬扬的氛围里，被这样评价竟还觉得“他说的在理”，简直比落语里白痴少爷的台词还要愚蠢。我绝不可能带着那种戏谑、得意扬扬的心情，认为“他说的在理”。

在我看来，女人比男人复杂难懂数倍。我的家里，女人比男人多，亲戚中也是女孩子居多，加上之前说到的对我犯下罪行的女佣，可以说，我从小就生活在女人堆里。但是我总是怀着如履薄冰的心情和女人们接触，我完全不知道她们在想些什么。与来自男人的鞭笞不同，女人给予的伤害，好像内出血般，郁结于心，难以治愈。

女人们对我，有时紧抓不放，有时又弃之不理，在众人面前藐视我、羞辱我，到了没人的地方却又拼命地抱紧我。女人可以像死去般沉睡，让人怀疑她们活着只是为了睡觉。

从幼年开始，我就经常观察身边的女性，发现尽管属于同类，女人却与男人截然不同。然而这种复杂难懂、需要时刻警惕的生物，却意外地照顾着我。女人对于我，与其说“迷上”或“喜欢”，倒不如说“照顾”更贴切。

女人貌似比男人更能接受搞笑。当我用滑稽的方式逗大家发笑时，男人不一定总会哈哈大笑。我知道在男人面前逗笑时绝不能得意忘形，这会招致失败，因此我会在合适的时候见好就收。女人却根本不知道适度，不分场合、不分时间地缠着我，要我表演，我常常被她们无休止的欲求搞得筋疲力尽。女人太喜欢笑了，对于快乐，她们比男人更贪婪。

我中学时代寄宿的亲戚家里的那对姐妹，一有空就跑到二楼来找我，我每次都被吓得够呛。

“在学习吗？”

“没有啊。”我小心翼翼地回了个微笑，合上书，言不由衷的笑话随口而出，“今天学校里有个叫棍子的地理老师……”

“阿叶，戴上眼镜让我们瞧瞧。”

一天晚上，妹妹节子和阿姐一起到我房间里玩，在我做了许多滑稽表演后，她们提出了这样的要求。

“要干吗呀？”

“别问了，快戴上让我们看看。阿姐的眼镜借给你。”平常她们总是用蛮不讲理的口吻对我发号施令，看到身为小丑的我老老实实地戴上阿姐的眼镜，两人笑岔了气儿，“真像哈罗德。简直一模一样。”

当时，外国喜剧电影演员哈罗德·劳埃德在日本深受欢迎。

“各位，”我站起来，举起一只手，模仿劳埃德的语气，“接下来，我将向日本的影迷们……”

我煞有介事的样子引得姐妹俩欢笑不止。此后，每当镇上的电影院上映劳埃德的电影，我都会去看，暗自琢磨他的表情。

一个秋日的夜晚，我正躺在床上看书，阿姐忽然像鸟儿似的飞奔到我的房间，猛地倒在我盖的被子上啜泣起来。

“阿叶，你会救我吧？一定会救我的，对吧？我们一起逃离这个家吧。救救我，救救我。”

她一边啜泣一边重复着这些可怕的话。然而我无动于衷，我早已见惯了女人的这种把戏。因此阿姐的这番话不仅没有吓到我，反而因内容陈腐、空洞让我觉得索然无味。我轻轻地钻出被窝，拿起桌上的一个柿子剥开，放到她手里。阿姐一边小声哭着，一边吃了起来。

“你这里有好看的书吗？借我一本。”

我从书架上选了夏目漱石的《我是猫》给她。

“谢谢你的款待。”

大姐略显难为情地笑着离开了。

女人们到底是抱着怎样的心态活在这世上的呢？思考这种复杂麻烦的事情，比想起蠕动的蚯蚓还要恶心。不过，有一点是我在童年时就明白的——当女人突然哭泣起来，只要给她一点甜食，她吃过后心情就会平复。

妹妹节子有时甚至会带朋友来我房间，我也照例会用滑稽的方式逗大家发笑。等朋友一回家，节子定会对那朋友数落一番，诸如“她可不是什么好女人，阿叶，你要小心啊”。既然不是好女人，不把她带到我房间不就好了？不过，也亏了节子，来我房间的客人几乎都是女人。

不过，这并不意味着竹一所谓的“一定会有女人迷上你的”那种恭维话已经成真，我不过是日本东北地区的哈罗德·劳埃德罢了。竹一愚蠢的恭维话，宛如不祥的预言，在我身上渐渐变为现实，是在很多年以后。

竹一还送过我一份贵重的礼物。

“里面画的都是妖怪呢。”

有一次，竹一来二楼找我玩，得意扬扬地拿出一幅原色版的卷头插图给我看。

“哎？”我深感意外。多年以后，我才意识到，也许就在那一瞬间，我未来的堕落之路便已注定。我知道这不过是一幅凡·高的自画像。在我的少年时代，法国所谓的印象派画派在日本十分流行，那时，人们都是从这类画开始学习鉴赏西方绘画的，所以一说起凡·高、高更、塞尚、雷诺阿这些画家的画，即便是穷乡僻壤的中学生们，也大多看过照片版。凡·高画作的原色版我也看过很多，对其有趣的笔触和鲜亮的用色都很感兴趣，可从没想他会画什么妖怪。

“那这幅画又是什么呢？也是妖怪吗？”

我从书架上抽出莫迪利亚尼的画集，翻出其中一幅古铜色肌肤的裸体妇人像给竹一看。

“这真的太厉害了！”竹一瞪圆了双眼感叹道，“就像一匹地狱之马！”

“果然是妖怪啊。”

“我也想画这种妖怪。”

对人类极度恐惧的人，反而比任何人都渴望亲眼看到可怕的妖怪；越是胆怯的神经质的人，越是渴望暴风雨来得更加猛烈。啊，这群艺术家被叫作“人”的妖怪深深伤害、威胁，最终相信了幻影，在白天的自然中看到了活生生的妖怪。他们没有借助滑稽的方式来掩饰内心的恐惧，而是致力于表现出自己亲眼所见的那些景象，勇敢地画出竹一所说的“妖怪”。没想到他们中竟有我未来的伙伴。这一意外发现，使我激动得热泪盈眶，却又竭力压低声音对竹一说：

“我也要画，画妖怪，画地狱之马。”

从小学起，我就喜欢画画，也喜欢看画，但我的画并不像作文那样，能受到周围人的称赞。因为我从来不相信人说的话，所以作文这种把戏在我眼里不过是搞笑用的场面话，无不是为了让老师爆笑，压根儿就不觉得有趣。只有在画画（漫画除外）时，我才会全身心投入，在对象表现形式上煞费苦心。

学校美术课上用的画册毫无趣味，老师的绘画水平也拙劣透顶，我不得不自己摸索各种各样的表现手法。到了初中后，我已经有了一整套油画画具，尽管我以印象派绘画为临摹对象，但画出来的作品却像手工彩纸画般呆板乏味。竹一的话启发了我，使我意识到自己此前对于绘画的理解是错误的。一直以来，一见到美的事物，我就依样画葫芦把它给画出来，这种做法是多么的幼稚、多么的愚蠢。真正的绘画大师，能够利用主观的力量，对那些平淡无奇的事物加以美的创造，虽然对丑陋的事物他们也作呕不止，却毫不掩饰对它们的兴趣，完全沉浸在表现事物的喜悦中。换句话说，他们并不在意别人的看法。总之，这就是竹一启发我的绘画的原始秘诀。于是我瞒着那些来房间做客的女人，开始创作我的自画像。

最终，一幅阴郁的作品诞生了，我看了不由得一惊。但这就是我一直隐匿于内心深处的真实的自己。表面上我活泼开朗，老是逗人笑，实际上我却有着一颗阴郁的心。

“真的没办法啊。”

我暗自承认现状。不过这幅画除了竹一，我没给任何人看过。一方面，我害怕别人发现我扮演小丑角色背后的悲哀，因而对我心存戒备；另一方面，我担心别人根本没发现这才是我的真面目，还以为这是我新发明的搞笑手段，这是最让人难过的事情，所以自画像完成后，我立刻把它藏进了抽屉深处。

在学校的美术课上，我也极力隐藏了这种“妖怪式画风”，仍旧以平庸的笔触，把美的事物，依样画葫芦地把它画出来。

唯有在竹一面前，我才会暴露自己脆弱的一面。这幅自画像也就自然地给他看了。他看后赞叹不已。之后，我又画了几幅妖怪的画给他看。于是竹一又送给我一个预言：

“阿叶，你肯定会成为一位了不起的画家！”

“一定会有女人迷上你的”“你肯定会成为一位了不起的画家”——傻瓜竹一在我的额头上刻下了这两大预言。此后不久，我来到了东京。

我本来想去美术学校，但父亲打算让我进高中，毕业以后从政。我从小就不敢顶嘴，听父亲这么一说，只好糊里糊涂地遵命。父亲让我读到四年级就考高中，我也早就厌倦了这所面朝大海、开满樱花的学校，因此四年级结束后，我就考取了东京的高中，开始了学校的寄宿生活。然而肮脏、粗暴的寄宿生活让我无所适从，哪里还顾得上搞笑。我赶忙拜托医生开了“浸润型肺结核”的诊断证明，搬出学生宿舍，住进了父亲在上野樱木町的别墅。我根本适应不了集体生活，所谓青春的感动、年轻的自豪这类豪言壮语，只让我心底生出一股寒气，我与那“高中生的朝气”格格不入。不管是教室还是宿舍，在我看来，都是充斥着扭曲的性欲的垃圾堆，我那近乎完美的滑稽表演，在这里毫无用武之地。

在议会休会期间，父亲每个月会有一两个星期不在别墅。他不在的这段日子里，这座宽敞的别墅里就只剩下一对看门的老夫妇和我三人，虽然我经常旷课，但对逛东京我也没什么特别的兴致（看来，我是看不成明治神宫、楠木正成铜像、泉岳寺四十七烈士墓了），我整天窝在家里看书作画。父亲回到东京后，我每天清晨匆匆地赶去上学，但有时是去本乡千驮木町的西洋画画家安田新太郎的画塾，在那里连续练习三四个小时素描。搬出高中宿舍后，也许是性格上的原因，上课时，我感觉自己像个旁听生，特别影响情绪。这或许是我的一种偏见，但我更懒得去学校了。从小学到初中再到高中，我最终也没能理解什么是爱校之心，也从没记住学校的校歌。

不久，在画塾里，我从某位学画的学生那里得知了烟、酒、嫖娼、当铺、左翼思想这类东西。这个组合看上去很奇妙，却是事实。

那位学画的学生名叫堀木正雄，家住东京下町，比我大六岁，毕业于私立美术学校。他是因为家中没有画室，所以来这家画塾继续学习西洋画。

“能借我五块钱吗？”

我和他只打过几次照面，从没有交谈过，所以他说出这话时，我惊慌失措地给了他五块钱。

“好啊，喝酒去吧。我请你，走吧！”

还没来得及拒绝，我就被他拽到画塾附近蓬莱町的酒馆，就这样，我们成了朋友。

“我早就注意到你啦，没想到吧。对，就是现在这种腼腆的微笑，这是大有前途的艺术家特有的表情哦。那么，为了我们的相识，干杯！阿娟，这家伙是个美男子没错吧？你可别迷上他。自从这家伙来到画塾，我就沦为第二号美男子了。”

堀木五官端正，皮肤黝黑，穿着一身笔挺的西服，脖子上系着素雅的领带，头发中分，抹了发油。这番装束在学画的学生中并不多见。

身处陌生的场合，我害怕地一会儿抱紧双臂，一会儿又放开，不知怎么办才好，只能腼腆地笑着，不过在喝下两三杯酒后，我却莫名有种释放后的轻松感。

“我本来想去美术学校的……”

“那种地方无聊死了。我们的老师存在于自然之中！存在于对自然的激情之中！”

我对他说的这些没有半点敬意。他就是一个傻瓜，这种人的画肯定也很拙劣，倒也可以当个酒肉朋友，我心里这么想着。不管怎么说，我第一次见识了真正的城市痞子。尽管从外表看，他与我大相径庭，但在完全游离于世俗定规之外、彷徨无措这一点上，和我倒是属于同类。说到与我的本质区别，在于他用滑稽的方式逗人发笑是无意识的，他完全没有意识到自己这么做会有多悲凉。

我只把他当作玩伴罢了，我打心眼里鄙视他，以他为耻，但在和他结伴而行的过程中，我却被这个我瞧不起的男人打败了。

最初，我认为那家伙是个好人，是个难得的大好人。一向对人类怀有恐惧之心的我，竟然完全放松了警惕，把他当作在东京最可靠的向导。

老实说，如果我独自出门，搭电车时我会对售票员发怵；去歌舞伎剧场时，看到正门铺着红色地毯的台阶两边站着的迎宾小姐，我两条腿就不由得哆嗦；去餐厅时，一看到默默站在我身后等着撤去盘子的侍应生，我的心就不停地打战。尤其在结账的时候，我的手总是不听使唤，直挺挺地僵在那里，并不是因为我小气，而是太紧张、太羞涩、太恐惧、太不安了，我只觉得头昏目眩，眼前一片漆黑。别说砍价了，连找零甚至买的东西都常常忘记拿。我根本就没办法一个人在东京街头漫步，只得整天窝在家里打发时间。

而一旦我把钱包交给堀木，与他一起上街，情形就完全不同了。他很自然地就把价格讲到很低，而且很擅长玩乐，能用极少的钱达到最大的功效。他教我远离价钱昂贵的出租车，根据具体情况坐电车、公共汽车，或是蒸汽机车，用最短的时间到达目的地。他还对我进行实地教育，比如，早晨从妓女那里回来的路上，他会带我拐进某家高级饭庄泡个澡，就着煮豆腐喝点小酒，这样不仅花费少，还给人以奢华感。他还告诉我，街边小摊上卖的牛肉盖浇饭和烤鸡肉串又便宜又有营养。他还十分肯定地说，在所有的酒中，没有比白兰地的酒劲来得更快更猛的了。总之，有了他，我再也没因付钱而感到恐惧和不安。

和堀木交往还让我收获了另一个好处，他完全无视听者的感受，只顾宣泄自己所谓的激情（或许所谓“激情”，就是无视对方立场），从早到晚一刻不停地絮叨着无聊的话题。因此和他在一起，我完全不必担心会在逛街疲累后陷入难熬的沉默。与人交往，我最担心遇到这种尴尬的局面，所以不善言辞的我，才会在那之前拼命扮小丑逗笑。而现在，堀木这个傻瓜无意识地扮演起了小丑的角色，所以我无须假装回应，想听的时候就听着，适时地笑着敷衍一句“这是真的吗”就好。

不久，我渐渐明白，酒、烟和妓女，是能让我暂时消除对人的恐惧的绝好手段。为了能长久拥有这种手段，倾家荡产我也愿意。

在我看来，妓女不是人也不是女性，更像是白痴或疯子。钻进她们怀里，我反而能放松下来，酣然入睡。她们没有一点欲望，单纯到了令人可悲的程度。也许从我身上感受到了一种同类间的亲近感，那些妓女总对我展现出毫不做作的善意。那是不图回报、不强人所难的善意，是对很可能不会再来的陌生人的善意。在漫漫长夜中，我从白痴或疯子般的妓女身上，真切地看到了圣母玛利亚的光芒。

为了摆脱对人类的恐惧，寻得一夜安眠，我不停地去到妓女那里。然而在与这些“同类”的玩乐中，某种令人厌恶的气氛不知不觉弥漫开来。这是我意料之外的所谓“后遗症”。渐渐地，这种“后遗症”明明白白地浮出水面。当堀木点破其中玄机后，我不禁愕然，继而深感不快。在旁人眼中，说得通俗些，我把妓女当作磨炼猎艳本领的试炼场，而且大有长进。听人说，从妓女处磨炼与女人交往的本领，是最艰难的但也最有成效。我的身上已然散发出“风月场老手”的气息，女人们（不限于妓女）凭着本能就能嗅到然后凑过来。这种下流、毫无光彩可言的经历，亦即我的“后遗症”，远胜于我来此安眠的本意。

或许堀木说出那番话，一半出于奉承，却不幸言中了。我曾收到过咖啡馆女招待幼稚的情书；樱木町住处的邻居那位将军家二十来岁的女儿，专挑我早上出门上学时，脸上化着淡妆，在自家门口走来走去；去吃牛肉饭时，即便我一言不发，店里的女招待也会……还有，我经常光顾的那家香烟铺子的小姑娘，在递给我的烟盒里居然也有……此外，去看歌舞伎表演，邻座的那个女人也……东北老家亲戚的女儿，也出乎意料地给我寄来满纸情思；不认识的姑娘，在我外出时留下亲手做的人偶……由于我采取极度消极的态度，因此每段故事都只残留下这些片段，没有任何进展。我身上似乎散发着某种令女人们浮想联翩的气质，这并非信口雌黄。当这一事实被堀木点破后，我在感到一种屈辱般的痛苦同时，找妓女玩乐的兴趣也荡然无存。

某一天，堀木在虚荣心和赶时髦心态的驱使下（我至今认为，除此，再也没有别的理由了），带我去参加了一个叫“共产主义读书会”的秘密研究会（大概叫R.S，记不清了）。或许对堀木这样的人来说，带我参加共产主义聚会，也只是“游览东京”的一部分而已。我被介绍给那些所谓的“同志”，然后我在逼迫下买了本小册子，听坐在上座的那个长相丑陋的年轻人讲解马克思主义经济学。不过，在我看来，那都是些再简单不过的东西。或许他说的在理，但人的内心深处，明摆着藏着一种更为复杂的东西，称之为“欲望”吧，不够深刻，称之为“虚荣心”吧，又好像不贴切，统称为“色与欲”，似乎仍旧不能表达其真正的意思。那究竟是什么呢？我也说不上来，但在人世间，应该不止经济方面的事物，还有近于鬼怪之类奇诡的事物。对鬼怪充满恐惧的我，虽然对所谓的唯物论，如同水往低处流那样给予自然的肯定，但这并不意味着我能得以摆脱对人的恐惧，双眼看不到绿叶，也就无法感受到希望的喜悦。不过我从未缺席R.S（印象中是这么称呼，可能有误）的活动。那些“同志们”如临大敌般紧绷着脸，全心投入类似“一加一等于二”这种初级算数的理论研究中。

见此滑稽情形，我又发挥起一贯的逗笑本事，以活跃聚会的气氛。可能是因为我的举动，研究会上那种死板拘谨的氛围渐渐地消散了，我因此成为聚会中不可缺少的人物，颇受欢迎。那群单纯的人可能认为我和他们一样单纯，将我视为乐天诙谐的"同志"。

倘若他们真是那样想的，那我算是彻头彻尾地欺骗了他们。我不是他们的"同志"，我只是聚会上从不缺席、以滑稽可笑的方式娱乐大家的小丑而已。

我喜欢这么做，因为我很在乎那群人，但这并不是因马克思而产生的同志之爱。

聚会的非法性质，给我带来了不小的乐趣。说得更准确一点，是让我心情舒畅。世间那些被称为"合法"的反倒更令人害怕（它们让我觉得深不可测），其中的玄机实在不可理喻，比起坐在没有门窗的阴冷屋子里，我更愿意纵身跳进外面非法的汪洋中畅游，就算最终因游得筋疲力尽而死，我也在所不惜。

有个说法叫"活在黑暗中的人"，指的是人世间那些失败之人和堕落之人。我天生就是"活在黑暗中的人"，每每遇到被世人斥为"活在黑暗中的人"，我的心就不由得温柔起来。这种温柔，连我自己都如痴如醉。

还有一个词叫"罪人意识"。在这到处是人的世界里，我一生都被这种意识折磨，但另一方面，它又像是与我相濡以沫的糟糠之妻，和我一起寂寞地玩乐，这已成为我的一种生活状态。俗话说"腿上带伤，心中有鬼"，当我还在襁褓的时候，这伤口就出现在我的一条腿上，长大后，伤口不仅没有愈合，反而越发严重，甚至深入了骨头里，每至夜晚，无尽的痛苦让我仿佛置身于万劫不复的地狱。但是（这种说法略有些奇怪），这伤口逐渐与我亲密起来，胜过血肉，我感到，伤口带来的痛苦分明就是它鲜活的情感，抑或是爱情的呢喃。对于我这样的男人，地下活动的氛围让我无比安心自在，换句话说，比起地下活动的目的，它的表面形式更符合我的趣味。而堀木那家伙，只不过出于凑热闹的心理，把我介绍给读书会，讲了一通“马克思主义者不只研究生产，还要观察消费”之类愚蠢的笑话后，就再也没参加过聚会。现在想想，那时的确存在着形形色色的马克思主义者。有像堀木那样出于虚荣心和赶时髦心态而自诩为马克思主义者的，也有像我这样只是喜欢那种非法的氛围而出入其中的。假如我和堀木的真实面目被马克思主义的真正信仰者识破，他们定会火冒三丈，把我们视作卑鄙无耻的叛徒，立刻扫地出门。但是最后，我和堀木都没被除名，尤其是我，在这非法的世界里竟然比在合法的绅士世界里更悠然自得，甚至可以说是“健康有活力”，以至于被当成大有前途的“同志”，被他们委派以那些被描述得特别神秘的秘密任务。我没有拒绝，泰然自若地接受了每一项任务，也从来没有因为不自然的举止遭到“狗”（同志们这么称呼警察）的盘问。我脸上总是堆着笑，当然也逗别人笑，就这样准确无误地完成他们口中所说的危险任务（从事地下活动的同伴们总是如临大敌般紧张，甚至蹩脚地模仿推理小说中的方法，高度警戒。虽然委派给我的任务极其无聊，但他们却煞有其事地制造出紧张气氛）。就我当时的心境来说，即便作为共产党员被抓，在监狱度过余生，我也不后悔。我害怕人世间的“现实生活”，与其每晚在难眠的地狱中呻吟不止，还不如被关进监狱来得痛快。

父亲常常外出，或是忙着在樱木町的别墅里接待访客，所以即便生活在同一屋檐下，我们也时常碰不到面。可能父亲过于严厉，我一见到他就害怕，私下琢磨着搬出别墅，到外面租个地方住，然而还没等我说出口，看门的大爷就告诉我，父亲准备卖了这栋别墅。

父亲的议员任期将满，似乎又出于种种原因决定不继续参选，东北老家也有退休后住的房子，他对东京似乎没什么留恋，并且觉得也没必要为我一个高中生保留宅院和用人（父亲的心思和世人一样，不是我能理解的）。总之，那栋别墅很快就卖给了别人，我则搬到了本乡森川町一处叫仙游馆的老旧公寓里，在那里租了间昏暗的房间。没多久，我就入不敷出了。

在这之前，父亲每个月都会给我一笔固定的生活费，即使这笔钱没两天就被我花光。家里无论什么时候总备有烟、酒、水果这些东西，而书籍、文具、衣服等用品，也都能在附近的店里赊账，就算请堀木吃荞麦面或天妇罗盖饭，只要走进这条街上父亲经常光顾的店里，都可以在吃完后，什么也不用说甩手就走。

可是现在我突然独自在外面租房子生活，一切都必须从每月固定的生活费里支出，我一下子慌了手脚。寄来的生活费依旧没两天就被我花个精光，我因囊中羞涩而胆战心惊，只好疯了似的轮番给父亲、哥哥、姐姐们发电报、写信（信中所写，全都是我虚构的笑话。我认为，想要求别人帮忙，最好先逗笑他）要钱。另外，在堀木的教唆下，我开始频繁出入当铺。就算这样，我手头还是拮据。

说到底，我缺乏那种在无亲无故的出租屋独自“生活”的能力。我对于一个人待在租来的屋子里感到极度恐惧，时刻担心着谁会从身后突然给我致命的偷袭，于是我飞奔到街上，要么为地下活动提供帮助，要么和堀木到处去喝廉价酒，学业和画画都荒废了。在升入高中第二年的十一月，我与一位年长于我的有夫之妇殉情，这个事件改写了我的命运。

我经常旷课，在学习上也不怎么用功，但由于深谙考试的窍门，成绩还算不赖，家里人因此一直被蒙在鼓里。但后来，因为我旷课太严重，学校似乎通知了已回东北老家的父亲，于是大哥代替父亲给我写来一封言辞严厉的长信。不过与此相比，缺钱给我带来的痛苦更为强烈，另外，我在地下活动中承担的工作越来越繁重，让我无法再以半游戏的心态对待它。

不记得是中央地区还是什么地区，反正我当上了本乡、小石川、下谷、神田附近一带所有学校的马克思主义学生行动队队长。听说要进行武装暴动，我买了把小刀（回想起来，其实那把小刀连削铅笔都够呛），放在雨衣口袋里四处奔走，这就是所谓的“联络”。我想喝酒，然后好好地睡上一觉，可钱包里一分钱也没有。而且，P（我记得这是党的代号，也可能记错了）不断委派任务，使我得不到一丝喘息。我那病弱的身体实在经不起折腾，原是喜欢非法的氛围才参与地下活动，如今却忙得天昏地暗，我不禁在心中对P的人抱怨：“你们是不是搞错了？这种事不是应该交给你们的正式成员吗？”最终，我还是逃走了，可是这并没有使我的心情愉悦起来，于是，我选择了去死。

此时，有三个女人对我表现出好感。一位是我租住的仙游馆房东的女儿。每次我参加完地下活动，累得半死地回到房间，饭也不吃，倒头就睡时，这位姑娘一定会拿着信纸和钢笔来敲我的房门。

“对不起，楼下弟弟妹妹们太吵了，害得我没法好好写信。”

这样说着，她就在我的桌前坐下，写一个多小时。

我原本可以假装什么都不知道，继续呼呼大睡，但看那姑娘的样子，似乎希望能和我说些什么，我只好发扬自己一贯的被动服务精神。明明一个字都懒得说出口，却还是让疲惫的身体强打起精神，一边趴在那里抽烟，一边和她闲聊。

“听说有个男人，用女人写来的情书烧洗澡水。”

“真讨厌！不会是你吧？”

“我呀，只用情书煮过牛奶。”

“觉得了不起是吧？喝你的牛奶去！”

“这姑娘还不走吗？”我心里思忖着。这姑娘明摆着在撒谎，说来这是为了写信，其实，不过是在随手乱涂罢了。

“给我看看吧。”

实际上，我死也不想看。谁知这么一说，她竟然直嚷嚷——

“哎呀，真讨厌！不要啦，真讨厌！”

瞧她那喜不自禁的样子，实在不成体统，真是倒人胃口，我烦得只好打发她做点什么。

“拜托你，能不能去电车轨道旁的药店帮我买些安眠药？我累得不行，脸上烫得厉害，怎么也睡不着。至于钱嘛……”

“好哇，不用给我钱。”

她愉快地站起来走了。

让女人办事，她们绝对不会生气，反而因为受男人请托，会倍感开心，我很清楚这点。

另一个女人，是女子高等师范学校的文科生，她是我所谓的“同志”。因为地下活动的关系，就算讨厌，我也不得不天天与她碰面。

每次地下活动结束后，她都跟在我后面，而且还不停地给我买东西。

“你把我当作你的亲姐姐就好啦。”

她那矫揉造作的姿态让我浑身起鸡皮疙瘩，但还是做出一副忧郁的表情，微笑着说道：“我正是这么想的。”

我深知激怒女人是很可怕的，所以总要做点什么敷衍过去。因此，我只好奉承这个惹人讨厌又面目丑陋的女人，送我东西就收着（买给我的都是些非常俗气的东西，大都被我送给了烤鸡肉串店的老板），并装出高兴得不得了的样子，说些笑话逗她开心。某个夏夜，她无论如何也不肯离开。为了把她打发走，我在街角的暗处亲了她，没想到她竟然不知羞耻地欣喜若狂，当即叫了辆出租车，把我带到一间狭小的西式房间，这房间好像是为了地下活动而秘密租来的办公室。在那里，我俩一直折腾到第二天早上。“真是位荒唐的姐姐”，我暗自苦笑。

无论是房东的女儿，还是这个“同志”，我每天都会跟她们碰面，所以不能像以前那样遇到女人就避而不见，最后出于自己那种不安的心理，我拼命讨好她们，结果被束缚得无法动弹。

在同一段日子里，我还蒙受过银座某间大型酒馆里的女招待的关照。我与她虽仅有一面之缘，但由于她对我的好，我同样感到一种被拘束的担忧与恐惧。那时，我早已用不着堀木做向导，就可以一个人坐电车去看歌舞伎表演，或是穿着白点花布和服，装出一副老练的模样进出酒馆。尽管我内心深处依旧对人的自信和暴力感到怀疑、恐惧、烦恼，但至少我表面上逐渐能和别人一本正经地寒暄。不，不对，依着我的本性，如果不带着充满挫败感的小丑式苦笑，我根本做不到与别人应酬。好在我总算掌握了和人寒暄这种伎俩，这得益于为地下活动奔波？还是得益于女人或是酒？或许主要还得归功于经济上的贫困？无论到哪里，我都会惴惴不安，可要是去了大型酒馆，混进醉鬼或男侍应、女招待中间，我那总被追逐的心，应该能够获得片刻的宁静了吧？带着这个想法，我揣上十元钱，独自走进银座这家大型酒馆，笑着对女招待说：

“我只有这十块钱，你看着办吧。”

“交给我好了。”

她的口音带着关西腔。她的这句话，竟奇妙地让我颤抖的心瞬间平静下来，倒不是说不必再担心钱不够的问题，而是可以安心地待在她身边。

我喝起了酒。由于这个女招待让我感到安心，我便卸下滑稽小丑的伪装，将自己沉默阴郁的本性毫不掩饰地暴露出来，一声不吭地喝酒。

“这些菜，你喜欢吃吗？”

她把各种菜肴摆到我面前。我摇摇头。

“只是喝酒吗？那我陪你喝点吧。”

那是秋天一个寒冷的夜晚。我按照常子（好像是叫这个名字，但我不敢确定。我竟连一起殉情的女人的名字也能忘记）所说，在银座某个卖寿司的街边小摊上，边吃着难以下咽的寿司，边等着她。（虽然记不得她的名字，但不知为什么，那寿司怪异的味道，却牢牢地刻在了我的脑海里。还有那寿司摊的光头老板，长着一副青蛇似的脸。他摇头晃脑地捏着寿司，假装手艺高超的样子，那一幕给我留下了深刻印象，至今仍记忆犹新。以至于过了很多年，我坐电车时总觉得某个人在哪里见过，左思右想，原来长得像捏寿司的光头老板，我不禁苦笑。如今，我连那个女人叫什么名字，长什么模样都记不清了，却对那个寿司摊老板的容貌记得真真切切，可见当时的寿司真的难以下咽，给我带来了寒冷痛苦的糟糕体验。不过，别人带我去评价很高的寿司店品尝他们口中的美味时，我也从没觉得有多好吃。寿司实在太大了，我常常想，难道寿司不能捏成大拇指般大小吗？）

她在本所（东京墨田区）一个木匠家的二楼租了间房。我在她这二楼房间里毫不掩饰阴郁的内心，就像得了牙病一样，一边喝着茶，一边单手捂着脸颊。没想到，我这副样子竟然让她着了迷。在我眼中，她是一位无助孤独的女人，身旁刮着瑟瑟寒风，落叶枯枝随风而下。

我躺在床上，听她讲起自己的身世。她比我大两岁，老家在广岛。

“我结过婚，丈夫原本在广岛开了间理发店。去年春天，我们一起逃到东京，可丈夫在东京一点正经事不干，到处鬼混，不久就因诈骗罪进了监狱。我每天都去监狱给他送点东西，但从明天开始，我不打算再去了。”

不知为什么，我天生便对女人的身世没有半点兴趣，也许是因为她们讲述的方式太拙劣，女人似乎抓不住讲话的重点。总之，她们说的那些话，我只当是耳旁风。

好寂寞啊！

比起女人唠叨自己的身世，倒是这一声短短的叹息更能引起我的共鸣。我是多么期待听到这样一声喟叹，然而我在这世上遇到的女人，竟没有一个能实现我的心愿。这个女人尽管也没说“好寂寞啊”，但整个身体分明笼罩着一种无言而剧烈的寂寞，那寂寞宛如一股一寸见方的气流，只要我一靠近她，身体便会被这股气流包裹住。这气流与我自身那种阴郁的本性完美融合，仿佛“枯叶落到水底的岩石上”般，使我终于能够从恐惧与不安中解脱出来。

和躺在那些白痴妓女的怀中酣然入睡的感觉完全不同（首先，那些妓女是愉悦的），与诈骗犯妻子共度的那个夜晚，对我来说是获得解放的幸福的一夜（在这里，我不假思索地使用了如此笃定的说法，这在我的整篇手札中是绝无仅有的）。

但也仅此一夜。第二天清晨，一睁开眼，我立刻起来，又披上了浅薄、滑稽的小丑伪装。胆小鬼连幸福都害怕，碰到棉花都会受伤，有时还会被幸福所伤。我想赶在还没有受伤前，和她分道扬镳，所以又开始施放滑稽搞笑的烟幕弹。

“俗话说‘钱一尽，缘就断’。其实，人们对这句话的解释恰恰弄反了，并不是说男人的钱一用光，就会被女人一脚蹬掉。真正的意思是，男人一旦没钱，意志便会自然而然地消沉，连笑都软弱无力，性情也变得越来越乖戾，最终破罐子破摔，近乎疯狂般的甩掉女人。《金泽大辞林》里，说的就是这个意思，好可怜啊！我也多少能明白这种心情。”

我记得当时确实对常子说了上述那些糊涂话。我心中升起恐惧，觉得不便再留，脸都没洗就慌慌张张地跑了。没想到，我信口胡诌的“钱一尽，缘就断”，日后竟然和我产生了意想不到的关联。

在这之后的一个月里，我再也没与那一夜的恩人见面。分别日久，最初的喜悦也渐渐淡漠，蒙受了她关照这一点倒是让我深感不安，束缚之感也越加强烈，想起那晚在酒馆里的费用竟全由常子付清这类俗事，更让我耿耿于怀。看来常子最终也和房东女儿以及那个女子高等师范学校的“同志”一样，成了只会强迫我的女人。于是我渐渐疏远了常子，对她的恐惧却怎么也赶不走。而且我总觉得，如果再见到和我上过床的女人，她们一定会怒火冲天，因此我对银座也渐渐地敬而远之了。不过这种远离麻烦的行为绝不是出于我的狡黠，而是我对一件匪夷所思之事完全不明白：女人这种生物，是可以将前一晚的上床之事与第二天早晨起床后发生的事严格区分开来的，就像彻底忘了一样，把两者之间的关联完美分割成两个世界。

十一月底，我和堀木在神田的街边小摊上喝廉价酒。喝完酒离开摊子后，这个家伙说要再找个地方继续喝，明明我们已经没钱了，他还一个劲儿嚷着“喝酒，喝酒”。我也喝得醉醺醺的，胆子一下子变大了，便说：

“好吧，那我带你去个梦幻之国，说出来你可别大惊小怪，那叫酒池肉林……”

“是个很大的酒馆吧？”

“没错！”

“我们去吧！”

于是我俩坐上市营电车，堀木兴奋地直叫唤：

“今晚我好想睡个女人，我可以亲女招待吗？”

平日我不大喜欢堀木这种酒后丑态，堀木也知道这点，所以又特意问了一句：

“你听见了吧？我说我要亲女人，亲坐在我身边的女招待给你看看，你不介意吧？”

“没问题吧。”

“太好了！我太想和女人睡觉了！”

在银座的四丁目下车后，仗着认识常子，我和堀木身无分文地走进那家所谓酒池肉林的大型酒馆。我们选了一间空着的包间，刚坐下，常子就和另一个女招待迎了过来，那个不认识的女招待坐在我身边，常子则坐到了堀木身旁。我不由得吃了一惊：这女人要被堀木亲了。

我没有半点可惜的感觉。我本来就没什么占有欲，即使偶尔稍有怜惜之情，也没有精力为了宣示自己的所有权而与别人争抢。以至于后来，我眼睁睁地看着与我同居的女人被人侵犯，却什么都没做。

我尽量让自己避免介入人与人之间的纷争，被卷入那样的旋涡中，让我恐惧不已。常子与我不过是露水情缘，她并不属于我。我不可能有因觉得可惜而产生的占有欲，但我还是心里一惊。

在我面前，常子接受着堀木的狂吻，我为她这样的遭遇感到可怜。被堀木那样的家伙玷污后，她或许不得不和我分手了吧？何况我也没有足够的热情挽留常子。

“我和常子，就这么结束了。”

一瞬间，我因常子的不幸而惊愕，但随即放弃挣扎，平静地接受了这一切。我看着堀木和常子，冷笑起来。

但之后事态的发展比我预想的还要恶劣。

“算了！”堀木撇撇嘴说，“再怎么说，我也不至于要亲这种穷酸女人……”

他一副委屈的模样，抱起双臂，苦笑着盯视常子。

“给我来点酒，我身上没带钱。”我低声对常子说道。

现在我只想把自己灌醉，在世俗眼中，常子这个女人又难看又贫穷，连被醉汉亲的资格都没有。我突然有种遭雷劈的感觉。我喝呀，喝呀，从没喝过这么多的酒，直喝得头晕目眩，与常子面面相觑，悲戚地笑着。经堀木那么一说，我倒也觉得，常子的确是一个疲惫不堪且贫穷下贱的女人，但同时，一股同为穷人的亲近感油然而生（至今我仍旧坚信，贫富差距导致的矛盾尽管陈腐，却是戏剧永恒的主题之一）。我忽然发现常子是那么可爱，生平第一次感到有种微弱但积极的爱情在心中萌生。我喝吐了，醉得不省人事，喝酒喝成这副德性，我还是第一次。

待我睁开眼，常子坐在我的枕边。原来我睡在了本所木匠家二楼的房间里。

“‘钱一尽，缘就断。’我还以为你在跟我开玩笑，难不成你是认真的？不然那之后为什么不来了？缘分哪是说散就散的。我赚钱给你花，不好吗？”

“不好。”

接着常子也躺下来睡了，天刚亮，从她口中第一次吐出“死”这个词。她似乎早已被千疮百孔的生活折腾得筋疲力尽，而我，一想到对人世的恐惧和生存的烦恼，还有金钱、女人、学业以及地下活动，我就觉得自己再也无法活下去，于是毫不犹豫地同意了她的提议。

但那时，我还没有真正做好“去死”的准备，倒隐含着某种“游戏”的成分。

当天上午，我和她徘徊在浅草的六区，然后进了一间咖啡馆，各自喝了点牛奶。

“你去付钱吧。”

我起身从和服袖口里掏出钱包，打开一看，里面只剩下三枚铜板。比羞耻更为凄惨的痛感瞬间袭上我的心头，我的脑海中顷刻浮现的，是自己在仙游馆的房间，那里除了学生制服和被褥，已是家徒四壁，再也没有值钱的东西可以送去典当，那是我所有的家当，再就是现在穿着的这件白点花布和服与披风。我清醒地意识到，自己没办法再活下去了。

看我手足无措的样子，常子瞥了眼我的钱包。

“唉，只有这么点？”

她无心的一句话，让我痛得仿佛骨髓被刺透一般。我第一次因为爱人的一句话而感到如此痛苦。区区三枚铜板根本不算钱，这一点让我体味到从没有过的屈辱感，说到底，那时的我还没彻底摆脱“有钱人家少爷”的脾气。也就在那一刻，我才下定决心去死。

当晚，我们一起跳进了镰仓的海里。常子说，她的腰带是从店里朋友那里借的，于是解下腰带，叠好放在海边的石头上。我也解开披风，放在同样的地方，然后和她双双跳入海中。

她死了，我却被救活了。

可能由于我是高中生，父亲的名号又多少有些所谓的新闻效应，各大报社便将此事视作重大事件进行了大肆报道。

我被紧急送往海边的一家医院。老家的一位亲戚赶来为我善后。他告诉我家里人都很生气，尤其是父亲，很可能地因此和我断绝关系。说完这些，亲戚就走了。可我并不关心那些。只一心想着死去的常子，每天流泪不止，毕竟，迄今为止遇到的女人当中，我只喜欢又难看又贫穷的常子。

房东的女儿寄来一封长信，上面写了五十首短歌，每首都以“请为我活下去”这种奇怪的话开头。常有护士开心地笑着来我的病房玩，有的总要紧紧握过我的手后才转身回去。

我在这家医院检查出左肺有些问题。对我来说，这倒是件好事，因为不久，虽然我被警察以“协助自杀罪”的名义逮捕，带离了医院，但他们当我是病人，把我安置在特殊的看守室里。

深夜，看守室旁边的值班室里，一位通宵值班的老警察悄悄打开了两个房间之间的门。

“喂！”他冲我招呼道，“那边冷吧？过来烤烤火，暖和暖和。”

我故意无精打采地走进值班室，坐到椅子上，对着火炉烤火。

“你还想着那个死了的女人吧？”

“嗯。”我故意用微弱得几乎听不到的声音回答。

“也是人之常情啊。”接着他俨然一副法官的架势审问我，“和那女人第一次发生关系，是在哪里？”

他以为我是个无知的小孩，为了打发这百无聊赖的秋夜，摆出审讯负责人的派头，企图从我嘴里套出猥琐的情欲故事。我早就察觉了他的诡计，强忍住笑。虽然我知道，面对一个警察的“非正式审讯”，我有权拒绝回答任何问题，但为了给这漫漫秋夜添点兴致，我从始至终都表现得很有诚意，好像从没怀疑此人就是审讯负责人，最终自己所受刑罚的轻重全在他的个人意志。为了满足眼前这个好色鬼的好奇心，我适当做了些“供述”。

“嗯，大体情况我了解了。老实交代的话，我们自然会酌情从宽处理的。”

“谢谢！全都拜托您了！”

我的演技真是出神入化，但这对我毫无益处。

天亮后，我被署长叫了过去，这次才是真正的审讯。

我打开门，走进署长室，眼前这位署长皮肤微黑，很年轻，像是刚从大学毕业。

“呦，是个英俊男人啊。这不是你的错，只怪你母亲把你生得这么好看。”

听他突然这么一说，我感到一阵悲哀，好像自己是一个半边脸长满红痣的丑陋残疾人。

这位像柔道或剑道选手一样的署长，审讯风格十分干脆，与夜里那个老警察偷偷摸摸、色迷心窍的“审讯”简直有着天壤之别。审讯结束后，署长一边整理送给检察局的文件，一边说：“你可得爱惜自己的身体，吐血了吧？”

那天早上，我莫名其妙地咳个不停，每次咳嗽，我都会用手帕捂住嘴，那手帕沾着些血点，就像下满了红色的霰似的。不过，那不是我喉咙里咳出的血，而是我昨天晚上抠破耳朵下面的小包流的血。我马上意识到，不向警察道明此事对我有利，于是我只是垂下头，机智地答道：“好的。”

署长整理完文件，对我说：“起不起诉你，这需要检察官来决定。不过你最好还是打个电话或发封电报给你的担保人，让他今天到横滨检察局来一趟。监护人或担保人之类的，你总有一个吧？”

我这时想起一个四十多岁的单身男人，他叫涩田，长得又矮又胖，是个书画古董商，曾频繁出入父亲在东京的别墅，和我们是同乡，常常拍父亲的马屁。那个男人的脸，特别是眼睛，长得很像比目鱼，所以父亲总叫他比目鱼，我也跟着父亲这么叫。他就是我在学校的担保人。

我向警察借来电话簿，找到了比目鱼家的电话号码，于是打电话，拜托他来趟横滨检察局。没想到他一改过去那种腔调，口气蛮横，不过好歹答应了我的请求。

“喂，赶紧给那电话消消毒，他都吐血了。”

我被带回看守室，一坐下就听到署长大声对警察们下着命令。

过了中午，我被用细麻绳捆住胳膊，与一个警察乘电车去横滨。虽然他们允许我穿着披风以遮掩被捆绑的部位，但绳子的另一头却被警察紧紧攥着。

然而我没有丝毫的不安，反而怀念起看护室和那个老警察。唉，我怎么会变成这样？被当成犯人捆起来，竟然有种如释重负的快感。直到现在，我提笔写下这段往事，还是觉得惬意悠然。

不过，在这段让我怀念的经历中，也有一次失利让我脊背发凉，终生难忘。我在检察局一个昏暗的房间里接受了检察官简单的审讯。那检察官四十岁左右，看上去沉稳干练（如果说我长相俊美，那无疑是一种淫荡邪恶的俊美，检察官则仪表堂堂，那才称得上是正派端庄的俊美，睿智稳重的气息令人沉醉），因此我完全放松了警惕，心不在焉地陈述事件经过。忽然我又咳嗽起来，从袖口掏出手帕，当瞥见上面的血迹，一个卑鄙的念头顿时在心头泛起：咳嗽两下也许对我会有好处，于是我故意大声地“咳！咳！”了几下，用手帕捂住嘴，顺势偷瞄了检察官一眼。

“是真咳吗？”

他的笑沉稳而平静，我直冒冷汗，即便现在回想起来，我仍旧会紧张得不知所措。中学时代，那个傻瓜竹一戳着我的后背，说着“故意的，你是故意的”，把我一脚踢进了地狱，此时我的慌张羞愧远远超过了那次。这两次事件，是我整个表演生涯遭受的最大的两次惨败。我有时甚至想：“与其忍受检察官那样沉静的蔑视，还不如直接判上个十年徒刑。”

最终，我被免予起诉，却怎么也不觉得高兴。我满怀凄凉地坐在检察局休息室的长椅上，等着担保人比目鱼来领走我。

身后高高的窗外，是被晚霞染红的天空，一大群海鸥排成“女”字形，朝远方飞去。

手札之三

一

竹一的两大预言，实现了一个，落空了一个。“一定会有女人迷上你的”这个不光彩的预言成了真，“肯定会成为一位了不起的画家”这个祝福性的预言没有实现。

我成了一个没有名气的漫画家，以给粗俗的杂志画些低劣的漫画维持生计。镰仓殉情事件发生后，我被高中开除，之后搬进了比目鱼家二楼一间三张榻榻米大的房间。东北老家每月给我寄来很少的生活费，还不是直接给我，而是偷偷寄给比目鱼（似乎是哥哥们瞒着父亲寄来的）。此外，老家与我完全断了联系。而比目鱼也总是摆出一副不痛快的样子，无论我怎么赔笑讨好，他都板着一张脸，与过去完全是两副嘴脸。人哪，翻起脸来比翻书还快，真够卑鄙的，不，简直是滑稽可笑。

“不准出去，去哪都不行。”他只是一直这样嘱咐我。

比目鱼似乎认定我有自杀的倾向，因此一直盯着我。也就是说，他认为我可能会追随常子再度跳海自尽，所以严禁我外出。房间里没有酒，也没有烟，我只能从早到晚待在二楼这间三张榻榻米大的房间里翻翻旧杂志，像个白痴似的过活，自杀的力气早已没了。

比目鱼家位于大久保医专附近，尽管堂而皇之地挂着“书画古董商”“青龙园”之类的招牌，但其实那栋楼里只有两户住家，比目鱼家不过是其中的一户，而且店铺门口相当狭窄，店里面落满了灰尘，堆放的都是些不值钱的东西（比目鱼本来就不指着店里这些破烂货为生，他活跃于另一些能赚大钱的领域，比如，他把某个有钱人的收藏转卖给另一个有钱人，从中赚取手续费）。比目鱼很少待在店里，每天一大早就紧绷着脸急匆匆地走出店门，留下一个十七八岁的小伙计看店，他应该也负责看守我。

一有空，小伙计就跑去和附近的孩子们玩接球游戏，似乎把我这个二楼的食客当作了傻瓜，有时还学着大人的口气对我说教。我向来不愿与人争论，只好摆出一副钦佩的神情洗耳恭听。据说这小伙计是涩田的私生子，只是出于一些奇怪的原因而无法相认，涩田一直单身未娶，似乎也与这孩子有关。我记得以前听家里人说起过一些传闻，只是我对别人的私事不感兴趣，所以再深入的事情我就不清楚了。不过这小伙计的眼睛的确总让我联想到鱼的眼睛，说不定真是比目鱼的儿子……果真如此，算得上是一对可怜的父子。他俩常常瞒着我，在深夜时分叫来荞麦面，默默地吃着。

在比目鱼家，一日三餐都由这个小伙计负责，我这个二楼食客每日吃的饭菜，都是小伙计用托盘送来。比目鱼和小伙计则在楼下一间四张半榻榻米大的潮湿房间匆忙吃着什么，把锅碗瓢盆弄得乒乓乱响。

三月底的一个傍晚，也许是比目鱼找到了意想不到的赚钱路子，或是有别的打算（即便这两种推测都对，可能还有一些别的我无法推测的理由），破例把我叫到楼下的餐桌旁。桌上摆着酒和生鱼片，那生鱼片居然不是廉价的比目鱼，而是昂贵的金枪鱼。他一边以主人家的姿态对生鱼片赞叹不已，一边向我这个不知所措的食客劝酒。

“今后的生活，你究竟打算怎么办？”

我没有回答，只是从桌上的盘子里夹起一片小沙丁鱼片，看着那些小鱼银白色的眼珠，我渐渐有了醉意。我不由得想起曾经放荡不羁的日子，还想了堀木，我从没像现在这样强烈地渴望自由，眼泪差点掉出来。

自从寄宿在这个家，我连逗人笑的力气都没了，任凭比目鱼和小伙计蔑视的目光在我身上不留情面地扫视。比目鱼似乎有意避免与我畅谈，我也无意和他诉说什么，我几乎成了一个傻呵呵的食客。

“免予起诉就不会留下前科记录，所以只要你下定决心，就能重新做人。如果你真的愿意痛改前非，真心征求我的意见，我会帮你想办法的。”

比目鱼的说话方式，不，世上所有人的说话方式都这样转弯抹角，闪烁其词，语气中夹杂着一种逃避责任似的微妙性与复杂性。对他们那种毫无用处的防范之心和无数的小心机，我十分不解，只好随他们便，要么用滑稽的玩笑混过去，要么沉默不语听之任之，总之，我以失败者的消极态度面对他们。

很多年以后我才明白，如果比目鱼当时开诚布公地告诉我，事情就会是另一番结局。比目鱼毫无必要的戒心，不，世人那不可理喻的虚荣和体面，实在令我悲哀。

比目鱼明明可以这样告诉我：

“不管是公立学校还是私立学校，总之从四月份开始，你得去上学。只要你肯去上学，老家就会给你多寄些生活费来。”

很久以后我才知道，事情其实就是这么回事，如果当时他直截了当地告诉我，估计我会照他的话做。然而，由于比目鱼含糊不清的说辞，让我别扭得不行，以至于改变了我的人生方向。

“你要是不想认真与我商量，就没办法了。”

“商量什么？”我完全不明白他在说什么。

“就是你心里的真实想法。”

“比如说呢？”

“比如说，你今后打算怎么办？”

“是想让我找点活干吗？”

“不是，你自己究竟是怎么想的？”

“可是，就算想上学，也……”

“上学需要钱。不过问题不在钱上，关键是你的想法。”

为什么他不告诉我“老家会寄钱过来”？只要他说出这句话，我就明白该怎么做了。而当时我完全没有头绪。

“怎么样？你想做点什么？照顾别人有多难，被照顾的人是根本无法体会的。”

“抱歉。”

“我真的很担心你。既然我答应了照顾你，就不想你糊里糊涂地过日子。我希望你能拿出决心，走上重新做人的道路。如果你对自己的未来有所打算，愿意认真地找我商量，我会想尽各种办法帮助你的。虽然我比目鱼是个穷光蛋，给你的资助十分有限，但只要你振作起来，规划好切实可行的目标，并愿意认真和我商量的话，即便我能力有限，也会帮助你重新站起来的。你可明白我的苦心？告诉我，你今后到底打算怎么办？”

“如果您不愿意继续收留，我就去找个活干……”

“你说的是真心话吗？现在这世道，就算是帝国大学的毕业生……”

“不，我没打算去做什么上班族。”

“那你想做什么呢？”

“我要当画家。”我咬咬牙，把自己的想法说了出来。

“什么？”

比目鱼缩着脖子一阵大笑，我永远无法忘记当时他那张狡猾的笑脸。那脸上潜藏着近乎轻蔑却又不完全是轻蔑的神情。若把世间比作大海，那么在万丈海底的僻静角落就分明摇曳着那种奇特的幻影。正是比目鱼的那一笑，让我猛地窥见成人生活的奥秘。

“要是这样的话，我们就没什么可谈的了。你现在情绪还不稳定。你再认真考虑一下，今晚好好地想一想。”

听他这么一说，我像是被撵回二楼似的，回到了房间，躺在床上想啊想，却想不出什么主意。熬到天亮，我从比目鱼家逃了出来。

“晚上我一定回来。我去信纸左边写的这个朋友家，和他商量未来的计划，请别担心。”

我用铅笔在信纸上写下上面这番话，又写下堀木正雄的姓名和他在浅草的住址，然后偷偷离开了比目鱼家。

我不是因为对比目鱼的说教感到懊恼才逃出来的。比目鱼说的没错，我是个情绪不稳定的男人，对自己的未来完全没有规划。要是一直住在比目鱼家，对他未免太不公平。何况就算我发愤图强，重新做人，可一想到每个月都需要并不富裕的比目鱼资助，我顿时就痛苦不堪。

不过我并不是真的要去找堀木那家伙商量“未来的计划”，才逃出比目鱼家，我只是想让他暂时稍微放心（趁他放心之际我可以逃得更远，这是我从推理小说里学来的策略。不过即便留下那封信，事情也一定会败露，但总比冷不防给他太大的打击，致使他惊慌失措要好得多。我还是因为害怕，所以总要做点什么来掩饰。这就是我悲哀的性格，和世人所不齿的欺骗行径类似，但我的这种掩饰完全不是为了给自己谋取好处，我只是害怕氛围骤然一变带来的窒息感。所以，即便知道真相被人所知后情势会对自己不利，我还是会拼尽全力地“服务”，尽管这种“服务”是扭曲、微不足道、愚蠢至极的东西，但我出于为人“服务”的心理，还是经常在许多场合下加上一段掩饰的话，我的这种性格常被世人所谓的“正人君子”肆意地利用），这才凭着记忆，将堀木的住址和姓名写在信纸上。

我离开比目鱼家，步行来到新宿，卖掉了揣在衣袋里的书，这下真的穷途末路了。我人缘还不错，却从没感受到真正的“友谊”。除了堀木这样的酒肉朋友，和人的交往给予我的只有痛苦。为了排解这痛苦，我只能拼命把自己装扮成小丑，每次都筋疲力尽。在街头碰到熟人，或者只是和他们长相相似，我也会大吃一惊，随即被令人眩晕的痛苦战栗紧紧地钳住。我知道有人爱我，但我却缺乏爱他人的能力（不过，对世人到底有没有“爱”的能力，我始终持质疑态度）。这样的我，不可能会有“挚友”，我甚至连“拜访朋友，联络感情”

的能力都没有。在我眼中，别人家的大门比《神曲》中描写的地狱之门还要恐怖。毫不夸张地说，我确实能感受到那门的背后有条浑身散发着腥臭的恶龙正在蠢蠢欲动。

我谁也不认识，没有地方可以去。

还是去找堀木吧。

这就是所谓的假戏真做，我决定按照信纸上写的那样，去拜访住在浅草的堀木。此前，我一次也没去过他家，每次都是发电报叫他来我住的地方。然而眼下我连那点发电报的钱都付不起，何况就算发了电报，以我现在的落魄模样，他也不一定会来。所以我决定硬着头皮来做一次自己并不擅长的“拜访”，于是我叹着气坐上市营电车。想到在这世上自己唯一能依靠的只有堀木，我不禁脊背发凉，心头悲戚不已。

那天堀木在家。他家位于一条脏乱的巷子深处，是一栋两层的建筑。堀木住在二层一间六张榻榻米大的房间里，一层则住着堀木年迈的父母和三个年轻工匠，他们正在制作木屐。

那天，我见识了堀木作为都市人的另一面，也就是俗话说的“老奸巨猾”。这个冷酷狡诈的利己主义者，让我这个乡巴佬瞠目结舌。原来，他远不是像我这样永远漂泊流转的男人。

“你真让我吃了一惊。你家老爷子原谅你了吗？怕是还没有吧？”

我没敢说自己是逃出来的。

我像平常那样搪塞着。明知道马上就会被堀木察觉，但我还是继续欺瞒。

“总有办法的。”

“喂，别开玩笑了。就算是我对你的忠告吧，别再犯傻了，到此收手吧。我啊，今天还有事要办，这阵子真是忙得晕头转向的。”

“有事？你会有什么事啊？”

“喂，喂，你可别把坐垫上的带子扯断啦！”

坐垫的四个边上，都带着麦穗一样的绳子，不知道是坐垫上的线头还是扎绳。我一边和堀木说话，一边无意识地拉扯着其中的一根绳子。堀木似乎对家里的东西爱惜无比，连坐垫上的一根绳子都要计较，甚至于不惜横眉竖眼地指责我。细想起来，在与我的交往中，堀木从来没有吃过亏。

这时，堀木的老母亲把两碗年糕小豆汤放在托盘里端了过来。

“哎呀，您这是……”

堀木一副不折不扣的孝子模样，在老母亲面前表现得诚惶诚恐，就连说话的语气也毕恭毕敬得有些不自然。

“是年糕小豆汤吗？真是辛苦您了，这也太丰盛了。其实用不着这么费心的，我们有事得马上出去。不过，一想到这是您特意做的拿手的年糕小豆汤，要是不吃就太可惜了。那我就喝了。你也来一碗，怎么样？这可是我母亲特意做的。啊，太好喝啦，太丰盛啦！”

看堀木那神情，也不像在演戏。他津津有味地喝着，我也啜了一口小豆汤，总觉得是一股白开水的味道。我又吃了年糕，觉得那根本就不是年糕，究竟是什么我完全不知道。我绝没有蔑视堀木贫穷的家境（当时我并不觉得那东西难吃，而且老人家的心意也令我大为感动。我虽然对贫穷有一种恐惧感，却没有丝毫轻蔑感）。借着那年糕小豆汤以及近乎陶醉地喝着年糕小豆汤的堀木，我看到了都市人节俭的本性，看到了东京家庭那种内外有别的真实面貌。唯有我这个蠢货内外不分，只会在人类的生活中四处逃窜，最后连堀木这种人都嫌弃我。这令我惶恐不安，我拿起漆面掉落一大片的筷子，一边喝着年糕小豆汤，一边不由自主地陷入难以忍受的凄凉落寞之中。

“不好意思，我今天有点事，”堀木起身穿上外套，说道，“太失礼了，我得先走一步。”

这时，一个女人来找堀木。我的命运也随之发生剧变。

堀木顿时精神大振。

“啊，真是对不起。我正寻思着去府上拜访您，没想到来了个不速之客。不过没关系，来，请吧。”

他似乎有些慌乱。我取出自己垫着的坐垫，翻个面递给他，他一把夺去，又翻了个面放好，请那个女人就座。除去堀木坐着的坐垫，房间里就只有那一张客人用的坐垫。

女人瘦瘦的，个子很高。她把坐垫放在旁边，在门口边坐了下来。

我呆呆地听着他们的谈话。那女人像是杂志社的，不久前约了堀木画插图，这次是专程来拿稿子的。

“社里要得很急，所以……”

“已经画好了，就在这里，请过目吧。”

这时，有人送来了一封电报。

堀木看过电报，原本兴高采烈的面孔一下子变得阴森可怖起来。

“喂，我说，这究竟是怎么回事？”

原来这电报是比目鱼发来的。

“总之，你得马上回去。要是我能送你回去就好了，可你也看到了，眼下我没那工夫。明明是从家里逃出来的，却还一副没事人的模样。”

“府上住哪里？”

“大久保。”我脱口回道。

“那正好是在敝社附近呢。”

那女人是甲州人，二十八岁，与一个五岁的女儿住在高园寺的公寓里，丈夫已去世三年了。

“看得出你很机灵，吃了很多苦才成现在这样的吧。够可怜的。”

从此我第一次过上了小白脸似的生活。在静子（就是那个女记者）去新宿的杂志社上班时，我就和她那个名叫茂子的五岁女儿一起看家，在我来之前，静子不在家时，茂子就去找公寓管理员玩，现在来了个“机灵”的叔叔，茂子似乎相当高兴。

我稀里糊涂地在那里住了一个星期左右。公寓窗户外的电线上绊着一只风筝，春风卷着尘土把它吹得破破烂烂，但它还是牢牢地缠在电线上，东摇西摆地像是在点头。每次看到这番情景，我就会面红耳赤，苦笑不止，有时甚至会做噩梦。

“我……想要点钱。”

“……要多少？”

“要很多……俗话说‘钱用尽，缘就断’，真是一点不假。”

“别傻了。那不过是句老话……”

“是吗？你是不会明白的。照这样下去，我没准又会逃走。”

“到底是谁更没钱呢？到底是谁要逃走呢？你这人真怪。”

“我要去挣钱，用挣来的钱买酒、买烟。我的画远比堀木好得多。”

这时，我的脑子里浮现出自己中学时代画的那几张自画像，也就是竹一口中所说的“妖怪”的那些自画像。那些是我遗失的杰作。它们在多次的辗转中遗失了，但在我心中，唯有它们称得上优秀。那之后我尝试过画各种画，却都远不及记忆中的那些杰作，以至于我总是被一种如空洞般的失落感折磨。

像极了一杯喝剩下的苦艾酒。

我暗自这样形容那永远无法弥补的失落感。因此一提到画，那杯喝剩下的苦艾酒便会在我面前忽隐忽现，我被它搅得心神不宁。啊，真想给她看看我的那些自画像，我要让她相信我的绘画才能。

“呵呵，是吗？你一本正经开玩笑的架势，还真是可爱呀！”

“这可不是玩笑，我是认真的！啊，真该给你瞧瞧那些画。”我徒劳地想着。突然一转念，断了这个想法。

“漫画。至少画漫画我要比堀木强。”

我这句倒是玩笑话，没想到她信以为真了。

“是啊，其实我也很佩服你的。你平时画给茂子看的那些漫画，连我看了都忍不住大笑。怎么样？你就试着画画看，我可以向我们社的总编辑引见你。”

静子所在的那家杂志社发行的是面向儿童的月刊，在社会上没有什么名气。

“……一看到你，大部分女人都会想着为你做点什么……因为你总是一副战战兢兢的样子，却又是一个出色的滑稽人物……虽然有时候你显得郁郁寡欢，但那模样更让女人心动。”

静子说了很多话，听起来是在恭维我，可我觉得那都是小白脸身上的卑贱特性，因此我越发消沉、萎靡不振了。我暗自思忖：金钱比女人更重要，我迟早会离开静子，自食其力。可实际上我发现自己越来越依赖静子，包括我从比目鱼家逃出来之后所有的事情，都受到了这个性格刚强的甲州女人的关照。结果，我在静子面前，更是“战战兢兢”。

在静子的安排下，比目鱼、堀木以及静子三人商定：我与老家彻底断绝关系，与静子“堂堂正正”地生活在一起。在静子的帮助下，我的漫画也卖了些钱，我用赚来的钱买酒、买烟。可是我的不安和悒郁却与日俱增。低落的情绪，使我在为静子的杂志社画每月的连载漫画《金太郎与小太郎的冒险》时，突然想起了故乡的家人。由于心中过于凄寂，我趴在桌子上泪流满面，手中的画笔久久无法握起。

这个时候，能安慰我的只有茂子。她已经毫不忌讳地叫我“爸爸”了。

“爸爸，听说只要一祈祷，神什么都会答应的，这是真的吗？”

如果真的有神，我倒真想祈祷。

神啊，请赐给我坚定的意志！请告诉我“人类”的本质！人们相互排挤欺辱，难道不算罪过吗？请赐给我愤怒的假面！

“嗯，是的，如果是茂子的话，许什么愿望神都会答应的。可是爸爸呢，恐怕就不行了。”

“为什么不行呢？”

“因为爸爸违背了父母的意愿。”

“是吗？可大家都说，爸爸是个大好人呢。”

那是因为我欺骗了大家。我也知道这栋公寓里的人，个个都向我表示好感，可我是多么惧怕他们啊！我越是惧怕，越是受大家喜欢，而越是受大家的喜欢，我就越是惶恐，最后不得不远离他们。可是，要向茂子讲明我这种不幸的怪僻，实在太困难了。

“茂子想向神祈祷些什么呢？”我漫不经心地改变话题。

“茂子想要一个真正的爸爸。”

我心头一惊，眼前一片晕眩。敌人！我是茂子的敌人？还是茂子是我的敌人？总之顷刻间，透过茂子的表情，我看见那里也有一个威胁着我的可怕的大人，一个陌生人，一个不可理解的陌生人，全是秘密的陌生人——茂子突然变成了那样一个陌生人。

原本以为能安慰我的只有茂子，没想到这孩子身上也隐藏着“冷不丁抽死牛虻的牛尾巴”。从那以后，我在茂子面前也得战战兢兢了。

“色魔！在家吗？”

堀木又来找我了。

我从比目鱼家出逃的那天，他是那么冷漠，可我却无法拒绝他，只能笑脸相迎。

“听说你的漫画很受欢迎啊。像你这种业余漫画家，倒很有股‘初生牛犊不怕虎’的胆量啊。不过也万万不可骄傲呀，你的素描就烂得一点也不成样子！”

他在我面前摆出一副老师的架势。要是我让他见识见识那些“妖怪”自画像，不知他会是什么表情。我又像惯常那样焦躁起来，嘴上说着：

“别那么说我，再说我会大叫的。”

堀木越发得意了：“仅仅只有圆融处世的才能，总有一天你会露馅的哟。”

圆融处世的才能？除了苦笑，我不知道该说些什么。我居然有圆融处世的才能！莫非像我这种恐惧他人、逃避他人、敷衍他人的性格，竟然与那种奉行俗话所说的“明哲保身”处世训条的狡猾之徒，有着相同的表现形式？人啊，彼此并不了解，又经常错看对方，却自认为是独一无二的挚友，一辈子也没有觉察相互间的差异。待一方死去，还哭哭啼啼地为他念诵悼词。

堀木是我逃离比目鱼家事件的善后人之一（他肯定是在静子的央求下才勉强同意的），所以，他总是摆出一副大恩人的模样抑或月下老人的派头，常常煞有介事地对我说教一番，或是三更半夜喝得酩酊大醉跑来借宿，从我这里借走五块钱后（每次都是五块钱），扬长而去。

“不过，你这玩女人的放荡生活也该到此为止了吧。再玩下去，世人是不会饶恕你的。”

“世人”是什么呢？是人的复数吗？“世人”这个实体究竟存在于哪里呢？我茫然不知，只以为“世人”应该是一种强悍、严厉又可怕的东西，但现在听堀木那么一说，我差点脱口而出："所谓的世人，不就是你吗？"我怕惹怒堀木，话到嘴边最后还是咽了回去。

（世人是不会饶恕你的。）

（不是世人，是你不会饶恕我吧？）

（如果还不停止的话，世人会让你头破血流的。）

（不是世人，是你要让我头破血流吧？）

（你迟早会被世人埋葬的。）

（不是被世人，而是被你埋葬吧？）

"看看你有多可怕、古怪、恶毒、狡诈、阴森吧！"这样的话语在我胸中翻涌，但我只是用手帕擦了擦脸上的汗，笑道："哎，冷汗，冷汗！"

不过从什么时候起，我便有了一种"所谓的世人，不就是个人吗？"的观念。

认识到"世人就是个人"后，与过去相比，我稍微能够按照自己的想法行事了。用静子的话说，就是我变得有些任性了，不再那样战战兢兢了。用堀木的话说，我变得小气了。而用茂子的话，我不大疼爱她了。

我不苟言笑，每天一边照看茂子，一边应各家杂志社的邀请（除了静子所在的杂志社，渐渐地也有其他杂志社向我约稿了，但那些都是比静子她们更低级的三流杂志社）画一些连自己都不知所云的连载漫画。诸如《金太郎与小太郎的冒险》，明显模仿《悠闲爸爸》的《悠闲和尚》，以及《急性子阿宾》。我抱着满心的忧郁，慢吞吞地画着（我的运笔速度相当缓慢），仅仅只是为了挣点酒钱。静子下班回到家之后，我就走出家门，来到高园寺车站附近的小摊或是小酒馆，喝点廉价烈酒，待心情快活之后，才回公寓去。

“越看越觉得你长相古怪。其实，‘悠闲和尚’的造型就是看了你的睡脸得到的灵感。”

“你的睡脸也很苍老哟，就像个四十岁的男人。”

“这都得怪你。我都被你吸干了。俗话说‘河里的水流，人的身体’，有什么想不开的。”

“别瞎嚷嚷了，早点睡吧。要不要先吃点东西。”

静子是那么平心静气，完全不理我那一套。

“要是酒的话，我就喝一点……河里的水流和人的身体，人的水流和……不，不对，是河里的水流和流水的身体……”

我一边胡乱地哼着，一边让静子给我脱衣服，然后我把额头埋在静子胸脯里沉沉睡去。这便是我的日常生活。

同样的事一再重复发生，
只需遵从与昨天相同的习惯。
倘能避免狂烈的喜乐，
大惊大悲自然不会袭来。
遇到阻挡去路的巨石，
蟾蜍便会迂回前行。

当我读到由上田敏翻译的查尔·柯娄的这首诗时，满脸发烫，像是被火烧一般。

蟾蜍。

（这就是我。世人对我已无所谓饶恕与不饶恕，埋葬与不埋葬。我是比狗猫更低等的动物。我是蟾蜍，只会趴在地上慢吞吞蠕动的蟾蜍。）

我喝酒喝得越来越凶。我不光是在高园寺车站附近喝，还到新宿、银座一带喝，有时甚至还在外面过夜。为了避免“遵从与昨天相同的习惯”，我在酒馆里假装无赖汉，见到女招待就一通乱亲。换句话说，总之，我又回到了殉情前的那种状态，不，比那时更卑鄙粗野。没钱时，我甚至还把静子的衣服拿去典当。

自从我来到这个公寓，对着那被大风吹得破破烂烂的风筝露出苦笑，已经过去了一年多。当樱花树冒出新叶，我又偷走了静子的和服腰带和衬衫去典当，然后用换来的钱去银座喝酒，接连在外面过了两夜。第三天晚上，我终于觉得过意不去，便蹑手蹑脚地回到住处。这时我听到了静子和茂子的对话：

“爸爸干吗要喝酒？”

“爸爸啊，并不是真的喜欢喝酒。只因为他人太好了……”

“好人就要喝酒吗？”

“也不是，不过……”

“爸爸肯定会大吃一惊的。”

“也许会讨厌哪。瞧，它又从箱子里跳出来了。”

“就像急性子的阿宾。”

“是啊。”

我听到静子那压低了嗓门却发自内心的幸福笑声。

我把门推开一条细缝，往里面窥探，原来是一只小白兔。它正在房间里蹦来跳去，静子母女俩正追着它玩。

（真是幸福的两人啊。我这个混蛋夹在她们中间，总有一天会把她们的生活搅得一团糟。俭朴的幸福。一对好母女。

啊，如果神能听见我这种人的祈祷，那么请赐给我幸福吧，哪怕一生只有一次也好。）

我多想蹲下来，合掌祈祷。但我轻轻地拉上门，转身回银座去了。从此再也没有踏进那个公寓。

接着，我又在离京桥很近的一家小酒馆的二楼，过上了小白脸的生活。

世人——我似乎对世人的真相有了一些了解。它就是人与人之间的争斗，而且是即时即地的争斗。人活着的意义就是为了在争斗中当场取胜。人是不可能屈服于他人的，即使是奴隶，也会展开卑屈的报复。所以，人们除了当场一决胜负，没有别的生存方式。虽然人们提倡大义名分，但努力的目标必定属于个人。超越个人之后还是个人，世人的疑惑其实就是个人的疑惑。所谓的大海，指的并不是世人，而是个人。

想到这里，我对世间这片汪洋大海的恐惧稍微有所减弱，不再像过去那样谨小慎微。就是说，我逐渐学会只考虑眼前的需要，多少变得有些厚颜无耻。

离开高园寺的公寓后，我来到了京桥的一家小酒馆。

“我和她分手了。”

我对老板娘只说了这一句话，便决出了胜负。从那夜起，我便毫不客气地住进了她二楼的房间。可怕的“世人”却并没有伤害我，而我也没向“世人”做任何解释。只要老板娘不反对，一切都不在话下。

我像是店里的客人，又像是老板，也像个打杂的伙计，还像老板娘的亲戚。我无疑是一个来路不明的人，但“世人”并没有感到奇怪，店里的常客们还“阿叶、阿叶”地叫我，对我非常友善，还请我喝酒。

慢慢地，我对世人不再心存戒心，觉得世人并没有那么可怕。过去的我，对世人的恐惧，更像是被“科学迷信”恐吓一般。比如，春风里有数十万只百日咳细菌；澡堂里有成千上万的细菌能导致人双目失明；理发店里有数以万计的秃头病病菌；生鱼片和没烤熟的猪肉、牛肉里藏着绦虫的幼虫、肝蛭以及各种虫卵；光脚走路时玻璃碴会扎破脚心，钻进体内，刺破眼珠。

或许从“科学”的角度看，确实有数十万只细菌在空气中游走，但同时我也知道：只要我无视它们的存在，它们便与我毫无关联，不过是转瞬即逝的“科学幽灵”罢了。我还听说，如果每个人饭盒里剩三粒饭，一千万人都剩三粒饭，这就等于浪费了好几袋大米；还有，如果一千万人一天都节约一张擦鼻涕的纸，就能省下多少纸浆啊。诸如此类的“科学统计”曾经把我吓得够呛。每当我剩一粒米饭，或是擦一次鼻涕，我的眼前就会出现被浪费的大米和纸浆堆积如山的错觉。这使我心情沉重，仿佛自己犯下了什么重罪。不过，这正是“科学的谎言”“统计的谎言”“数学的谎言”。在熄灯后一片漆黑的厕所里，会有多少人单脚踩进粪坑呢？还有，会有多少乘客跌进省钱电车的车门与月台外缘间的缝隙里呢？统计这种概率问题实在太愚蠢了，与此相同，吃剩下的三粒米饭，也根本不可能被汇集一处。即使作为加减乘除的应用题，也不过是个粗浅低能的题目。虽然它们有可能发生，但我从没有听说过有人在厕所因为没有跨好粪坑而受伤。不过，一直以来，我却深信这种假设。直到昨天，我还把它们当作“科学的事实”来接受，为此担惊受怕。我真是幼稚，忍不住想笑。我因此开始慢慢了解“世人”的真面目。

尽管如此，我仍旧对人感到恐惧。在下楼去见店里的客人时，我必须得先干掉一杯才行。可我又是多么想看到那些可怕的东西啊，所以我每天晚上都会在店里出现，这就像小孩见到自己害怕的小动物，反而会紧紧握在手中一样，我甚至借着酒醉，向店里的客人吹嘘自己不入流的艺术论。

唉，可惜我只是一个没有大喜也没有大悲的无名漫画家。我急切地渴望经历一场狂烈的快乐，就算再大的悲哀随即而来也在所不惜。但是，眼下我只能和客人东拉西扯，喝客人请我喝的酒。

来到京桥以后，这种无聊的生活我已过了一年。我的漫画不再仅限于儿童杂志，也开始登载在车站上贩卖的一些粗俗猥亵的杂志上。我以“上司几太”（情死未遂）这个戏谑的笔名，画了些下流的裸体画，并在当中插入《鲁拜集》中的诗句：

别再做那些无谓的祈祷，
抛却那引人流泪之物。
干一杯吧，只想美好的事情，
忘却多余的烦恼。

用不安和恐惧威胁他人者，
终将畏怯自己造成的弥天罪恶，
为了防备死者的复仇，
终日算计，不得安卧。

昨夜，浊酒下肚，我心欢欣，
今早醒来，却徒留凄清。
怪我啊，只相隔一夜，
我心竟判若两人！

抛却诅咒之念，
就像听见远方喧嚣的鼓声。
袭来莫名的不安。
若连琐碎之事也要被一一问罪，肯定死路一条。

何处有真理给我们指示？
睿智之光又在何处照耀闪烁？
在美丽与恐惧并存的浮世，
软弱之人被迫负起不能忍受的重荷。

正因我们播撒下无能为力的情欲种子，
所以总是受尽善恶罪罚的诅咒。
束手无策，彷徨失措，
因为神没有赐给我们相当的力量和意志。

你在何处徘徊游荡？
又对什么进行批判、反省、忏悔？
嘿，莫非是并不存在的幻影，或是空虚的梦？
哎，忘了喝酒，一切想法全成虚妄。

遥望那漫无边际的苍穹，
我们不过是其中微小的浮点。
怎知这地球是为何自转？
自转，公转，反转，随它吧！

至高无上的力量到处可见，
所有的国家，所有的民族，
无不拥有同样的人性。
难道只有我一人是异类？

人们都误读了《圣训》，
要不亦是缺乏常识和智慧。
忌讳肉体之乐，戒除饮酒之欢，
好啊，穆斯塔法，这种虚伪最是令我痛恨！

那时，有个处女劝我别再喝酒。

“这样下去可不行啊，你整天都喝得醉醺醺的。”

她是小酒馆对面那家香烟铺子老板的女儿，十七八岁，名字叫良子。她皮肤很白，长着一对虎牙。每次我去买香烟时，她总是笑着这样劝我。

“为什么不行呢？有什么不好呢？有多少就喝多少。‘人之子呀，用酒来消除心中的憎恨吧！’古代的波斯人都这么说。他们还说：‘能给我这悲哀疲惫的心灵带来希望的，只有那让我微醉的玉杯。’这你懂吗？”

“不懂。”

“你这小家伙，当心我亲你呦。”

“那你亲啊。”

她毫不羞涩地翘起了下嘴唇。

“傻瓜，居然一点贞操观念都没有。”

话虽这么说，但良子的表情里分明飘荡着一股没有被人玷污的处女气息。

新年刚过的一个寒夜，我喝得醉醺醺地出来买烟，不小心掉进了香烟铺前面的下水道洞口里，我大喊：“良子，快来救救我。”

良子把我拽了上来，还帮我治疗右手上的伤口。这次，她没有笑。

“你酒喝得太多了。”

我不在乎死，但若是受伤出血，沦为一个残废，我是不干的。我一边让良子给我护理伤口，一边寻思自己差不多是该把酒戒了。

“我要戒酒。从明天起，我一滴也不沾。”

“真的？”

“我一定戒。如果我把酒戒了，良子愿意嫁给我吗？”

关于要她嫁给我这事，只是玩笑话而已。

“当然。”

所谓“当然”，是“当然愿意”的省略语。当时正流行各种各样的省略语，比如时男（时髦男子）呀，时女（时髦女子）。

“那好啊。我们拉钩，我一定会把酒戒了。”

可第二天，我又喝酒了。

傍晚时分，我踉踉跄跄地来到良子的店铺前面。

“良子，对不起，我又喝了。”

“哎呀，真讨厌，故意装出一副醉了的样子。”

我被她的话惊了一跳，酒一下子清醒了许多。

“不，是真的。我真喝了酒。我不是故意装醉。”

“别捉弄我了，你真坏啊。”

她一点也不怀疑我。

“你看看我的样子就知道啦。我今天又喝酒了，请原谅我吧。”

“你可真会演戏哪。”

“我不是在演戏，你这个傻瓜。当心我亲你哟。”

“那你亲呀！”

“不，我没有资格。娶你的事也只有死心了。你看我的脸，很红吧？因为我喝了酒啊。”

“那是因为夕阳照在脸上。你想作弄我可不行。昨天不是说好了吗？你不可能再去喝酒的。我们拉了钩的，你说你喝了酒，肯定是在骗人、骗人、骗人！”

良子坐在昏暗的店铺里笑着。她那白白的脸蛋，还有她那不知污秽为何物的童贞，是那么的宝贵。我还没有和比我小的处女一起睡过觉。那就和她结婚吧，即使因此遭遇再大的悲哀，我也无所谓。一生中总要体验一次放纵的狂乐。我曾经认为，童贞的美丽不过是愚蠢的诗人天真悲伤的幻想，没想到它确实真真切切地存在于这世上。我当即下定决心，也就是抱着所谓“一决胜负”的心理，毫不犹豫地偷摘走了这朵鲜花。

“结婚后，等到春天到来，我们一起骑着自行车去看青叶掩映的瀑布吧！”

不久，我们便结婚了。从中获得的快乐并没有我想象中的大，但之后遭遇的悲哀，却远不是“凄烈”可以形容，完全超乎了我的想象。对于我来说，“世人”终究是一个深不可测的恐怖洞穴，所谓的“一决胜负”并不能决定一切。

二

堀木与我。

倘若这世上所谓“交友”是指相互轻蔑却又彼此来往，并使得双方越来越无趣，那我和堀木无疑是最好的“朋友”。

多亏了京桥那家小酒馆老板娘的侠义相助（用“侠义”来形容女人，显得有些奇怪，但根据我的经验，至少在都市的男女中，女人比男人更具有侠义的心肠。男人做起事来大都心虚胆怯，只重门面，而且还很小气，吝啬无比），我和良子同居了。我们在筑地靠近隅田川的一栋木结构的两层公寓，租下了一楼的一个房间。我戒了酒，开始专心从事那日渐成为我固定职业的漫画创作。晚饭后，我们一起去看电影，回家的路上，或是顺道走进咖啡馆喝点什么，或是买下一个花盆。不，比这些更有乐趣的，是听对我无比信赖的这个小新娘说话，观赏她做出的每一个动作。我心头隐隐涌起一阵温暖，觉得自己正变得越来越像一个正常人，再也用不着以悲惨的方式结束生命。就在我沉浸于这种天真的想法时，堀木又出现在我面前。

“哟，色魔！哎呀，看你的表情，好像变得稍微懂些人情世故了。其实，今天我是替高圆寺那个女士来向你传话的。”

说完，他突然压低了嗓门，朝正在厨房里泡茶的良子那边扬了扬下巴，问我："不要紧吧？"

"没什么，有话就尽管说吧。"我平静地回答道。

事实上，良子真是算得上信赖他人的天才。我和京桥那家小酒馆的老板娘之间的关系自不用说，就连我告诉她发生在镰仓的那起事件，她也毫不怀疑我和常子之间的事。这倒不是因为我善于撒谎，有时候我甚至说得再明白不过，可良子却似乎只当是笑话来听。

"你还是那么自命不凡啊。其实也没什么大不了的事，她让我转告你，有空就去高圆寺那边玩玩吧。"

刚要忘记，一只怪鸟便扑打着翅膀飞来，用嘴啄破了我记忆的伤口。于是过去那些耻辱与罪恶的记忆瞬间在脑海里浮现，一种禁不住要大喊的恐惧，让我坐立不安。

"去喝一杯吧。"我说道。

"好。"堀木应道。

我和堀木，外表相似，有时会被误认为是一模一样的人。当然，这仅限于我们四处喝廉价酒的时候。总之，只要两个人一碰头，立刻就会变成外表和毛色都相同的两条狗，一起在下着雪的巷子里来回奔走。

那天以后，我们恢复了以往的友情，结伴去了京桥那家小酒馆。最后这两条醉成烂泥的狗还前往静子的公寓，在那里过了一晚。

那是一个我无法忘记的闷热夏夜。黄昏时分，堀木穿着一件皱巴巴的浴衣来到我住的公寓。他说今天需要钱有急用，把夏天的衣服当掉了，但要是被他的老母亲知道那就麻烦了，所以想马上把衣服赎回来，让我借点钱给他。不巧的是我手头也没钱，便照老样子，让良子拿衣服去当铺换点钱回来借给堀木，剩下的钱让良子买了烧酒。我和堀木来到屋顶，隅田川不时飘来夹杂着泥腥味的凉风，我们开始摆开一桌略微肮脏的纳凉晚宴。

这时，我们玩起了一种猜喜剧名词和悲剧名词的字谜游戏。这是我发明的一种游戏，所有的名词都可以分为阴性名词、阳性名词、中性名词，同样的，也应该可以分为喜剧名词与悲剧名词。例如，轮船和火车都属于悲剧名词，市营电车和公共汽车则属于喜剧名词。不懂得如此划分的缘由，是无权谈论什么艺术的。要是有剧作家在喜剧中夹杂了一个悲剧名词，就不配再以剧作家自居，换成悲剧也是这样。

“准备好了吗？香烟是什么名词？”我问道。

“悲剧（悲剧名词的略称）。” 堀木立即回答。

“药品呢？”

“是药粉还是药丸？”

“是针剂。”

“是悲剧。”

“是吗？可还有荷尔蒙针剂呀。”

“不，肯定是悲剧。你不觉得，注射用的针本身就是一个大悲剧吗？”

“好吧，算你说得对。不过你听着，药品和医生是例外，它们都属于喜剧哦。那么接下来，死亡呢？”

“喜剧。牧师与和尚也是。”

“厉害！那么，生存就是悲剧了吧。”

“不，生存也是喜剧。”

“这样一来，什么都成喜剧了。我再问你，漫画家呢？你不会也说是喜剧吧？”

“悲剧，悲剧，这是一个极大的悲剧名词。”

“原来你是个极大的悲剧啊，哈哈！”

闲聊一旦变成这种低级的谐谑，就会显得无聊，但我们却认为这种游戏是世上所有沙龙都不曾有过的，为此很是得意。

当时，我还发明了另一种类似的游戏。那就是反义词的字谜游戏。例如，黑色的反义（反义词的略称）是白色，但白色的反义却是红色，而红色的反义是黑色。

“花的反义词是什么呢？”我问道。

堀木撇着嘴沉思。

“呃……有家料理店的名字叫‘花月’，这样说来，应该是月。”

“错，那不是花的反义词，说是同义词还差不多。星星和紫罗兰，不就是同义词吗？那不是反义词。”

“我明白了。那就是蜜蜂。”

“蜜蜂？”

“经常出现在牡丹花上……或者是蚂蚁？”

“什么呀，那是绘画题材。别想蒙混过关。”

“啊，知道了，有句话说‘花遇丛云’。”

“那是明月遇丛云吧？”

“对，对，你这么一说，我想到了，娇花遇和风。是风！花的反义词是风！”

“那不是浪花调里的句子吗？你这下可真是泄底了。”

“那就是琵琶。”

“更不对了。花的反义词嘛，应该是举出这个世界上最不像花的东西才对。”

“难道是……等一下，什么呀，原来是女人啊！”

“那顺便问你一句，女人的同义词是什么？”

“内脏。”

“你啊，对诗真是一窍不通。那内脏的反义词呢？”

“牛奶。”

“这倒是有点意思。那按照这个样子再来一题。耻辱的反义词是什么？”

“是无耻。就是流行漫画家上司几太。”

“那堀木正雄呢？”

说到这里，我们两个再也笑不起来了。心情变得阴郁沉闷，仿佛脑袋里塞满了玻璃碎片，那是烧酒喝多了之后特有的感觉。

“你别得意，我和你不一样，我可没像你那样蒙受过被绳子捆绑的耻辱。”

我大吃一惊。原来堀木并没有把我当作真正的人来看待，他只是把我当成一个自杀未遂、不知廉耻的愚物，也就是所谓的“行尸走肉”。他无非为了自己的快乐而竭尽所能地利用我罢了。一想到这就是我和他的交情，我不禁有些难过。但转念一想，堀木那样对待我也在情理之中，从小我就没有做人的资格，被堀木这样蔑视，也无可厚非。

“罪。罪的反义词是什么呢？这道题很难哟。”我假装若无其事地说道。

“法律。”

堀木平静地回答，我不由得再次看向他。在附近大楼霓虹灯的红光映照下，堀木的脸就像魔鬼刑警般威风凛凛。我一时竟怔住了。

“你说什么呀？罪的反义词不是那种东西。”

他竟然说罪的反义词是法律！或许世人想的就是这么简单。他们安分守己，以为没有警察的地方罪恶才会蠢蠢欲动。

“你说是什么呢？是神吗？你身上什么时候有了一股基督教徒的味道，真让人讨厌。”

“别那么随便给人下结论，我们再想想看吧。这是一个有趣的题目，不是吗？单凭对这个题目的回答，就可以知晓那个人的一切。”

“也许吧……那罪的反义词是善。善良的市民，也就是像我这样的人。”

“别再开玩笑了。善是恶的反义词，不是罪的反义词。”

“恶与罪难道有什么不同吗？”

“我觉得是不同的。善恶的概念是由人定的，是人类随随便便创造出来的道德词语。”

“真是啰唆呢。这样的话，还是神吧。神，神。把什么都归结为神总没错。哎呀，我肚子饿了。”

“良子正在楼下煮蚕豆。”

“太棒了。正是我喜欢吃的。”

他双手交叉枕在脑后，仰躺在了地上。

“对罪这类东西，你好像一点兴趣也没有。”

“说来也是，因为我不像你是个罪人呀。即使我玩女人，也绝不会害死女人，同样也不会卷走女人的钱。”

我没有害死女人，也没有卷走女人的钱——我内心深处某个角落里发出微弱却又坚定的抗议之声。但随即我又转念想到，那一切确实是自己的错。这正是我怪异的地方。

我怎么也无法与堀木当面争辩。那因喝多了烧酒而生出的阴郁的醉意，让我的心情越发紧绷。我拼命压抑着，几乎是自言自语般说道：

“不过，唯独被关进监狱这一点，不算是我的罪。我觉得只要知道了罪的反义词，就能把握住了罪的实体。神……救赎……爱……光明……但是，神的反义词是撒旦，救赎的反义词是苦恼，爱的反义词是恨，光明的反义词是黑暗，善的反义词是恶。罪与祈祷、罪与忏悔、罪与坦白、罪与……唉，这些全是同义词。罪的反义词究竟是什么啊！”

“罪的反义词是蜜，像蜂蜜那样甜。哎呀，我肚子都饿了，快去拿点吃的东西来吧。“

“你自己怎么不去拿！”

我用平生从没有过的暴怒的声音说道。

“好吧，那我就到楼下和良子一起犯罪后再上来吧。与其在这里空谈大论，还不如实地考察。罪的反义词是蜜豆，不，是蚕豆。”

他已经醉得语无伦次了。

“随你的便，离我远点！”

“罪与饥饿，饥饿与蚕豆，不对，这是同义词吧？”

他一边说着胡话，一边站了起来。

罪与罚。陀思妥耶夫斯基。那一瞬间，这两个词在我大脑的某个角落掠过，使我猛地一惊。也许那个陀思妥耶夫斯基并不把罪与罚看作同义词，而是看作反义词并列在一起。罪与罚，两个毫无相通之处的字，两个水火不容的字。把罪与罚看作反义词的陀氏，他笔下的绿藻、腐臭的水池、一团乱麻的内心世界……啊，我有点明白了，不，好像还没有……正当这些念头像走马灯似的闪过我的脑海时，堀木的叫声忽然传来：

“喂，那是什么蚕豆呀！快来！”

他的声音和脸色都陡然大变。他刚蹒跚着下楼，马上又折了回来。

“什么事？”

周围突然弥漫起一股紧张的气氛。我和他从楼顶下到二楼，又从二楼往下走。在中途的楼梯上，堀木停下了脚步，用手指着说道：

“你瞧！”

我住的那间屋子上方的小窗正开着，可以看到房间的里面。只见房间里亮着灯，有两只“动物”正干着什么。

我感到头晕目眩，呼吸急促，心里念叨着：“这也是人类的一种面目，这也是人类的一种面目。没什么可大惊小怪的。”我呆立在楼梯上，以至于忘记了该去救良子。

堀木大声地咳嗽。我则逃命似的又跑回了屋顶，躺在地上，仰望着布满水汽的夏日夜空。此时，我的心中没有愤怒，没有厌恶，更没有悲哀，只有剧烈的恐惧。那不是在墓地撞见幽灵的恐惧，而是在神社的杉树林中撞上身着白衣的神明时，那种古老的不容分说的极端的恐惧。一夜之间，我少白头，渐渐地对所有事情都失去了信心，对人类感到无止境的怀疑，从此永久地远离了对人世生活的全部期待、喜悦、共鸣。事实上，这是我人生中决定性的事件，仿佛有人迎面砍伤了我的眉心，从那以后，我无论与谁接近，那伤口都会隐隐作痛。

“虽然我很同情你、不过你也该多少有所觉悟了吧。我再也不会来这里了。这里简直是个地狱……不过，你还是原谅良子吧。你自己也好不到哪里去。告辞了。”

堀木可没那么傻，绝不会在令人尴尬的地方长久停留。

我站起来，一个人喝着烧酒，然后便“哇”的一声痛哭起来。

不知什么时候，良子怔怔地站在我身后，手里端着盛满蚕豆的盘子。

“要是我说我什么都没有做……”

“好啦，什么都别说了。你啊，是一个不知道怀疑别人的人。坐下一起吃蚕豆吧。”

我们并排坐下，吃着蚕豆。唉，信赖别人难道是罪过吗？对方是个不学无术的小个子商人，三十岁左右，每次来找我画漫画，都会煞有介事地留下很多钱，然后扬长而去。

那个商人后来再也没来过。不知为什么，比起那个商人，我更憎恨堀木。他没有在发现那幅场景时故意干咳几声来阻止，反而折回到屋顶通知我。对堀木的愤怒不时地在难眠之夜涌现，令我叹息呻吟。

对于良子，不存在什么原谅与不原谅的问题。良子是个信赖他人的天才，她不知道怀疑他人。但正因为如此，事情才会这样悲惨。

我不禁向神灵发问：“信赖他人难道是罪过吗？”

比起良子的身体遭人玷污，良子对他人的信赖遭到玷污这件事，才是造成我日后几乎无法生活下去的痛苦根源。对于我这样一个畏畏缩缩、总是看人脸色行事、对他人的信赖之心早已破裂的人来说，良子那纯真无瑕的信赖他人之心，恰如青叶掩映的瀑布一般清新怡人。然而它却在一夜间化为发黄的污水。这不，从那晚开始，良子对我的一颦一笑都很在意。

“喂。”

每次我叫她，她都会胆战心惊，似乎不知道该看向哪里。无论我再怎么逗她发笑，她都始终是一副战战兢兢、畏首畏尾的样子，胡乱地用敬语和我说话。

难道纯真无瑕的信赖他人之心是罪恶之源吗？

我找来那些描写妻子遭人奸污的故事书来看，没有一个女人像良子那样遭受如此悲惨的奸污。她的遭遇根本不能成为故事。在那个小个子商人与良子之间，如果存在着哪怕一丁点近似恋爱的情感，我的心情或许还会好受些。然而，就在夏天的那个夜晚，良子相信了他。仅此而已，而我也因此被人迎面砍伤了眉心，变得声音沙哑，一夜之间少白头，而良子这一生也不得安宁。大部分故事的重点，似乎都放在了丈夫能不能原谅妻子那种“行为”上，但对我来说，这并不是多么痛苦的重大问题。有权选择原谅与不原谅的丈夫或许才是幸运的，如果认为自己无法原谅妻子，那么也没必要大吵大闹，马上和她离婚，然后再娶一个新娘就好了。如果做不到，那就只好原谅对方，忍下这口气。不管怎么说，做丈夫的，凭自己的心情就能够平息各种纷扰。总之，虽然那种事对丈夫确实是个重大打击，但这种打击与永无休止冲击海岸的波涛不同，有权利的丈夫只要凭借愤怒便可以处置这种问题。而我呢？身为丈夫没有任何权利，别说愤怒，连一句怨言也说不出口。妻子只是因她那种罕见的美好品质才遭人玷污的。再说，她的丈夫也正是被那种惹人怜爱的美好品质深深吸引而来的。那是对人纯真无瑕的信赖之心。

难道纯真无瑕的信赖他人之心也算是罪过吗？

我甚至对这种唯一救赎自己的美好品质也起了疑心，一切都变得不可理喻，我又开始喝起了酒。我脸上的表情变得越发卑微，一大早起来就喝烧酒，导致牙齿脱落，手头的漫画也都是些近似春宫淫画的东西。算了，还是坦白地说吧。那时候我偷偷贩卖起自己临摹的春宫画，因为我急需钱买酒喝。每当我看到良子一副畏畏缩缩的模样，我就不禁胡思乱想："她是一个对别人完全没有戒心的女人，没准和那个商人不止那么一次吧？那跟堀木呢？不，也许是和我不认识的人？"我起了疑心，但还是没有勇气去加以证实。我被那惯有的不安和恐惧纠缠着，只能在喝醉之后，战战兢兢地试着进行卑屈的诱导性审讯。我的心随着审讯忽而高兴忽而沮丧，表面上却拼命地进行滑稽表演，然后对良子展开地狱般可憎的爱抚，就此酣然大睡。

那一年的年末，我喝得烂醉如泥，在深夜时分回到家里。我想喝杯白糖水，可良子似乎已经睡着了，我只好自己去厨房找白糖罐。打开盖子我发现里面没有白糖，只放了个细长的黑色纸盒。我随手拿来一看，顿时目瞪口呆。尽管盒子上贴着的标签被人用指甲抠去大半，但英文的部分却留了下来，上面清清楚楚地写着：DIAL。

DIAL。那时我虽然整天喝酒，但并没有服用安眠药。可我本身长期失眠，对大部分安眠药都很熟悉。单凭这一盒的剂量就足以致人于死地。盒子还没开封，想必她曾经有过轻生的打算，才会刮掉上面的标签，偷偷藏在这种地方吧。真是可怜，这孩子因为读不懂标签上的英文，所以只用指甲抠掉一半，以为这样一来就没人知道了（良子啊，你没有错）。

我悄悄地倒满一杯水，然后慢慢撕掉盒子的封口，一口气把药全塞进嘴巴，冷静地喝干杯子里的水，随即关灯睡觉。

据说我像死掉一般整整睡了三天三夜，医生认为是服药过量，所以没有报警。听护士说，我醒来后的第一句话是“我要回家”。我口中所谓的“家”，到底指的是什么，连我自己也不清楚。总之，我是那么说了，还大哭了一场。

眼前的雾渐渐散去，我定睛一看，原来是比目鱼摆着一张不耐烦的臭脸坐在我的枕边。

“上次也是在年末。这种时候大家都忙得晕头转向。他却偏挑年末干这种事，这是要我的命啊！”

京桥那家小酒馆的老板娘，也在一旁听比目鱼发牢骚。

“老板娘。”我叫道。

“嗯，有什么事？你醒过来啦？”

老板娘说着，把她的那张笑脸贴在了我的脸上。

我不由得泪流满面。

“请让我和良子分手吧。”

这样一句话，连我自己也意想不到。

老板娘欠起身，微微地叹息一声。

接着我又失言了，简直不知该说是滑稽还是愚蠢。

“我要到没有女人的地方去。”

"哈哈哈！"比目鱼第一个放声大笑，然后老板娘也哧哧地笑。我自己也一边流着泪，一边红着脸，苦涩地笑了起来。

"唔，这想法倒是好呀。"比目鱼粗俗地笑着，"你最好是到没有女人的地方去。要是有女人的话，怎么振作都不行，去没有女人的地方，真是个好主意啊。"

没有女人的地方。我这近于痴人说梦般的胡言乱语，日后居然悲惨地实现了。

良子似乎坚定地认为，我是替代她服毒品的，因而在我面前更加胆战心惊了。无论我说什么，她就是不开口。我觉得待在公寓的房间里胸闷气短，于是又经常跑到外面四处喝廉价酒。但自从那次服药过量事件以后，我的身体明显变得消瘦，手脚无力，对画漫画稿也渐渐没了兴趣。比目鱼来医院探望我时留下了一笔钱（比目鱼说"这是我的一点心意"，好像那钱是从他自己的荷包里掏出来的一样。其实那是我老家的哥哥们寄来的。比起从比目鱼家出逃那时候，现在的我已经能够看穿他那装腔作势的把戏了，所以我也就狡猾地假装不知情，向比目鱼道了谢。可是比目鱼干吗要这么处心积虑？我似懂非懂，总觉得蹊跷）。我用那笔钱独自去了南伊豆温泉，但我根本不是那种能够长时间绕着温泉悠闲旅行的人。一想到良子，我就感到无限的寂寞，连一丝眺望旅馆房间窗外山峦的平和心境也没有。我既没有换上棉和服，也没有泡温泉澡，而是跑进外面一家脏兮兮的茶馆似的地方，拼命往肚子里灌烧酒，把身体糟蹋得更加糟糕之后返回东京。

某个夜晚，一场大雪降临东京。我醉醺醺地沿着银座的小巷走着，反复哼唱着"这里离故乡有几百里，这里离故乡有几百里”，边唱边用鞋尖踢开街头的积雪。突然间我吐了，这是我第一次吐血。雪地上出现了一面硕大的太阳旗。我久久地蹲在原地，然后用双手捧起那些没有被弄脏的白雪，一边洗脸一边哭了起来。

这里是何处的小道？

这里是何处的小道？

恍若幻听一般，一个女孩哀婉的歌声依稀从远处传来。不幸。这世上不乏不幸之人，不，即使说这世上尽是不幸之人，也绝不夸张。但是，他们可以堂堂正正地向这世界抗议自己承受的不幸，而“世人”也很容易理解和同情他们的抗议。可是我的不幸全部来自自身的罪恶，所以无从向任何人抗议。假如我结结巴巴地说出某句类似抗议的话，不仅是比目鱼，世上所有人都会无比惊讶。我到底是俗话所说的“狂妄任性”，还是与此相反，是个怯懦的胆小鬼呢？我自己都弄不明白。总之，我是罪孽的聚合体，只能变得越来越不幸，而这是无法防范的。

我站起身，琢磨着先吃点对症的药，于是便走进附近的一家药店。与老板娘四目相对的刹那，她就像被镁光灯照花了眼，抬起头瞪大双眼，呆呆地站立着。但那瞪大的眼睛里没有惊愕或是厌恶的神情，而是流露出既像求救又像仰慕一般的神情。啊，她肯定也是个不幸的人，因为不幸的人总是能敏感地察觉出别人的不幸。正当我这样想的时候，我注意到那个女人竟拄着拐杖颤巍巍地站着。我抑制住想朝她跑过去的冲动，却还是在与她对视之时，流下了眼泪。老板娘那双瞪大的眼睛里也涌出了泪水。

就这样，我一句话也没说，就走出了那家药店，踉踉跄跄地回到公寓，让良子化了杯盐水给我喝，之后默默睡下。第二天我谎称感冒，在屋里躺了一天。到了晚上，我对自己吐血这件事（尽管没有人知道）真切地感到不安，于是起身去了那家药店。这次我是微笑着向老板娘如实告知自己的身体情况，向她咨询治疗方法。

“你不能再喝酒了。”

我们就像骨肉至亲一般亲近。

“可能是酒精中毒吧。我现在还想喝酒呢。”

“那可不行。我的丈夫得了肺结核，却说酒可以杀菌，整天泡在酒里，结果把自己的命都喝没了。”

“我很担心，害怕得快不行了。”

“我这就给你开药。记得一定要把酒戒了。”

老板娘（她是个寡妇，有个儿子，考上了千叶或是什么地方的医科大学，可是不久就患上了和自己父亲同样的病，现在正休学住院。她家里还躺着一个中风的公公，她自己在五岁的时候患上小儿麻痹症，一只脚完全不行了）拄着拐杖，翻箱倒柜地找出各种药品。

“这是造血剂。”

“这是维生素注射液，这是注射器。”

“这是钙片。肠胃不舒服，就吃这个淀粉酶。”

她满怀爱心地给我介绍了五六种药品。但这个不幸的老板娘的善意，对我来说过于沉重了。最后，她说“你实在忍不住想喝酒，就用这个药”，然后迅速地将药品包在了一个纸盒里。

原来是吗啡的注射液。

老板娘说“这药比酒的危害要小”，我也就相信了她的话，而且我自己也认为酗酒是件丢人现眼的蠢事，所以很庆幸自己终于能够摆脱酒精这个恶魔的纠缠，于是毫不犹豫地在自己的手臂上注射了吗啡。不安、焦躁、害臊，一下子扫荡一空，我甚至变成了一个开朗上进的雄辩家。每当注射完吗啡，我就会忘记自己身体的虚弱，一门心思地投入漫画的创作中，脑子里不断浮现令人捧腹大笑的绝妙构思。

一开始我一天只注射一针，后来一天增加到了两针，最后增加到一天四针，一旦少了那东西，我就无法工作。

“那可不行啊。上瘾了怎么办？”

经药店老板娘这么一提醒，我才发现自己已经严重上瘾（我这人很容易接受别人的暗示。如果有人说“尽管这笔钱不能花，可既然是你，那就……”我就会产生一种怪异的错觉：觉得不花掉那笔钱，就会辜负对方的期待，于是会马上把它花掉）。上瘾的不安反倒让我对那种药品的需求越来越大。

“拜托，再给我一盒。到月底我一定把钱付清。”

“钱什么时候付都没关系，可要是被警察知道就很讨厌了。”

唉，不知什么原因，在我的周围总是充斥着一股浑浊灰暗、见不得人的可疑气氛。

“请你无论如何帮我应付过去，拜托了，老板娘。我亲你一下吧。”

老板娘的脸一下子红了。

我趁势央求。

“没有药的话，我就没办法工作。对我来说，那就像是壮阳药。”

“这样的话，不如注射荷尔蒙吧。”

“你不要戏弄我。要么靠酒，要么靠那药，否则我就没法工作。”

“酒是肯定不行的。”

“对吧？自从我用了那种药，可一滴酒都没沾呢。多亏了它，我的身体状况变好了。我也不想一直画那些下流的漫画，我要把酒戒了，调养好身体，努力地学习，成为一个伟大的画家给你瞧瞧。眼下正处于节骨眼上，所以我拜托你啦。让我亲你一下吧。”

老板娘扑哧一笑。

“这可真让我为难啊，上瘾了我可不管啊。”

她“咚咚”地拄着拐杖，从药架上取来那种药。

“我不能给你一整盒，你马上就会用完的。给你一半吧。”

“真小气，算了，没办法呀。”

回到家，我立刻注射了一针。

“不疼吗？”良子战战兢兢地问我。

“当然疼了。不过，为了提高工作效率，即使不愿意也得这样啊！最近我很精神吧？好了，我要开始工作了。工作，工作！”我兴奋地嚷着。

我曾在半夜敲开药店大门。老板娘身上裹着睡衣，“咚咚”地拄着拐杖走了出来。我猛地扑上去，一边吻她，一边做出一副痛哭流涕的样子。

老板娘只是默默地递给我一盒药。

当我深切地体会到吗啡和烧酒一样，不，甚至是更可恨、更肮脏的东西时，我已经变成了一个彻彻底底的上瘾者。我可以说无耻至极。为了得到吗啡，我又开始临摹春宫画，并与药店的残疾老板娘发生了丑陋的关系。

我想死，死掉算了。一切已经不可挽回。无论干什么都是徒劳，只会更加丢人现眼。骑自行车去观赏青叶掩映的瀑布，我已经不敢奢望了。一切都只是污秽卑劣的罪恶的不断累积，我的烦恼因此变得更多更强烈。我想死，必须得死。我活着只会成为罪恶的种子。我如此这般左思右想着，却仍旧近乎疯狂地往返穿梭于公寓与药店之间。

我拼命地工作，吗啡的用量也随之递增，欠下的药费已高得令人恐惧。老板娘每次看到我的脸，就会哭起来，而我也禁不住泪流满面。

地狱。

逃离地狱还有最后一招，如果再失败，我就只有自杀了。我把神是否存在作为赌注，给老家的父亲写了一封长信，坦白地告诉他我的实际情况（有关女人的事，最终没有写）。

没想到结果更加糟糕。我焦急等待，父亲却一直没有回信。等待的焦灼与不安，反而使我加大了吗啡的用量。

今天晚上，索性一口气注射十针，然后跳进大海自杀——就在我暗下决心的当天下午，比目鱼像是用恶魔的直觉嗅到什么似的，带着堀木出现在我面前。

“听说你吐血了？”

堀木在我面前盘腿坐下，这样问着，脸上荡漾着我从没见过的温柔笑容。那温柔的笑容让我既感激又兴奋，不由得背过身去泪流不止。他那温柔的微笑，彻底将我粉碎，将我埋葬。

他们把我强行送上汽车。“你得住院治疗，其他的事情尽管交给我们”，比目鱼用平静的语气劝导我（那种平静的语气，完全可以用慈悲来形容）。我像个毫无意志与判断力的傻瓜，抽抽搭搭地哭着，唯唯诺诺地服从他们两人的安排。加上良子，我们四个人在车上颠簸了许久，直到天色变得有些昏暗，才到达森林深处的一家大医院门口。

我一直以为这是一家疗养院。

我接受了一个年轻医生温柔而细致的检查，然后他腼腆地笑道：

“那就先在这里静养一阵子吧。”

比目鱼、堀木和良子把我一个人留在了医院。良子离去前把装有换洗衣服的包袱交给我，接着默默地从腰带中间掏出注射器和没有用完的吗啡交给我。她果然以为那是壮阳药。

“不，我不要了。”

这可真难得。我平生第一次主动拒绝别人的劝诱。我的不幸，就是在于缺乏拒绝别人的能力。我害怕一旦拒绝别人，便会在双方心中留下一道永远无法修复的裂痕。可我却自然而然地拒绝了让我几近疯狂的吗啡。或许是我被良子那种“神灵般的无知”打动了吧。在那一瞬间，我算是摆脱毒瘾了吗？

我随即被那个脸上有着腼腆微笑的年轻医生带到了一栋病房。“咔嚓”一声，大门上锁。原来这里是精神病医院。

“我要到没有女人的地方去。”我在服用过量安眠药被救醒后的胡言乱语，竟然奇妙地实现了。病房里的精神病患者全是男人，连护士也是男的，没有一个女人。

现在我已不再是罪人，而是一个疯子。不，我绝对没有发疯。哪怕是一瞬间，我也没疯过。但是，又有哪个疯子会说自己疯了？可以说，被关进这家医院的全是疯子，而逍遥在外的，全都是正常人。

我向神灵发问："难道不反抗也是一种罪过吗？"

面对堀木那令人不解的温柔微笑，我曾经既感激又兴奋，忘了判断和反抗，坐上汽车，被他们带来这里，变成了一个疯子。就算现在从这里出去，我的额头上也还是会被人打上"疯子"，不，是"废人"的烙印。

我丧失了做人的资格。

我已完全称不上是一个人了。

我来到这里时，正是初夏时节。从铁格子窗向外望去，能看见院子里的小池塘盛开着红色睡莲花，三个月后，院子里的波斯菊开始绽放。

这时，发生了意想不到的事情：老家的大哥带着比目鱼前来接我出院了。大哥用他惯有的一本正经而略带紧张的语气说道："父亲因为患胃溃疡，在上个月的月末去世了。我们对你过去的事一概不追究，今后也不用你为生活操心，你什么都可以不做。可能你对东京还有留恋，但必须马上离开，回老家疗养。你在东京闯下的祸，涩田先生已差不多帮你解决了，你不必记在心上。"

蓦然间，故乡的山水在我的眼前浮现，于是我轻轻地点了点头。

我已完全变成了一个废人。

得知父亲病逝后，我变得越来越萎靡颓废。父亲已经不在了。那份曾占据我心际可亲又可怕的存在，已经消失，陡然间，我觉得自己那收容苦恼的器皿变得空空荡荡。我因此怀疑，自己那收容苦恼的器皿曾经之所以那么沉重，是父亲的缘故。我顿时变成一只泄了气的皮球，连苦恼的能力也一并失去了。

大哥履行了对我的诺言。从家乡坐四五个小时的火车南下，有一处在东北地区少有的温暖的海滨温泉。村边有五间破旧的茅屋，里面墙壁剥落，柱子也被虫蛀了，几乎无法修缮。但大哥却为我买下了这五间屋子，还为我雇了一个年近六十、长着一头红发的丑陋女佣。

那以后又过去了三年。这期间，我多次遭到这个名叫阿铁的老女佣的侵犯。有时我和她会像夫妻一样吵架。我的肺病时好时坏，人忽胖忽瘦，有时甚至还吐出了血痰。昨天我让阿铁到村里的药店买点安眠药卡尔莫钦，她买回来的药和以往的包装大为不同。我也没有特别在意，可是睡前我连吃了十粒也无法入睡。正当我觉得奇怪时，肚子开始痛起来，于是我急忙跑进厕所，结果腹泻得厉害，那以后我又上了三次厕所。我有些纳闷，这才拿起药盒细看，原来是一种名叫“海诺莫钦”的泻药。

我躺在床上，把热水袋放在肚子上，恨不得对阿铁发一顿牢骚。

“你呀，这不是卡尔莫钦，这是海诺莫钦啊。”

我刚一说完，就哈哈笑了起来。看来，“废人”的确像个喜剧名词。本想吃安眠药，却误服了泻药，而这泻药的名字正好叫海诺莫钦。

现在的我，说不上幸福或不幸福。

一切都将过去。

在我一直痛苦不堪地活着的这个所谓“人”的世界里，这是我唯一愿意视为真理的东西。

一切都将过去。

今年我将满二十七岁。因为白发明显增多，所以人们大都以为我已经四十有余了。

后记

我并不认识写下上述手札的疯子，但我却与另一个人有些交情，她与上述手札中提到的京桥那家小酒馆的老板娘倒有些相似。她个头不高，脸色苍白，细长的眼睛向上挑着，鼻梁高挺，与其说是个美人，不如说更像个英俊青年，给人一种硬朗的感觉。这三篇手札描写的是昭和五年至七年那段时间的东京风情。而我在那个朋友的带领下，去了三次那家小酒馆，喝加冰的威士忌酒，那已经是昭和十年前后的事，也就是日本的"军部"越来越胡作非为的时候。所以，我不可能见过写下这些手札的那个男人。

今年二月，我拜访了在千叶县船桥避难的一位朋友。她是我大学时代的校友，现在是某女子大学的讲师。我曾经拜托她给我的一个亲戚说媒，因此我这次去找她，一来是为了这事，二来是顺道给家里人买一些新鲜的海产品，于是我就背上帆布包去了船桥。

船桥是一个临海的大城镇。朋友是新搬过去的，当地人都不知道她住哪里。天气寒冷，我背着帆布包的肩膀疼痛不已。这时，我被唱机里发出的提琴声吸引住了，于是走进了一家咖啡馆。

老板娘我好像在哪里见过，一问才知道，原来她就是十年前京桥那家小酒馆的老板娘。她似乎也认出了我，彼此都很吃惊，然后相视而笑。

我们没有按惯例彼此询问遭到空袭的经历，而是夸耀似的寒暄道：

“你呀，可真是一点没变呢！”

“不，已经是老太婆了，身子骨都快散架了。你才是年轻呢！”

“哪里哪里。我孩了都有三个了。我今天就是为了他们才来这里买东西的。”

我们像久别重逢的朋友那样寒暄着，然后打听双方都认识的朋友近况。突然，老板娘语调一转，问道：“你认识阿叶吗？”我说：“不认识。”老板娘便从屋里拿来三本笔记本和三张照片交给我。

“这些或许可以成为小说的素材。”

我无法将别人硬塞给我的材料写成小说，所以我打算当场还给她，却被那些照片震惊了（那三张照片的怪异处，我已经在前言中提及），因此决定暂且保管这些笔记本，回去时再来这里一趟。我问老板娘：“你认识某街某号的某人吗？她在女子大学当老师。”她也是新搬来的，所以相互认识。她说我的那个朋友常常来咖啡馆，就住在这附近。

那个晚上，我和朋友一起喝了点酒，留宿在她那里，结果直到早晨我都没能入睡，一直在看那三篇手札。手札上写的都是些过去的事，但现代的人读了，肯定也会兴致勃勃。我想，与其用我拙劣的文笔加以修改，不如原封不动，让哪家杂志社发表出来。这样似乎更有意义。

给孩子买的海产品，尽是些干货。我背上帆布包，告别朋友后，又去了那家咖啡馆。

“昨天太感谢你了。不过……”我直奔主题，“这些笔记本，能不能借我一阵子？”

“尽管拿去吧。”

“这人还活着吗？”

“嗯，这可就不知道了。大约十年前，一个装着这些笔记本和照片的包裹寄到了京桥的店里。寄件人肯定是阿叶，不过，包裹上却没有写他的住址和名字。空袭期间，这包裹和别的东西混在一起，竟然神奇地保留了下来，最近我才把它读完……”

“你哭了？”

“不，与其说是哭……不行啊，人要是变成那样，也就不行了。”

“已经过了十年，或许他已经不在了吧。这想必是作为对你的感谢，才特意寄给你的吧。尽管有些地方写得有些夸张，但你应该也吃了很多苦。如果这些内容都是事实，而我也是他的朋友的话，或许也会带他去精神病医院。”

“都是他父亲不好。”她漫不经心地说道，“我认识的阿叶，个性率真、机智幽默。要是不喝酒，不，就算喝酒……也是一个神一样的好孩子啊。”

维庸之妻

1

半夜，仓促的开门声吵醒了我。肯定是喝醉酒的丈夫回来了。我一声不吭，继续躺着，没有起身。

丈夫打开隔壁房间的电灯，一边喘着粗气一边翻箱倒柜，像是在找什么东西。不久，只听扑通一声，大概是他一屁股坐在地上，而后便只有呼哧呼哧的喘息声。他究竟在干什么呀？我躺着说道："你回来啦。吃过饭了吗？碗橱里还有饭团。"

"啊，谢谢了。"他从没这样温柔地回答过我的话。

"孩子怎么样了，还在发烧吗？"他问道。

这可真是怪事。儿子明年就满四岁了，可能是营养不良，也或许是丈夫嗜酒，或者是得了什么病，总之他比那些两岁的孩子都要小上一圈，走路也摇摇晃晃的，话也只会哼些简单的词，感觉像是脑子出了什么问题。我曾带着他去澡堂洗澡，当我抱起一丝不挂的他，看到孩子瘦弱丑陋的身体，心里顿时一酸，不禁当着众人的面大哭起来。这孩子还经常拉肚子、发烧，可丈夫经常不在家，也不管儿子。我说儿子发烧了，他顶多嘟哝一句“这样啊？那带他去看医生吧”，随即便匆匆地披上外套出门去了。我也想带孩子去看医生，可手头没有钱啊。我只能躺在孩子身边，默默地抚摸他的头。

可今天晚上不知为什么，丈夫突然温柔起来，居然还关心起孩子的身体来。我并不觉得有多高兴，反倒有种不祥的预感，仿佛整个脊背都被寒气笼罩着。我不知该怎么回答他，只好沉默不语，房子里只有丈夫剧烈的呼吸声。

“有人吗？”

门口突然传来女人纤细的嗓音。我心里一惊，感觉被人泼了一身冷水。

“在家吗？大谷先生。”

这一次，女人的语气明显有些尖利，同时，我还听到有人在开门。

“大谷先生！您在的吧？”

听得出，女人生气了。

丈夫好像这时才走到门口。

“什么事啊？”

丈夫的说话声有些哆嗦。

“还问‘什么事’？”女人压低声音，“您明明有这么大一座宅子，为什么还要偷钱？不要开这种无聊的玩笑了，赶快把那东西还给我，否则我就要报警了。”

“胡说些什么呢！太失礼了吧！这里可不是你们该来的地方，给我回去！如果不回去，我才要去告你们呢。”

这时，冒出另一个男人的声音。

“先生，您胆子可真大啊，居然说什么这里不是我们该来的地方，真是吓得我都说不出话来了啊！这事跟别的不一样。偷了别人的钱，开玩笑也该有个分寸吧。为了您，我们夫妻两个吃了多少苦，您可知道？今晚您居然干出这种丢人现眼的事情。先生，我们算是看走眼了啊！”

“你们简直是在敲诈！”尽管丈夫提高了嗓门，想要借此表现出几分气势，但声音却在颤抖，“你们是在恐吓，给我回去！有什么事明天再说。”

“既然这么说，先生，您已经是个彻彻底底的恶人了。看来只有报警了。”

这句话充满了一种让我毛骨悚然的憎恨。

“随便吧！”丈夫尖声大叫，却掩饰不了某种空虚乏力。

我起身，在睡衣外披了件外套，来到门口，向那两个客人打了个招呼。

“你们好。”

“哎呀，您就是大谷夫人吗？”

男人满脸严肃地朝我点头示意。他穿着不到膝盖的外套，长着一张圆脸，看上去五十出头的样子。

那女人四十岁左右，身材瘦瘦小小的，衣着讲究。

“这么晚，打扰了。”

女人脸上也没有一丝笑容，她脱下披肩，向我行了个礼。

这时，我的丈夫突然穿起木屐，想要逃跑。

“喂，这可不行！”

男人抓住我丈夫的一只胳膊，两个人扭打起来。

“放开我！不然我拿刀捅你！”

丈夫右手上的那把军刀寒光闪闪。那是丈夫的心爱之物，一直放在书桌的抽屉中。他刚才一回家就找着什么，怕是早就预料到会发生这种事，才急忙找出刀来，藏在怀里。

男人闪开了。丈夫趁机像一只巨大的乌鸦一般，甩着外套的袖子逃走了。

“快来抓小偷啊！”

男人大吼着想追出去。我光着脚踩在地上，硬是抱住了他。

“请您别这样，要是两个人都受伤了就不好了。这件事就由我善后吧。”

旁边那个四十多岁的女人也说道：“是啊，人家拿着刀，已经到了不可理喻的地步，谁知道会干出什么事来。”

“畜生！我要报警！我管不了这么多了。”

男人呆呆地望着远处漆黑的夜色，喃喃自语，其实，他早已没有什么力气了。

“实在抱歉。请您二位先进屋吧。”我走上通往内室的木板台阶，蹲下身。

“说不定我能解决问题。请进屋吧，请进来吧，就是屋里简陋了些，委屈二位了。”

两位客人看了看对方，点了点头。接着，那男人整理了一下衣襟，一改刚才的态度。

“无论您说什么，我们都下定了决心。不过，还是得把事情的详细经过跟夫人您说一说。”

“啊，请进，请进屋慢慢说。”

“呃，别这么说，我们实在没有这个闲工夫。”

男人一边说，一边动手脱起了外套。

“不用脱了，您就这么进来吧。家里冷，就请您穿着外套进来吧。不瞒您说，家里连个像样的取暖的东西也没有。”

“那就失礼了。”

“请进吧，不用脱外套。那位夫人也请进来吧。”

男人进了屋，女人紧跟在后面。两人走进了我丈夫那间六张榻榻米大的房间。即将腐烂的席子，破破烂烂的纸窗，快要坍塌的墙壁，剥落的糊纸，露出木框骨架的纸门，角落里的书桌和一个空空荡荡的书箱。看到如此惨淡的房间，两人不由得倒吸了一口冷气。

我请他们两人坐在破旧不堪、棉花都露出来的坐垫上。

“榻榻米太脏了，不介意的话，就请二位坐在坐垫上吧。”

接着我重新郑重其事地与他们寒暄了一番。

“初次见面。我丈夫好像给二位添了许多麻烦，虽然我不知道他今晚又做了什么可怕的事，但刚才他竟然摆出一副疯子的样子，我真不知该怎么道歉才好。他那人就是这么个怪脾气……”

说到一半，我便哽咽起来，眼泪忍不住掉了下来。

“夫人，容我冒昧地问您一句，您今年多大年纪？”

男人满不在乎地盘腿坐在坐垫上，胳膊肘撑在膝盖上，用拳头撑住下巴，上半身以快要摔倒的姿势向前倾。

“您是问我的年纪吗？”

“嗯，您丈夫好像三十岁吧？”

“是啊，我……比他小四岁。”

“这么说来，那就是二十……六啊，哎呀，看不出来，您还这么年轻啊？哎，说来也是，丈夫三十岁的话，您也该是这个年纪，不过还真是让人吃惊啊！”

“我刚才也吓了一跳呢。”女人从男人身后探出头来，“夫人太令人敬佩了，您这么贤惠，大谷先生为什么还会那样呢？真是的！”

“病了，一定是病了。以前还不这样，后来就越来越严重了。”说完，那男人深深地叹了口气，接着话锋一转。

“夫人，事情是这样的，我们夫妇两人在中野站附近经营一家小餐馆。我和她都来自上州，是正经的生意人，也许是比较爱玩吧，不想再和乡下农民做那些小气买卖，所以二十多年前，我就带着她一起到东京来了。最初是在浅草的一家餐馆里当帮工，吃了不少苦，好歹攒了些钱。

“就这样到了昭和十一年，我们在中野站附近租了间六张榻榻米大的房子，那房子还带一个狭窄的泥地房间。我们就在那里开了一家小餐馆，平日来的都是些只愿花一块两块的客人。尽管心里没底，我们夫妇俩还是省吃俭用，埋头苦干，想着踏踏实实地把店开下去。多亏这样，店里买进了不少烧酒和杜松子酒，所以到了后来各种酒短缺的年头，我们也没有像其他餐馆那样转行，而是顽强地坚持了下去。那些老主顾也格外照顾我们，有些人还拉来了一些军官光顾我们的小店。

“和英美的战争爆发后，空袭渐渐频繁起来，不过我们没有碍手碍脚的孩子，又不想回老家避难，所以打定主意，只要房子不被烧掉，就一直把店开下去。好在熬到战争结束，小店和我们都没遇到什么灾难。于是就开始从黑市买酒来卖。长话短说，我们的经历就是这样。您可能会认为我们夫妇俩一直都过得一帆风顺，没经历什么坎坷。可俗话说人生就是地狱，好事少，坏事多，这话真是一点没错。一年三百六十五天，能有一天，不，哪怕只有半天无忧无虑的日子，就算得上是幸福的了。

“您的丈夫大谷先生第一次来我们店里，是在昭和十九年的春天。那个时候日本对美英的战争还没有那么糟糕，不，可能快要被彻底打败了吧。对于那场战争，我们真的什么都不懂，以为只要再熬个两三年，就能以对等的资格和那些国家议和了。大谷先生第一次来我们店的时候，穿着一件久留米出产的碎白点花纹的和服，外面披了件斗篷。不单是大谷先生，偌大一个东京都很少有人穿防空服装，大家都是一身普通的衣服，也没有提心吊胆的。所以对于大谷先生那样的装束，我们当时也没觉得有什么不妥。那时，大谷先生不是一个人来的。尽管在夫人面前说这些可能不太合适，可我不想隐瞒什么，还是一五一十地说清楚吧。那时，是一位年龄较大的女人带着您丈夫从后门悄悄进来的。

“他们坐在六张榻榻米大的昏暗房间里，安静地喝酒。那个女人，之前在新宿的酒吧当女招待。她当招待的时候，总会带一些相熟的客人来我们店喝上一杯，那些客人后来便成了我们店里的常客。这也算是互惠互利吧，我们和她就这么熟了起来，那个女人的公寓离我们的店也很近，新宿的酒吧关门停业后，她也经常带着相熟的男人来。那时我们店里的酒卖得没剩多少了，再好的客人，增加一个，我们也不觉得有多高兴，反而让人伤脑筋。但四五年前，她带来了许多大方的客人，也算是对我们有恩，所以那个女人介绍来的客人，我们都好酒好菜地尽力招待。您的丈夫被那个女人，我们叫她阿秋，被她带着从后门进来的时候，我们也没有怀疑什么，而是和以前一样让他们进了屋，然后端上烧酒。那天晚上，大谷先生安安静静地喝完酒，让阿秋付过钱后，两人就从后门一起回去了。那天晚上大谷先生安静文雅的举止，让我到现在都忘不了。难道魔鬼第一次进人家里的时候，都是那副样子吗？

“自那以后，大谷先生便瞄上了我们的店。十天之后，大谷先生一个人从后门进来，拿出一百块钱。那时一百块钱可不是个小数，比现在的两三千块还值钱呢。他把那张钞票塞进我手里，说了句‘拜托了’，接着羞怯地笑了。看得出他已经喝了不少了。想必夫人您也知道，您丈夫的酒量不是一般的大。我琢磨着他是不是喝醉了，他突然一本正经地说起话来。而且他不管怎么喝，走起路来永远不打晃。虽说三十多岁正是男人血气方刚、酒量也好的年纪，可是像他这样的却也少见。那一晚，他到我们店之前，已经在别的地方喝了不少了，可在我们店里又连着喝了十多杯烧酒。他一句话也没说，我们无论怎么跟他搭讪，他都只是羞涩地笑笑，或是点头答应两声。也不知过了多久，他突然站起来问几点了，转身就要走。我赶紧找零钱给他，可他说不用了，我说这可不行啊，他微微一笑，说他下次会再来，剩下的钱就存在我们店里。说完就回去了。

“夫人，这是您丈夫唯一一次付钱给我们，从那次到现在，三年来，他总是想方设法赊账，一分钱都没再付过，而我们店里的酒几乎都被他一个人喝光了。您说，这叫什么事啊？”

一种莫名的滑稽感涌上心头，我忍不住笑出声来。我急忙捂住嘴，看了眼餐馆老板娘，发现她也低下了头笑着。再看那店老板，也无奈地苦笑着。

“这事本来没什么好笑的，可确实太让人吃惊了，我自己也忍不住想笑。说来，他如果能把这种能耐用在正道上，当大臣或是做博士，都没得说。不光是我们夫妇俩，据说被他缠上后弄得一个子儿也不剩，在这大冬大哭得死去活来的大有人在。就说那个阿秋，其实也是因为认识了大谷先生，被原来的靠山甩了，身无分文，眼下住在大杂院的一间肮脏的屋子里，过着乞丐般的生活。阿秋刚认识大谷先生的时候，对他可痴情了，一个劲地向我们吹嘘，说大谷先生身份尊贵，是四国某大名的分支，大谷男爵的次子，虽然现在因为行为不检点而被赶出了家门，但只要男爵一过世，就可以和长子平分遗产了。她还说大谷先生脑子特别聪明，是个真正的天才，二十一岁的时候就写了书，比石川啄木那个大天才写得还好，之后又陆续写了十几本书，年纪轻轻就已经成了日本头号诗人。而且还是什么大学者，从学习院进入一高，然后又到帝大，什么德语、法语，样样精通……哎呀，反正他被阿秋吹得天花乱坠。不过这些也不都是谎言，我们向别人打听过，也说大谷先生是男爵的次子，是有名的诗人。就连我们家的婆子，虽然上了年纪，却也和阿秋明里暗里争风吃醋，说什么‘出身名门的人就是不一样哪’，一心盼望着大谷先生到店里来，真受不了。

“说起华族，如今也没什么了不起的，可直到战争结束前，要想把女人骗到手，最好的手段就是装成被赶出家门的华族子弟，女人准上钩，你说怪不怪？用现在流行的一个词来说，就是奴性吧。在夫人面前说这些，可能有些失礼，他不过是四国大名的分支，又是次子，这样的人跟我们的身份根本没有差别啊，我断不会像她们那样做出毫无廉耻的事。不过，话说回来，大谷先生真是不好对付，我每次都下定决心，不管他怎么哀求，我都不会再给他酒喝了，然而每当见他像被人追似的忽然出现，进店后终于安心下来的样子，我就动摇了，忍不住又拿酒给他喝。其实他喝醉了也从不会闹事，要是能老老实实把酒钱付了，还真是个好客人。他也从不吹嘘自己的身份，也没有愚蠢地以天才自居。每次阿秋在一旁对我们大肆谈论他有多伟大，他就会说些‘我需要钱’‘我要结清这里的欠账’之类毫不相干的话，使大家都很扫兴。那人虽然几乎没付过酒钱，但阿秋时常替他结账。除了阿秋，还有一个似乎不便让阿秋知道的女人，这女人好像是谁家的夫人，和大谷先生一起来过几次，每次都是她付钱。说到底我们只是商人，要是没人帮着付钱，不管是大谷先生还是皇家贵族，我们不可能永远让他白吃白喝。尽管时不时有女人替他付钱，可远远不够他那些酒钱，我们可以说损失惨重。

“听说大谷先生家在小金井，而且有一位通情达理的夫人，我们就想登门拜访一次，商量一下怎么处理欠账。我们曾向大谷先生委婉地打听过府上在哪里，但他马上就察觉了，说什么‘没钱就是没钱，干吗那么计较，闹翻了吃亏的是你们’这类难听的话。尽管这样，我们还是想着至少得找到先生的家，于是尾随了两三次，可每次他都溜了。

“没多久，东京接连遭到大规模空袭，有一次，大谷先生竟戴着军帽闯进店里，没经我们同意，就从壁橱里拿出一瓶白兰地，站着喝完，随即像一阵风似的跑了，也没付钱。好不容易熬到战争结束，我们便公开从黑市进了一些酒菜，店门口挂上崭新的布帘，再难也得撑下去啊。为招徕客人，我们还雇了个可爱的姑娘，谁能想到那个魔鬼先生又出现了。他没带女人来，而是每次都和两三个报社、杂志社的记者一起来。那些记者谈论着什么'军人的时代要过去了，从今往后，曾经贫穷的诗人将受到追捧'之类的话题，大谷先生则尽跟他们说一些外国人的名字，又说英语，又聊哲学，总之都是一些莫名其妙的东西，然后就出去了，再没回来。记者们一脸扫兴，嘟哝着'那家伙到哪里去了？我们是不是也该回去了'，说着便准备离开。我连忙说：'请稍等，那位先生总用这样的花招儿溜走，所以这次的酒钱必须由你们来付。'有时他们就老老实实付了钱，有时也会气冲冲地嚷嚷：'找大谷要钱去！我们只是靠着五百元过活的人啊！'这时候我也只能说：'别这样，你们知道大谷先生至今为止欠了鄙店多少钱吗？无论金额多少，如果能从大谷先生那里帮我讨回来，我都会将一半分给你们。'听了这话，记者们一脸惊讶，说：'什么？真没想到大谷竟是这么混账的男人！今后再也不和那家伙一起喝酒了。可是今晚我们手上的钱还不到一百块，明天一定给你送来，先把这个押在店里吧。'说着就豪爽地脱下外套。

"都说记者人品不好，可比起大谷先生，却不知道正经爽快多少。大谷先生是男爵次子的话，那些记者便称得上是公爵长子了。战争结束后，大谷先生的酒量见长，面貌也变得凶恶起来，还经常说一些过去从不会说的下流笑话。有时甚至会冷不防殴打一起来的记者，就连店里雇来的那个不到二十岁的姑娘，也不知什么时候被他骗到了手，真是没想到，我们也很犯难。可事情到了这个地步，也只好忍了，我们再三劝说那姑娘与他断绝关系，然后悄悄地把她送回了老家。

“我对大谷先生说：‘什么都不说了，只想拜托您以后别再来了。’可他却威胁说：‘你这种卖黑酒的人也敢教训我？你的底细，我可全都知道。’第二天晚上，他又若无其事地到店里来了。战争年代我们是做过黑市生意，可能是老天惩罚我们吧，所以派来了这么个怪物。可今晚他居然做出这等缺德事，已经称不上什么诗人和先生了，而是一个彻头彻尾的小偷，他可是偷走了我们五千元钱哪！我们进货要花钱，店里最多放五百到一千块的现金。实际上，我们每天辛苦挣来的钱马上就得拿出去进货，今晚店里之所以有五千块钱，是因为快到新年了，我便挨家挨户到老主顾那里去收账，好不容易才收齐这笔钱。如果今晚不能拿着它去进货，明年正月我们的生意就维持不下去了。我老婆在六张榻榻米大的房间里清点好数目后，就把钱放在了橱柜的抽屉里，没想到被独自坐在泥地房间里喝酒的那人看到了。他忽地起身冲进来，一句话不说便推开我老婆，拉开抽屉，一把抓起五千块钱塞进外套口袋，没等我们回过神来，他已经飞快地逃走了。我大喊着和老婆追出店去，我想既然这样，就高喊‘抓小偷’，引来路人一起将他制服，可一想到大谷先生毕竟是我们的熟人，那样做未免太绝情了，于是下定决心，今天晚上无论如何也要一追到底，找到他的落脚地，跟他好好谈谈，让他把钱还给我们。唉，我们做的只是小生意罢了，还好我们夫妻齐心协力，终于找到了这里，克制住怒火，好言好语地请求他把钱还给我们，没想到他竟掏出刀子，说什么要捅了我们，唉！这算怎么回事啊！”

一种莫名的滑稽感又涌了上来，我禁不住笑了起来，而一旁的老板娘也红着脸笑着。我止不住地笑，尽管觉得这样对不住老板，但还是觉得莫名可笑，以至于不停地笑，眼泪都出来了。我突然想到，丈夫的诗中有一句叫“文明的结果是大笑”，描述的或许就是现在这种心情吧。

2

无论怎样，这种事并不是笑一笑就能解决的。我思索一番，告诉两位客人：

“这件事我会负责的，至于报警，还请你们再缓一缓，明天我会亲自上门拜访的。”

我打听好他们在中野的餐馆的具体位置，硬是请他们暂且先回家。之后，我坐在冷冰冰的房间，陷入沉思，却没想到什么好主意。于是我脱下外套，钻进孩子的被窝，轻轻抚摸着孩子的额头，心里祈求着黎明永远不要到来。

我的父亲以前在浅草公园的葫芦池边经营一个小吃摊专卖关东煮。母亲很早就去世了，我与父亲住在大杂院里，小吃摊也是我们一起操持。那时，现在的丈夫时不时来摊上，没多久我就瞒着父亲与他约会，怀上了孩子。闹了一阵后，我成了他的妻子，可是并没有入籍，这样一来，儿子也就成了私生子。丈夫一出门就是三四天不回家，有时甚至一个月也不回家一趟，也不知道他人在哪里，做了什么事。每次回家，他都喝得烂醉，脸色苍白，呼哧呼哧喘着粗气，一句话也不说，只是看着我，眼泪止不住地往下流，有时还会突然钻进我的被窝，紧紧抱住我，瑟瑟发抖着说："啊，不行了。好害怕，好害怕啊！我真的好害怕啊！救救我！"就算是睡着了他也会梦话连篇，不断呻吟，到了第二天清晨，他整个人像是丢了魂一样迷迷糊糊的，可等我再转身一看，他已不见了踪影，接着又是三四天不回家。有两三个和我丈夫认识很久的出版社朋友，因为担心我和儿子的生活，不时送来一些钱，多亏了他们，我们才没有饿死。

我渐渐打起了瞌睡，迷迷糊糊地睡了过去，等睁开眼睛，发现朝阳已经透过遮雨板的缝隙，照进了房间。我起身准备好一切，背着儿子出门了。我实在没办法再闷不吭声地待在家里了。

我不知道该去哪里，就朝着车站的方向走去，在站前的小摊上买了块糖给儿子吃。之后一时兴起，买了张去吉祥寺的车票，坐上电车。我拉着扶手，漫不经心地看着挂在电车顶上的海报，突然在上面发现了丈夫的名字。那是杂志的广告海报，丈夫好像在那本杂志上发表了一篇题为《弗朗索瓦·维庸》的长篇论文。不知为何，就在我注视着"弗朗索瓦·维庸"这个标题和丈夫的名字时，我眼眶里掉出了眼泪，海报变得模糊不清。

在吉祥寺下车之后，我走向井之头公园，有多少年没来这里了呢？我想不起来了。池子边上的杉树被砍光了，好像要施工的样子，给人一种心寒的荒凉感。总之和当年的景象完全不同了。

我放下背上的孩子，并排坐在池子边上一张破旧的长椅上，我把从家里带来的番薯拿给孩子吃。

"儿子，你看这池塘多漂亮啊。以前啊，这里有很多很多的鲤鱼和金鱼呢，现在什么都没有了，真没意思。”

儿子心里不知在想些什么，小嘴被番薯撑得鼓鼓的，还咯咯地笑着。虽说是自己的孩子，可我还是觉得他有些愚蠢。

继续坐在池边的长椅上也没办法将事情了断，于是我又背起孩子，缓步折回吉祥寺车站，在热闹的露天商铺逛了一圈，之后在车站买了去中野的车票。没有深入考虑，也没有什么计划，就像是被某个恐怖的恶魔深渊吸入似的。坐电车来到中野，我按照店主昨天告诉我的地址，找到了那家小餐馆。

餐馆正面的大门关着，我就绕到后门进到店里。店老板不在，只有老板娘一个人在打扫卫生。一见到老板娘，我的谎话竟脱口而出。

“老板娘，我丈夫欠的酒钱我应该能凑齐了。不是今晚就是明天，总之已经有了眉目，您不用担心了。”

“哎呀，那真是太感谢了。”

老板娘面露喜色，可眉眼间还残留着一丝不安。

“老板娘，我说的都是真的，真的会有人送钱过来。在那之前，我就留在店里当人质吧。这样您总该放心了吧？在钱送来之前，我就在店里帮忙干活吧。”

我放下背上的孩子，让他自己在里间玩耍，然后就立刻动手忙活起来。儿子本来就习惯了一个人玩，一点儿都不碍事。而且可能是脑袋愚笨的缘故，他也不怕生，一个劲地冲老板娘笑。当我代老板娘去领他们家的配给物资时，儿子也乖乖地待在房里，一个人玩着老板娘给的美国制造的空罐头盒。

中午，店老板进了些鲜鱼和蔬菜回来，一见到老板，我立马将同样的谎话说了一遍。

“是吗？不过夫人，钱这种东西，只要还没握在自己手里，就怎么也放不下心啊。”

“不，您听我说，这是真的，请您一定要相信我。报警的事情请再缓一天，在那之前，我都会在店里帮忙的。”

“只要能收回钱就好啊。”店老板像是在自言自语，“毕竟还有五六天就过新年了。”

“是啊，所以就让我……哎呀，有客人来了啊，欢迎光临！”三位工匠人打扮的客人进了店里。我微笑着向他们打招呼，然后小声对老板娘说：“老板娘，不好意思，可以把围裙借我穿一下吗？”

“哎哟，老板雇了位美人啊，真是迷人啊！”

一位客人这样说道。

“千万别打她的主意哟。”店老板半开玩笑道，“人家可关系着一大笔钱呢。”

“是价值百万美元的名马吗？”另一位客人用猥琐的口吻说道。

“听说再有名的马，雌马也比雄马便宜一半呢。”我烫着酒，毫不示弱地回敬了一句。

“别谦虚嘛。今后的日本呀，不管是马还是狗，都是男女平等啦。”最年轻的那位客人大声嚷道，“大姐，我喜欢上你了，一见钟情啊！可惜啊，你是不是有孩子了？”

“没有啊，”老板娘从里间抱出孩子，“这是我们从亲戚家抱来的。这样我们总算也有继承人啦。”

“钱也到手了。”其中一位客人打趣道。

听到这话，店老板一本正经地说道：“又搞女人，又欠钱。”随即换了语气，问客人，“您想来点什么？什锦火锅怎么样？”

就在这时，我突然明白了一件事。“果然是这样啊”，我暗自点点头，表面上却若无其事，把烫好的酒端给了客人。

那天正巧是圣诞节前夕，客人络绎不绝。我从早到晚都在忙活，没有进一粒米。老板娘劝我吃点什么，但我心里藏着事，便推说“自己很饱”，这话更像是对自己的暗示，整个人感觉身轻如燕，干起活来利落自如。那天晚上，店里异常热闹，不知道是不是我的错觉。不止两三个客人问起我的名字，还要和我握手。

可是这样又能有什么帮助呢？我仍然没有找到解决问题的办法，只是笑着附和客人们无聊的笑话。要是客人说起荤段子，我还要回敬几句，来回忙着在客人之间添酒。渐渐地，我有了个念头：“自己要是能像冰激凌那样融化该多好啊。”

在这个世界上，奇迹有时也会出现的。

刚过九点，店里来了两个客人，男的头上戴着纸做的圣诞节三角帽，像罗宾一样用黑色面具遮住了上半边脸。一同进来的还有一个三十四五岁，身材纤瘦的漂亮女人。那男人背对着我，坐在外面泥地房间的角落里。其实，他一进店里，我就认出了他，是我那偷了别人钱的丈夫。

他好像完全没有注意到我，因此我也装作不知道的样子，照常接待其他客人。那位夫人坐到我丈夫对面后，向我招呼道：“大姐，过来一下。”

“这就来。”我答应着走到他们那张桌子前，“欢迎光临。您要来些酒吗？”

这时，丈夫透过面具看了我一眼，脸上露出惊讶的神情。我轻轻拍了拍他的肩膀，说道："圣诞的问候该怎么说呢，'圣诞节快乐'还是别的什么？看您的样子，好像还能喝下一升酒吧？"

那个女人对我的话毫不理会，一脸严肃地说道："大姐，不好意思，我想和这家店的老板谈点私事，请你把店老板叫过来。"

老板在里间炸天妇罗，我走到他面前，说："大谷来了，您去见见他吧。不过，您千万不要把我的事告诉和他一起来的女人。我不想让大谷丢脸。"

"总算来了啊。"

店老板虽然对我之前说的谎言将信将疑，但对我本人还是相当信任的，所以他还以为丈夫会来到店里，是我在背后安排的结果。

"我的事千万别说出来呀。"我再次提醒道。

"如果你认为这样比较好的话，那就这么办吧。"他一口答应，朝外面的泥地房间走去。

店老板环视了所有来客之后，径直向丈夫那桌走去。他与那位漂亮夫人言语了几句后，三个人一起走出了店门。

"这样就行了，问题都解决了。"我忽然万分高兴，不禁用力握住一位穿着藏青色底碎白点花纹和服，看上去不到二十岁的年轻客人的手腕，说道，"喝吧，来，喝吧。明天可是圣诞节啊。"

3

过了三十分钟，不，也许不到三十分钟，店老板就一个人回来了。他走到我身边说："夫人，太感谢您了。他终于把钱还给我了。"

"是吗，太好了。是全部吗？"

店老板苦笑道："昨天那笔钱倒是全都还了。"

"加上以前的话，我丈夫一共欠了店里多少钱？说个大概吧，不过可以的话，请少算些。"

"总共两万块。"

"就这些吗？"

"我可是少算了很多啊。"

"这些钱就由我来偿还。老板，明天开始请让我在店里干活吧，请答应我吧，求您了！让我干活还债吧。"

"真的吗？夫人，那我可是求之不得啊。"

我们相视而笑。

当晚十点过后，我离开中野的餐馆，背着儿子回到了小金井的家中。丈夫还是没有回来，可这次我已经不在乎了。说不定明天回店里干活，又能见到他了。我以前怎么就没发现此等好事呢？到昨天为止我受了这么多苦，说到底都是因为自己太笨，竟没想到这么个好主意。我以前也帮父亲照看浅草的小吃摊，接待客人还算熟练，以后在中野的店里也一定能干得有声有色。单说今天晚上，我就收到了将近五百元的小费。

店老板告诉我，丈夫昨天晚上拿着刀冲出去后，就到某个熟人家里住了一宿。今天一大早就去了那个漂亮女人经营的位于京桥的酒馆，大白天就喝起了威士忌，还给了在店里干活的五个姑娘好些钱，说是送给她们的圣诞礼物。到了中午，他就叫了辆车去了某个地方，没多久就戴着圣诞节三角帽和面具什么的回来了，还叫来一群熟人，开起了宴会。酒馆的老板娘知道他平日里没几个钱，觉得奇怪，就私下问了一下，没想到丈夫把昨晚的事情一五一十地说了出来。老板娘和丈夫的关系似乎不一般，所以好心劝他，说这件事要是闹到了警察局就不好办了，到最后还是得还钱。之后那位老板娘又答应替他还钱，让他带路来了店里。中野的店老板对我说："我琢磨着也是这么回事。不过，夫人，也真亏您想到这一招，是拜托了大谷先生的朋友吧？"

听他的语气，像是认定了还钱这件事是我一手安排的，所以才会先到店里等着丈夫到来。我不禁一笑，说了句模棱两可的话："那事就别再提了。"

从第二天开始，我的生活完全变了个样。我去了趟理发店烫了头发，还买了些化妆品，缝补了和服，此外，还问老板娘要了两双新的白袜子。我感到心中积压已久的苦闷，已被一扫而空。

早上起床后，我和孩子一起吃完饭，接着准备好便当，背着孩子就去中野上班了。除夕和正月是店里最忙的时候。"椿屋的阿早"是我在店里的名字，阿早每天都忙得晕头转向。丈夫隔一天就会来餐馆喝个酒，每次都让我付钱，自己转眼就溜走了。不过有时到了深夜，他会悄悄出现在店门口，轻声问我："该回去了吧？"

我点点头，开始收拾东西，之后跟他一同结伴回家。

"为什么早不这样呢？现在我觉得好幸福啊。"

“女人无所谓幸福不幸福。”

“是吗？你这样一说，我也觉得是这样了。那男人呢？”

“男人只有不幸。男人时时刻刻都在与恐惧搏斗。”

“这话我就听不懂了。不过，我希望现在的生活能一直过下去，椿屋的老板和老板娘都是好人。”

“那两个人都是傻瓜，是乡巴佬，还贪得无厌，故意给我酒喝，无非想捞一笔。”

“那是理所当然啊，毕竟人家是做生意的嘛。不过，不只是这样吧？你不是也勾搭过老板娘吗？”

“都是很久以前的事了。那老头呢，他发现了吗？”

“人家心里早就有数了，他曾经说你又搞女人又欠钱呢。”

“我呀，虽然喜欢装模作样，其实想死想得不得了。我一出生就整天想着死的事情。为了身边的人，我还是死了好，这一点是不需要怀疑的。可我怎么也死不了，真是怪了，好像有神灵在阻止我去寻死。”

“因为你还有工作要做。”

“哪里来的什么工作。没有杰作也没有劣作。别人说这个作品好，它就好；别人说它不好，它就不好。这就像吸气和吐气一样。可怕的是，这世上真的有神灵存在。神灵是存在的吧？”

“什么？”

“我说神灵是存在的吧？”

“这种事我可不知道。”

“是吗？”

在店里干了十天、二十天，我发现来椿屋喝酒的客人，全都是犯人。我丈夫那样的人在他们中间倒还算是善良之辈。而且，不仅是店里的客人，就连路上的行人，也一定藏着不可告人的罪行。一位穿着讲究、五十岁上下的夫人，到椿屋的后门来卖酒，开价一升三百块钱，比当下的市价要便宜，老板娘立刻买了下来。谁知道竟是掺了水的假酒。外表看上去那么优雅高贵的夫人，居然也做出这种事，我突然觉得，人们不干点亏心事，就没办法在这个世道活下去。打扑克牌的时候，集齐所有的差牌就会变成好牌，可这样的事，在这个世道是不可能发生的吧。

要是真的有神灵存在，就请现身吧！正月末，我被店里的客人侵犯了。

那晚下着大雨，丈夫没来店里，不过丈夫在出版社的老朋友，就是那位时不时接济我的矢岛先生来了，与他同来的客人好像也从事出版行业，年纪与矢岛先生相仿，也是四十多岁。

他们喝着酒，高声谈笑，还半开玩笑说“大谷的老婆要是在这里干活就好了”。我笑着故意问道：“那位夫人现在人在哪里呢？”

矢岛先生说：“这我也不知道啊，不过她应该比椿屋的小早漂亮高贵得多吧？”

“哎呀，真是叫人嫉妒啊。即使只有一夜，我也想陪大谷先生那样的人睡一觉。我就喜欢那样狡猾的人。”

“你瞧瞧，真是没办法啊。”

矢岛先生朝同伴歪了歪嘴。

那时，我是诗人大谷的老婆这件事，已经被和丈夫一同来店里的记者们知晓了，甚至有不少好事者听说后，还特地过来看热闹。店里的生意一天比一天好，老板的心情自然也一天比一天好。

那晚，矢岛先生和他的同伴一直在谈论纸张的黑市交易，十点过后才离开店。雨还下着，丈夫多半也不会来了，虽然店里还有一位客人，我还是收拾东西准备回家。我到里间背起睡着的孩子，小声对老板娘说："又要跟您借伞了。"

"我带伞了，让我送您回家吧。"店里唯一的那位客人起身，一本正经地说道。他二十五六岁模样，身材矮小，一身工人打扮，看着挺老实。这是当晚第一位进店的客人。

"谢谢了。我习惯一个人回家。"

"不，不，您家远着呢。我知道的。我也住在小金井附近，就让我送您回去吧。老板娘，请您结账。"

他在店里只喝了三瓶酒，看样子并没有喝醉。

我们一起坐电车回到小金井，在下着雨、伸手不见五指的路上，合撑一把伞并排走着。那个年轻人之前一直没说话，这时却突然开口了。

"我认识您。我啊，可是大谷老师的崇拜者。其实我也在写诗，一直想请大谷老师帮着指点一二，可我很害怕大谷老师……"

到家了。

"谢谢您。那么店里再见吧。"

"好的，再见。"

年轻人转身踏入雨中。

深夜，我被吱呀吱呀的开门声吵醒，以为又是丈夫喝得烂醉回来了，于是没有理会，准备接着睡。没想到忽然传来一个男人的声音：

“有人吗？大谷夫人，您在家吗？”

我起身开灯，到门口一看，是刚才那位年轻人，感觉他都快站不稳了。

“夫人，对不起。我在回去的路上又在小摊上喝了一杯。其实，我家在立川，到了车站发现末班车已经开走了。夫人，拜托您，让我借宿一晚吧。我不用被子什么的，让我睡在门口就好。明天一早我就坐首班车走，就让我在这里打个盹吧。如果不是这场雨，我也就随便找个房檐在下面睡了。可这么大的雨，也是没办法啊。拜托您了！”

“我丈夫不在家，您要是觉得睡在门口也没关系的话，就请便吧。”

接着，我拿了两个破旧的坐垫给他。

“打扰了。啊，真是喝醉了。”

他似乎有些难受，痛苦地小声说道，倒地就睡。当我回到被窝的时候，已听见他响亮的鼾声。

第二天凌晨，我就不幸地被他侵犯了。

那天，我若无其事地背着孩子去店里上班。

中野的店里，丈夫正在看报，桌上放着一个斟满酒的杯子，上午的阳光洒在酒杯上，漂亮极了。

“他们不在吗？”

丈夫回头看了我一眼。

“嗯。老头进货去了还没回来，那老太婆刚才还在门口呢，现在不在了吗？”

“昨晚你没来吗？”

“来了啊。最近要是不看看椿屋的小早，晚上怎么都睡不着觉呢，十点多的时候我来看了一眼，他们说你回去了。”

“然后呢？”

“就在这里住了一宿。雨实在太大了。”

“要不，我以后也住在店里吧。”

“那也行啊。”

“那就这么办吧。”

丈夫一声不吭，将视线转向报纸。

“哎呀，报纸上又在说我的坏话了。说我是享乐主义的冒牌贵族，净胡说。应该说我是畏惧神灵的享乐主义者。小早，你瞧，报纸上居然还说我没人性呢，真是睁眼说瞎话。现在我能告诉你了，去年年底我从店里拿了五千块钱，就是为了让你和儿子好好地过个新年啊。我要是没人性，怎么会干这种事呢？”

我并有因此感到高兴，只轻声回了一句：

“没人性就没人性吧。我们只要活着就行了。”

满愿

这是四年前发生的事。当时，我在伊豆三岛一位朋友家的二楼度过了整整一个夏天，为的是写作《传奇》这篇小说。一天晚上，我喝得醉醺醺地骑着自行车到街上跑，结果把右脚踝上方弄伤了。虽然伤口不深，但可能是喝了酒的缘故，血流不止，我急忙跑去找了医生。

镇上的那个医生是个三十二岁的胖子，模样很像西乡隆盛。他也喝了很多酒，当他踉踉跄跄地出现在诊疗室时，我不禁感到滑稽，一边接受治疗，一边哧哧地笑了起来。哪知我这一笑，医生也跟着哧哧地笑了起来，到最后两个人齐声大笑。

从那晚起，我们成了好友。比起文学，医生更喜欢哲学，加上我也爱与人谈论这方面的话题，所以我们在一起，总是聊得很投机。医生的世界观是较为原始的二元论，把世间的一切都看成善和恶的争战。他的这一观点真是痛快淋漓，尽管我在内心深处，对爱这一神明深信不疑，但医生的善恶之说还是给郁闷的我带来一阵清爽。

医生曾举例，为了款待深夜拜访他家的我，他立刻吩咐夫人端来啤酒，此时的他便是善；而夫人笑着说喝酒伤身，建议打桥牌，此时的夫人就是恶。对此，我深表认同。医生夫人身材娇小，长着一张大圆脸，但皮肤却很白皙，气质高贵。他们家没有孩子，医生夫人的弟弟住在二楼，那是一个就读于沼津商业学校的憨厚少年。

医生家里订阅了五种报纸。为了看这些报纸，我几乎每天早晨都会在散步途中，顺道去医生家打扰上一小时左右。我从后门进去，在日式客厅靠近内院的走廊上坐下，一边啜饮着医生夫人端来的凉麦茶，一边用手按住被晨风翻动的报纸，就那么慢慢地读起来。在离走廊不到两间房距离的青翠草地中间，有一条水量充沛的小溪悠悠而流。沿着小溪，是一条羊肠小道，每天早晨，送牛奶的青年都会骑着自行车从那小道穿行而过，途中遇到我，总会向我这个异乡人道声早安。这个时候，也总会有一个年轻女人来医生家取药。她穿着木屐，衣着朴实，给人一种整洁清新的感觉。她经常在诊疗室和医生说笑，有时候，医生会送她到门口，朗声鼓励道："夫人，请再忍耐一些时候！"

有一天，医生夫人向我透露了关于那个女人的事。女人是一位小学老师的夫人，那个老师在三年前患上肺病，最近已大有好转。医生告诫她，眼下正是最要紧的时刻，务必禁欲。那女人遵守了医生的嘱咐，但还会不时地来向医生询问情况，看着怪可怜的。每一次，医生总是狠下心嘱咐她："夫人，你得再忍耐一些时候。"

八月底的某天，我见到了一番极美的情景。那天早上，我在医生家的走廊上读着报纸，一旁的医生夫人忽然轻声对我说道：“看，她多高兴啊。”

我抬头看去，只见那朴实而整洁的美丽身影，正轻快地在那羊肠小道上走远，白色的阳伞在她肩上打着转。

“今天早上，医生解禁了。”

医生夫人又低声说道。

三年，真是让人感慨万千啊。从那天起，随着时光的流逝，那女人的身影在我眼里越来越美丽。这或许出自医生夫人的主意也说不定。

小丑之花

“过了这里，便是悲伤的城市。”

朋友全都离我而去，用悲伤的眼神看着我。我的朋友啊！和我说话吧，嘲笑我吧，啊！朋友一脸漠然地撇过脸去。我的朋友啊！质问我吧，我什么都会告诉你。是我用这双手，把阿园沉入水中的。我那恶魔的傲慢，驱使我祈求，就算自己没死，阿园也要死去。还要我继续说下去吗？啊！我的朋友只是用充满悲伤的眼神看着我。

大庭叶藏坐在床上，看着因下雨而变得迷蒙的海面。

从梦中醒来，我反复读着以上的文字，它的丑陋与卑劣，让我哀痛万分。唉，简直是夸张到极点了。

先不说其他，大庭叶藏这家伙到底是什么人？他不是因为烧酒，而是被更强烈的东西迷醉，我为这样的大庭叶藏叫好。这个姓名与我小说中的主人公相当吻合。“大庭”两个字将主人公不寻常的气魄展露无遗，“叶藏”则给人一种从陈腐深处喷涌而出的新鲜感。如果将“大庭叶藏”这四个字一字排开，令人愉悦爽快的节奏便会在舌尖跃动。光从这个姓名来看，就已是划时代的杰作了吧。这样的大庭叶藏坐在床上，眺望因下雨而变得迷蒙的海面。这番景致，更是划时代的杰作吧。

对我无论猜疑还是嘲笑，都是下流的行为，这种想法是来自我那不必要的可悲的自尊心。为了不让别人对我指手画脚，我先将钉子插满自己的身体，这是多么懦弱的行为啊。可是，对于这些，我又必须坦诚地面对。是啊，我要更加谦逊、更加谨慎。

大庭叶藏。

就算遭人嘲笑也无可奈何。这种只知模仿的行径，必定会被有识之士看穿。虽然对我来说，可以取一个更好的姓名，但我觉得有些麻烦，干脆用第一人称的“我”好了。可是我在今年春天才刚写了一部用“我”作为主人公的小说，这么短的时间内要是再次使用，总是有点不好意思。假如我在明天突然死去，肯定会有一个莫名其妙的家伙跑出来，得意扬扬地讽刺我：“那家伙要是不用‘我’做主人公，是写不出小说来的。”

实际上，正是因此，我才硬要将“大庭叶藏”作为自己小说主人公的名字。那么，就叫大庭叶藏吧，这很奇怪吗？什么？连你也……

一九二九年，十二月底的某一天，大庭叶藏住进了一家名为青松园的海滨疗养院。因为他的入院，青松园引发了一阵骚动。青松园中有三十六名肺结核患者，这当中，两人是重症患者，十一人是轻症患者，另外二十三人则正在恢复中。叶藏住在东第一栋住院楼，也就是所谓的特等住院区，总共有六间病房。与叶藏相邻的两间病房空着。最西边的那间六号病房住着一位身材高大、鼻子挺拔的大学生；东边的一号病房和二号病房各住着一位年轻女子。三人都处于恢复期。在叶藏入院的前一天晚上，袂之浦发生了一起自杀事件。明明是一起跳海，男方被返回码头的渔船救了上来，女的却没找到。为了搜救那名女子，村里的吊钟被敲得震天响，隶属村子的消防员吆喝着跳上一艘艘渔船出海搜救，这番响动让疗养院里的三个人听得心惊胆战。渔船上点燃的红色火光彻夜在江之岛的岸边徘徊，大学生和那两个年轻女子，整晚没有入眠。

到了第二天早上，人们在袂之浦的岸边发现了被海水冲上来的女尸。理得很短的头发因阳光的照射而闪闪发光，脸色惨白浮肿。

叶藏知道阿园已经死了，早在被渔船缓缓运回来时，就已经知道了。

“在星空下我醒来了，那女子死了吗？”叶藏问道。

其中一位渔夫答道：“没死，没死，别担心。”

那是怜悯的口气。阿园一定是死了，想到这里，叶藏又失去了意识。等再度睁开眼睛时，人已经在疗养院的病床上了。

狭窄的白色板壁环绕的房间里挤满了人。有个人在询问叶藏的身份以及其他一些问题，叶藏都做了回答。天亮后，叶藏被移到另外一间较宽敞的病房。因为叶藏的老家一接到消息，就立刻打长途电话到青松园，安排他搬过去。叶藏的老家距离此处约有二百里。

住在东第一栋住院楼里的三个患者，对于这个新患者的到来，有种不可思议的满足感，对今后的住院生活满怀期待。在天空及海面都已完全明亮之际，众人终于入睡。

叶藏没有睡，不时缓缓地摇动脑袋，脸上贴满了纱布。他被海浪卷着四处撞礁石，浑身是伤。一个名叫真野、年约二十岁的护士专门照顾他。她的左眼眼皮上方有道明显的伤痕，所以和另一只眼睛相比，左眼看上去稍大些，不过并不丑。她红色的上唇略微上翘，脸颊微黑。她坐在床边的椅子上，远眺阴云下的大海，尽量不去看叶藏的脸，可能是觉得他实在太可怜了，不忍心看。

快到正午时，叶藏的病房里来了两个警察，真野暂时离开了。

两个警察都身着西装。其中一个嘴上留着短须，另一个则戴着金边眼镜。短须警察轻声询问着关于阿园的事，叶藏一五一十地回答。短须警察将他所说的话记在小册子上。讯问告一段落后，短须警察将身体倚在床头说："那个女人死了，你是真的想和她一起死吗？"

叶藏沉默不语。

戴金边眼镜的刑警在他那肥厚的额头上，挤出两三道皱纹，微笑着拍了拍短须警察的肩膀："好了，好了，他够可怜的了，以后再说吧。"

短须警察直视着叶藏的眼睛，不情愿地将小册子塞进上衣口袋里。

真野看到两个警察离开，立刻回到叶藏的病房，当她打开门时，却看见叶藏正在哭泣，于是又关上门，站在走廊等叶藏心情平复。

午后下起雨来，叶藏的精神恢复得差不多了，可以一个人去上厕所了。

他的朋友飞驒穿着早已湿透的外套径直闯进病房，叶藏假装在睡觉，没有理他。

“没事了吧？”飞驒小声问真野。

“是的，已经没事了。”

“吓死人了！”

他弯下肥胖的身体，脱去仿佛刚从油里捞出来的外套，递给真野。

飞驒是一位没有名气的雕刻家，他和同样没有名气的西洋画家叶藏，从中学时代开始就是朋友。在青春时代，一个性情率真的人总是会将身边的某个人当成偶像，飞驒也不例外。他进入中学没多久，就常常出神地望着班上的优等生，那便是叶藏。对飞驒而言，叶藏的任何一个举动都不寻常。有一天，当他在学校的后山发现叶藏孤独的身影时，不禁暗自叹了口气，啊！终于等来能和叶藏单独说话的好日子了。飞驒凡事都模仿叶藏，学他抽烟，学他嘲笑老师，双手交叉放在后脑、在学校里晃晃悠悠的走路方式他也要学。他知道成为艺术家之前，要先学会模仿。

飞驒比叶藏晚一年进入美术学校。叶藏专攻西洋画，飞驒则选择了雕塑科。按他的话说，这是被罗丹的巴尔扎克塑像感动后的结果。他是在胡扯，其实，他是担心自己学了西洋画后，无法超越叶藏。他太自卑了。

从这时起，两人走上了不同的道路。叶藏的身体越来越消瘦，而飞驒却渐渐地胖了起来。不只如此，叶藏受某种哲学的影响，开始瞧不起艺术，飞驒却有些过度得意，频频吹嘘艺术如何如何，连听的人都觉得不好意思。他梦想创作出一件杰作，却因此耽误了学习。就这样，两人最终以不怎么好的成绩勉强毕业。叶藏几乎丢下了画笔，他说要画就只画海报。

“一切艺术都是社会经济机构放的屁，只不过是生活的一种形式，无论多杰出的作品也不过是商品，和袜子一样。”这番话让飞驒如坠云雾。

飞驒还像从前那样喜欢叶藏，即便是对叶藏近来的思想，他也怀有一丝敬畏，但对飞驒而言，创作出一件杰作比什么都重要。这是早晚的事，这是早晚的事，虽然他一直这么想着，却只是心不在焉地随便捏几下黏土。总之，这两个人说是艺术家，其实更像艺术品。正因为这样，我才能如此轻易地将他们的经历告诉各位。如果把市场上真正的艺术家展现出来，诸君大概没看完三行就吐了，这点我可以保证。话说回来，你要不要试着写写那样的小说？怎么样啊？

飞驒也不敢看叶藏的脸，他小心翼翼地踮起脚尖，走到叶藏身边，两只眼睛却只是望着窗外的雨势。

叶藏睁开眼，笑着说：“你吓了一跳吧？”

飞驒一惊，瞥了眼叶藏的脸，随即垂下眼帘回道：“是啊。”

“你怎么知道的？”

飞驒从裤子口袋里伸出右手，来回摸了摸自己那张大脸，用眼神向真野征求意见：“可以说吗？”真野一脸严肃地微微摇头。

“报纸上都写了，是吗？”

“是啊。”其实他是听广播才知道的。

叶藏对飞弹这种不干脆的态度很不满，这种事，说得清楚些又有什么关系。只过了一个晚上，就翻脸不认人，这个十年来都将我当成外人的朋友，实在可恶。叶藏再度装睡。

飞弹无聊地用拖鞋将地板踩得啪嗒啪嗒响，接着在叶藏的床头站了一会儿。

门被人轻轻地打开了，一个身穿制服、个头矮小的大学生，突然露出俊秀的脸庞。飞弹看到后，大大松了一口气，随即撇着嘴角，收起笑容，故意慢吞吞地走到门口。

“是刚到吗？”

“是啊。”小菅一边看向叶藏，一边急切地说。看得出他对叶藏的身体状况很挂心。

这个叫小菅的男子是叶藏的亲戚，就读于大学法律系。虽然比叶藏小三岁，但两个人却是无话不谈的好友。现在的青年，并不太拘泥于年龄的差距。原本学校放寒假他已返回家乡，听说叶藏出了事，急忙搭上特快列车赶了过来。飞弹和小菅来到走廊。

“你沾了煤灰。”

飞弹指着小菅的鼻子，毫无顾忌地哈哈大笑。那里沾了些火车上的煤烟。

“是吗？”小菅慌忙从胸前的口袋里取出手帕，仔细擦拭鼻子。

“怎样？情况还好吧？”

“你是说大庭吗？好像没事了。”

“是吗？你看看擦掉了吗？”他用力伸出鼻子让飞弹看。

“擦掉了，擦掉了。家里一定鸡飞狗跳吧？”

“嗯！”小菅将手帕放回胸前的口袋里，说道，“鸡飞狗跳的，像是在准备丧礼似的。”

“家里还有谁要过来呢？”

“本来他哥哥要来，可是老头子说不用管他，就没来。”

“这可是件大事啊。”飞弹一只手撑着额头，喃喃地说道。

“阿叶真的没事了吗？”

“他倒是很平静，那家伙，总做些让我们大跌眼镜的事。”

小菅的嘴角浮现出似有若无的微笑，他侧着头问道：“他心情怎么样呢？”

“不知道啊，总是要和大庭见面的吧？”

“好啊，可是见了面，又不知道说什么，而且，我有点害怕他。”

两个人轻声笑了出来。

这时，真野从病房走出来：“喂，被他听到了，请不要站在这里说话。”

“啊……被他……”飞弹很惶恐，拼命蜷缩起自己肥胖的身体。

小菅却露出不可思议的表情凝视着真野：“你们……吃过午饭了吗？”

“还没。”两人异口同声回答。

真野忽地涨红了脸，笑了出来。

三人一起去了食堂，叶藏从床上坐起，眺望雨中迷蒙的海面。

“过了这里，就是空蒙之渊。”

还得回到开头部分吧，可是连我自己都觉得不太合适。第一，我不喜欢这样的叙述技巧。虽然不喜欢，却还是试了试。“过了这里，便是悲伤的城市。”我只是想给被人们说惯的地狱门之咏叹，奉上令人骄傲的开头。除了这个，没有其他理由，即使因为这个开头导致整部小说失败，我虽然懦弱，却也不打算把它抹去。我无须鼓足勇气就敢这么说，抹去这个开头，也就等于抹去我一直以来的生活。

“就思想来说，你属于马克思主义！”

这话虽然愚蠢，却是真理。小菅一脸得意地说完这句话后，重新拿好装牛奶的杯子。

四面的木板墙被漆成了白色，东面的墙上高挂着胸口佩戴三枚铜板大小的勋章的院长肖像画，在肖像画的下面，整齐摆放着十张左右细长的餐桌。食堂空荡荡的，飞弹和小菅坐在东南角的餐桌前吃着饭。

“太不要命了。”小菅轻声说，“身体那么虚弱，却还奔来跑去，这是真的想死啊。”

“他以前是学运行动队的队长。”飞弹闭着嘴咀嚼面包，却也不忘插上一嘴。飞弹不是在炫耀博学，而是像这种左派用语，当时的年轻人都知道。“但是——不光是这样。艺术家可不会那么干脆。”

食堂暗了下来，外面的雨越下越大了。

小菅一口喝完牛奶，说道：“你这样主观地思考问题是行不通的。毕竟……毕竟……他的自杀并不是基于他本人的意识，而是潜藏着某种重大的客观原因。老家的人都说是那个女人害的，我却觉得并不是这样。女人只是殉情同伴而已，至于为什么要那么做，应该另有原因。老家那些人是不会明白这道理的，连你也满嘴胡说，这可不行啊。”

飞驒望着脚边暖炉里的火，自言自语道：“可是…那女人已经有丈夫了啊。”

小菅放下杯子说道：“那种事我知道啊，没什么了不起的，对阿叶来说，连个屁都不算。女人有了丈夫就殉情，那也太天真了吧。”

说完，他闭起一只眼瞄向墙上的肖像画。

“这人是这里的院长吗？”

“好像是吧！可是，事实到底什么样，只有大庭知道。”

“倒也是。”小菅轻快地点点头。他瞪大眼睛环视四周，“好冷啊，你今天要住在这里吗？”

飞驒急忙吞下面包，点头道：“要住下。”

年轻人聊天时总是很小心，尽量不去碰触对方的敏感之处，同时也极度注意保护自己，因为大家都不想遭到无谓的侮辱。而且，一旦受过伤害，就会有所顾忌，为防自己堕落到你死我亡的地步，所以他们很讨厌争吵。他们知道许多用来敷衍的说话技巧，甚至连“不”这个字，都有十种以上的用法。通常还没开口讨论，彼此就已经露出妥协的眼神。聊到最后，两人笑着握手，心中却嘟囔着：“真是个白痴。”

说来，我的小说似乎也逐渐变得痴呆起来。那么就从这里一转，同时展开数个场景如何？我可没有说大话，你说什么都没用。啊，但愿一切顺利。

第二天早晨，天气晴朗。海面风平浪静，大岛上火山喷出的白色浓烟，慢慢地在水平线上形成了白色雾霭。真讨厌，我不喜欢描写景色。

一号病房里的患者刚一睡醒，就发现病房里充满了初春的阳光，和照顾自己的护士互道早安后，就量体温，三十六度四分。接着，她走到阳台，晒个早餐前的日光浴。护士轻轻碰触了一下她的腰部，她便转过身偷偷地看着四号病房的阳台。那是昨天新来的患者，他穿着藏青色底碎白花纹的和服坐在藤椅上，眺望海面。大概是阳光过于刺眼，那人皱着眉，脸色不是很好，不时用指甲轻搔脸上的纱布。她躺在晒日光浴用的躺椅上，就那么半眯着眼睛专心观察了一会儿后，叫护士拿书来。《包法利夫人》，她平常觉得这本书真是无聊，每次只读了五六页就读不下去了，现在却想认真地读读。她啪啦啪啦地翻开书页，从一百页开始读。她看到这样一行文字：“恩玛很想借着火把的光，在黑夜中出嫁。”

二号病房里的患者也醒了。她也走出阳台晒日光浴，结果看见叶藏的身影，立刻跑回房内，钻进被窝。陪床的母亲笑着替她盖上毛毯。二号病房的姑娘，用毛毯罩住整个身体，在那小小的黑暗中，两眼闪闪发亮，侧耳倾听隔壁的谈话声。

“是个大美人哦。”接着传来一阵轻轻的笑声。

飞驒与小菅昨晚一起挤在隔壁空病房的床上。小菅先醒来，他睁开惺忪的眼睛，走到阳台，瞥了一下隔壁阳台上稍微恢复精神的叶藏，发现他的姿势有些做作，于是便开始寻找他摆出那种姿势的原因。结果看到在最旁边的阳台上，有个年轻女子在看书。女子躺椅的背后，是长着青苔的潮湿石壁。小菅像西洋人那样夸张地耸了耸肩后，立刻回到房里，将睡梦中的飞弹摇醒。

“快起床，出事啦。”他们最喜欢捏造事实。“阿叶摆了个大姿势。”

他们的对话中，经常使用“大”这个形容词，这么做，或许是想在这个毫无趣味的世界里，给自己找点可以期待的事吧。

飞弹吓了一跳，从床上跳了起来。

“什么事？”

“有个少女哦。”小菅笑着说，“小叶正给她看自己最自豪的侧面呢。”

飞弹开始兴奋起来，两边的眉毛夸张地往上挑起。

“是美女吗？”

“长得很漂亮，假装在看书。”

飞弹大笑着坐在床上穿好外套和裤子，然后叫道：“好啊，看我怎么教训他。”

他倒不是真的打算要教训叶藏，随便说说罢了。他甚至在背后大肆说好朋友的坏话，至于说什么，完全看当时的心情。

“大庭这家伙，难道想玩遍全世界的女人不成？”

没多久，从叶藏的病房里传来响亮的笑声，整栋住院楼都听得见。一号病房的患者啪一声合上书，疑惑地望着叶藏病房的阳台。此时的阳台只剩下一张被朝阳晒得闪闪发亮的白色藤椅。她看着那张藤椅，意识渐渐变得有些模糊，很快打起了瞌睡。二号病房的患者听到笑声，突然把脑袋从毛毯里面钻出来，和站在床头的母亲相视一笑。六号病房的大学生被笑声吵醒。他身边没有人照顾，一个人住在出租屋里，过着穷困却快乐的生活。当他发现笑声是从昨天新来的患者的房间里传来时，黝黑的脸骤然红了。他并不觉得那笑声是轻浮的，反倒用自己恢复期患者特有的宽大心胸，替叶藏恢复元气感到安心。

我不会是个三流作家吧？看样子，我似乎太在意自己的感受了，竟然自不量力地想要同时展开数个场景，所以才会自鸣得意，结果却是这样的矫揉造作。不，等一下。要说失败，也是在所难免的吧。有句话说："用美丽的感情却创造出丑恶的文学。"总之，我之所以会自鸣得意，也是因为我的心没有那么邪恶。啊，想出这句话的男人真有福气，这是多么宝贵的句子啊。可是这句话一个作家一生中只能用一次，确实是这样，用一次是撒娇、是可爱，用两三次，把它当作挡箭牌，你就惨了。

"失败了！"

和飞弹坐在床边沙发上的小菅，一说完，先是看了看飞弹的脸，又端详了叶藏的脸，接着将视线转向立在门边的真野的脸，看到他们都在笑，便满足地将头靠在飞弹浑圆的右肩上。

他们几个经常大笑，就算是无聊的小事也会放声大笑。对年轻人而言，脸上露出笑容，就像吐气一样容易，这种习惯是什么时候养成的呢？多笑笑不会吃亏，不论多么细微的事物，只要是可以笑的对象，就都不放过。啊，这才是贪婪的美食主义的虚幻片段吧，难道不是这样吗？

可悲的是，他们的笑并不是发自心底深处，即使捧腹大笑，也仍会在意自己的姿势。他们还总是故意逗别人发笑，这是为了不让别人伤害自己，用笑来堵住他们的嘴。这种形态全都出自虚无之心。但是，难道就不能想想那些人为什么要伤害他人？是牺牲之魂。至少他们是这么认为的，这多少有点自暴自弃，是没有明确目的的牺牲之魂。他们之所以有时还能做出与现在的道德规范相符合，甚至堪称美谈的举动，全都是因为这一不为人知的灵魂。这些纯属我个人的猜想，不是在书房里摸索出来的纸上经验，全是我通过肉体真实感受到的。

叶藏坐在床上，双脚晃动，一边摸摸脸上的纱布，一边笑着。也许是小菅的话实在太好笑了吧。那么他们刚才究竟在闲聊些什么呢？在这里插上几句说明吧。

这次寒假，小菅去了个离家乡约三里远的山中某知名温泉场滑雪，并在那里的旅馆住了一晚。半夜去厕所的途中，他在走廊与同样在那里住宿的年轻女子擦身而过。就只是这样而已，似乎没有什么可在意的，但对小菅来说，这可是个大事件。就算只是擦身而过，小菅也觉得有必要给那名女子留下非比寻常的好印象。于是在擦身而过的瞬间，他豁出性命似的摆出姿势。那一刻，他对人生有了某种真真切切的期待。他曾想象过与女人相遇的种种情境，因此他不敢大意，一个人的时候，也不断练习能给对方留下深刻印象的姿势。那次半夜去上厕所时，他还特意穿上自己刚买来的蓝色外套。小菅和那个年轻女子擦身而过后，就暗自庆幸，还好穿了外套出来。就在他为此而松了口气的时候，走廊尽头的大镜子给了他难堪，哎呀，失败了。原来，新外套底下，竟然露出两条穿着破旧细筒裤的腿。

“真是丢人哪。”他淡淡地笑道，“细筒裤卷着，脚毛露在外面，脸也睡得有些发肿。”

叶藏其实并没有觉得这有多么可笑。他认为这都是小菅随口编出来的，不过他还是大声笑着。朋友的态度与昨日大为不同，一直在用自己的方式，努力化解叶藏心中的不快。为了对这份心意表示感谢，他才那么起劲地放声大笑。看到叶藏笑了，飞驒和真野也笑了。

飞驒安心下来，心想现在说什么应该都没关系了吧，却又觉得还不是时候，于是只是跟着他们一起笑。

得意忘形的小菅却轻易地把那话说出了口："我们一碰到女人就失败，就连阿叶也是，不是吗？"

叶藏笑着歪头思索一番，说道："大概是吧。"

"肯定是啊，但死了就不会了。"

"还真是失败了啊。"

飞驒很高兴，心跳得厉害，没想到最坚固的石墙居然在微笑中崩塌了。这或许得归功于小菅的性格。想到这里，他真想紧紧拥抱这位年轻的朋友。

飞驒舒展眉毛，略显结巴地说："很难用一句话来论断失败还是成功，首先，最重要的原因还不明确。"这下糟了——他意识到自己说错话了。

小菅立刻支援，说道："这我知道，我已经和飞驒辩论过了。我认为这是思想不成熟导致的，飞驒却说另有隐情。"

飞驒随即接话道："或许有，但却不只因为这个。总之就是发狂地爱上了，总不可能和讨厌的女人一起寻死吧。"

他是因为不想被叶藏误解，才迫不及待地辩解，但听来却反而让自己显得有点呆傻天真。干得不错，这下可以松一口气了。

叶藏垂下长睫毛。倨傲、懒惰、阿谀、狡猾、恶德之巢、疲劳、愤怒、杀意、自私、脆弱、欺骗、病毒，杂乱的情感动摇着他的心。还是说出来吧，于是他故意十分颓丧地嘀咕：“其实我也不清楚，总觉得一切都是原因。”

“我知道，我知道。”没等叶藏把话说完，小菅就插嘴道，“有时候也会这样。唉？护士怎么不见了，是不想听了吗？”

我说过，他们的讨论与其说是交流思想，不如说是为了调和当时的气氛，根本没一句实话。可是如果坚持听下去，会发现当中也有可取的部分。他们那些矫情做作的话语中，有时也能让人惊诧地感受到真诚的声音。也许随口说出的话才是发自内心的吧。叶藏刚才说的“一切都是原因”或许才是他的真心话。他们心中只有混沌以及无来由的抵触，或许也可以说只有自尊心，而且还是被磨得极为锐利的自尊心，就算吹来再微弱的风，也会冷得瑟瑟发抖，只要觉得受到侮辱，便立即痛苦得寻死觅活。因此被问及自杀的原因，叶藏当然会感到困惑——一切都是原因。

过了中午，叶藏的哥哥来了。他和叶藏长得并不像，很魁梧，穿着和服裤裙。

院长带着他来到叶藏的病房前，听见房间里传来开朗的笑声，哥哥假装没听到。

“是这间吗？”

“是的，精神已经好多了。”院长边回答边推开房门。

小菅看到这两个人，大吃一惊，从床上跳下来。他正躺在叶藏的床上，叶藏和飞驒则并肩坐在沙发上玩扑克牌，他们这时也慌忙站起来。真野坐在床头椅子上织毛衣，她也急忙收拾起织毛衣的工具。

“有朋友来探望，所以才这么热闹啊。”院长对叶藏的哥哥小声说道，然后走到叶藏身边，“好多了吧？”

“是的！”说完后，叶藏突然想起了那件伤心事。

院长藏在眼镜后面的那双眼睛正在笑着。

“怎么样，要不要在疗养院待上一段时间？”

叶藏这时感到了罪人才有的自卑感，但还是微笑以对。

哥哥一本正经地向真野和飞驒说了句“承蒙照顾”后，行个礼，接着又一脸严肃地询问小菅：“昨晚你睡在这里吗？”

“是啊。”小菅搔搔头道，“隔壁病房空着，所以我和飞驒君两人在那里过了一夜。”

“那么今晚就和我一起住吧，我在江之岛的旅馆订了房间。飞驒先生，请您也一起过来吧。”

“好。”飞驒的声音变得很僵硬，说话时手中还紧紧捏着三张牌。

哥哥若无其事地转向叶藏。

“阿叶，没事了吧？”

“嗯。”叶藏点点头，故意装出不太情愿的神情。

哥哥突然唠叨起来。

“飞驒先生，我想请院长先生吃个午饭，您一起来吧。我以前从没来过江之岛，这次想请院长先生当向导带我参观一下。现在就走吧，汽车还在外面等着我们呢，再说天气也不错啊。”

我后悔了。叶藏、小菅、飞驒和我，四个人好不容易将故事推进到这里，却因为这两个成年人的登场而变得不成样子。我本来想让这篇小说充满浪漫的气氛，希望能稍微缓解一下开头数页带来的诡异气氛，没想到因为自己的笨拙，弄得土崩瓦解。

原谅我吧！这是骗你的！我在说笑！这都是我故意制造出来的。在写作的过程中，我对那种浪漫的气氛越来越觉得难为情，所以才故意加入了两个成年人。如果真的土崩瓦解，反而正中我的下怀。

低俗的人！如今折磨我的只有这一句话。假如这种莫名其妙说笑的方式被称为低俗的话，那我的态度一定也算得上是低俗吧。我不想输，不想让人看穿我的心思。然而，这大概是徒劳无功吧。啊！或许作家全都是这样吧，即使是真情告白，也会对言辞加以修饰。我是一个正常人吗？我能不能像正常人一样生活呢？虽然我这么说，但我对自己的文章依然很在乎。

既然一切都明朗了，那就直说吧。实际上我每写一段文字，都会让“我”这个男子出场，让他说一些不该说的话，这潜藏着我一个狡猾的想法。我想在读者没有发现的情况下，以“我”的出场神不知鬼不觉地营造出具有特殊神韵的文风。我自认为它是当今日本最新潮的文风，结果却失败了。

不，所谓的失败，其实也是为了创作这篇小说而故意安排的，可以的话，稍后我会说明。不对，就连这句话，都是我事先准备好的。哎呀，别再相信我了，我说的话没一句是真的。

我为什么要写小说呢？是想要获得新晋作家的殊荣吗？还是为了赚钱呢？漂亮的假话我就不说了，坦白回答，这两个我都想要，非常想要。啊！我又睁眼说瞎话了。我为什么要写小说呢？这问题真伤脑筋。没办法，短时间内还真是说不明白。这像是在故弄玄虚，有些讨厌，但简单来说，只有“复仇”两个字。

还是让我们转向下一段故事吧。我不是街头艺术家，也不是艺术品。如果我那惹人烦的告白也能给我这篇小说带来某种神韵，也算是有默契。

叶藏和真野留了下来。叶藏钻进被窝，不停地眨着眼睛，像是在思考。真野坐在沙发上整理扑克牌。她将纸牌收进紫色纸盒里，然后问道："那人，是你哥哥吧。"

"嗯。"叶藏盯着高高的天花板，说道，"像吗？"

假如作家对自己描述的对象失去感情，立刻就会写出这副德行的文章。不说了，这小说真是差劲。

"像，特别是鼻子。"

叶藏一听，大笑起来。叶藏的家人，都遗传了祖母的长鼻子。

"他多大岁数了？"真野也笑了笑，继续问道。

"哥哥吗？"叶藏的脸转向真野，"三十四岁，很年轻吧。但他总爱摆臭架子，自以为是，够讨厌的。"

真野忽然抬头，看到叶藏正紧蹙眉头说话，于是连忙移开视线。

"哥哥这样还算好，哪像父亲……"

话说一半他又闭口不言了。看来叶藏是个有分寸的人，他作为我的替身，妥协了。

真野站起来，走到病房角落，从架上拿取织毛衣的工具，像刚才一样，又坐在叶藏床头的椅子上，一边织毛衣，一边想着。她所想的既不是主义这样的大事，也不是爱情带来的困扰，而是比这些更进一步的原因。

我不想再说话了。说得越多，越觉得自己什么都没说，总觉得说了很久，却丝毫没有涉及真正重要的事。不过这是理所当然的吧，作家本身对于自己作品的价值并不清楚，这早已是小说界的常识。我虽然不服，却也不得不承认。我太愚蠢了，居然期待自己所写的作品会产生不一样的效果。我不应该把这种事说出来。一旦说出口，就会产生截然不同的效果。当推测这效果大概是什么样时，又会产生新的效果，于是我不得不永远在所谓的效果后面追赶它。这篇小说究竟是劣作或是平庸之作这件事，我根本不想知道，说不定我的这篇小说会创造出我意想不到的极高价值呢！这些话是我从别人那里听来的，不是从我的肉体渗出来的，所以我才会依赖它。老实说，我已经没有自信了。

晚上电灯亮起，小菅一个人来到叶藏的病房。他进门来到床头，俯下身轻声说道："我喝了酒哦，别跟真野说。"

说完，他就朝叶藏的脸上大大吹了一口气。喝了酒的人是不允许进入病房的。

小菅瞄了一眼坐在后面沙发织毛衣的真野，故意高喊道："我参观江之岛回来了，实在太好玩了。"接着立刻压低声音说："骗你的啦！"

叶藏起来坐在床上。

"刚才一直在喝酒吗？没关系的，真野小姐，应该没事吧？"

真野边织着毛衣边笑着回答："虽然不太好……"

小菅仰面躺在床上。

"我们四个人一起商量过了。你哥哥真是个谋略家，没想到竟是那么能干的一个人。”

叶藏沉默不语。

“明天，你哥哥会和飞弹一起去警察局，好像事情已经彻底解决了。飞弹这个大笨蛋，兴奋得不得了。飞弹今晚就住在那里了，我不习惯，就回来了。”

“他在背后说了我很多坏话吧？”

“是啊，他说你是个大笨蛋，不知道以后还会干出什么事。不过他也说，你父亲也有不对的地方。真野小姐，我可以抽烟吗？”

“嗯。”真野眼泪都快掉出来了，所以只回应了这一个字。

“可以听到海浪的声音啊，真是家好医院。”小菅叼着尚未点火的香烟，一边急促地呼吸，一边仿佛喝醉酒似的将眼睛闭上。

不久，他突然挺起上半身。

“对了，我把你的衣服带来了，就放在那里。”他用下巴指了指门口。

叶藏看到门口放着一个蔓藤花纹的大包袱，又皱起了眉。当他们谈及至亲时，就会露出略带感伤的神情，但这不过是一种习惯，也是自幼所受的教育的结果。一说到至亲，似乎自然地就会和财产联系起来，叶藏似乎认为这种古怪的联系是很正常的。

“母亲一定很难过吧？”

“嗯，你哥哥也这么说。他说你母亲是最可怜的，连穿衣服还要替你操心。这是真的。真野小姐，有火柴吗？”

小菅从真野手中接过火柴，鼓起腮帮看着火柴盒上画的马脸。

“听说你现在穿的这身衣服，是院长借给你的。”

“这个吗？是啊，这是院长儿子的衣服。我哥哥一定还说了别的有关我的坏话吧？”

“别再胡思乱想啦！”小菅将香烟点上火，“你哥哥比你想得开明多了。他很了解你。不，好像也不是这样。反正我觉得他很有一套。大家都在讨论你为什么会自杀，他却一个人大笑。”

小菅吐出一个烟圈。

“据你哥哥的推测，认为是你因放荡不羁，花光了家里给的钱才会这样。他说这话的时候表情严肃。他还不好意思地说，你一定得了什么见不得人的病，所以才自暴自弃。”

他用酒后混浊的眼睛瞥了眼叶藏。

“怎么样？是不是出乎你的意料？”

只有小菅一个人，也就用不着去隔壁空病房去睡了。一起商量后，小菅便决定留在叶藏的病房，和叶藏并排睡在沙发上。铺着绿色天鹅绒的沙发上有机关，拉开就能变成一张床。真野每晚都睡在这张床上，今晚让给了小菅，她只好向医院事务室借来席子，铺在房间的西北角。那个位置正好是叶藏脚的正下方。然后，真野不知从哪里弄来个折叠式的矮屏风，将睡觉的地方围了起来。

“还真是谨慎啊。”小菅躺在沙发上看着那个老旧的屏风，偷偷笑着。

“上面还画了代表秋天的七种花草呢。”

真野用包袱巾将叶藏头顶上的电灯包起来。光线暗下来后，她向两人道声晚安，便回到屏风后面睡觉去了。

叶藏睡不着，在床上翻来覆去。

“好冷啊！”

“嗯。”小菅也噘嘴附和，“酒都醒了。”

真野轻轻咳了几声，问道：“要不要再盖点什么？”

叶藏闭着眼睛回答：“我吗？算了吧。只是海浪的声音太吵了。”

小菅觉得叶藏很可怜。这是一种成年人的感情，虽然这是无须多说的自然的事，但他可怜的并不是此时在病房里的叶藏，而是与叶藏有相同境遇的自己，又或许是一般抽象概念中的那个自己吧。成年人都受过良好的感情训练，所以很容易同情别人，对自己能为别人流泪而深感欣慰，年轻人也常常沉浸在这种廉价的感情之中。成年人的这些训练，往好的方面说，是在跟生活妥协后得来的，那么年轻人又是从哪里学来的呢？从这种无聊的小说中吗？

“真野小姐，你也说点什么吧，有没有什么有趣的事？”

为了转换叶藏的情绪，小菅向真野撒娇。

“这个嘛，我需要想想。”屏风后面的真野笑着说了这么一句。

“恐怖故事也可以啊。”他明明害怕，却又想听。

真野似乎在思考着什么，好一会儿没有说话。

“那你们不可以告诉别人哦。”真野先做了声明，之后低声笑了起来，“这是一个恐怖故事，小菅先生，你不害怕吗？”

“快说吧，快说吧。”他是真的想听。

故事发生在真野十九岁刚当上护士那年的夏天。当时真野负责照顾一个因为女人而企图自杀的年轻人。他是服用药物自杀的，全身布满了紫色斑点，已经不可能救活了。送到医院的那天傍晚，他一度恢复意识，看见窗外石墙上爬着许多小潮蟹，便说了句“好美啊！”当地的螃蟹是红色的。“等身体好了，我一定要抓几只回家。”他说完这句话，又陷入了昏迷。

当天晚上，这个年轻人吐了两脸盆的呕吐物后死了。亲人从家乡赶来之前，病房中只有真野守着死者。真野忍耐着在椅子上坐了一个小时左右，身后隐约有声音传来。真野屏气凝神，这回听得更清楚，好像是脚步声。她鼓起勇气猛地一回头，只见身后有一只红色的小螃蟹。她注视着螃蟹，哭了起来。

“真是太不可思议了。是螃蟹啊，活生生的螃蟹。我当时想干脆辞掉工作算了。就算我不工作，家里的积蓄也够生活。父亲是这么安慰我的，不过我也被他嘲笑了一番。小菅先生，这个故事怎么样？”

“太可怕了。”小菅故意胡闹似的大叫，“这是哪家医院呢？”

真野没有回答这个问题，而是翻了个身，喃喃自语：“大庭先生入院的时候，我本来想拒绝医院的安排，因为我会害怕。可是我看到大庭先生后就放心了。他就像现在这样健康，一开始就说要自己一个人去上厕所呢。”

“哎呀！我是问哪家医院。不会是这家医院吧。”

真野沉默了片刻才回答：“就是这里，就是这家医院。不过请替我保密，我可不想被人说三道四。”

叶藏像说梦话一样问道：“该不会就是这间房间吧？”

“不是。”

“该不会，”小菅也学着叶藏的语气，“是我们昨晚所睡的那间病房吧？”

真野笑了。

“不是，别吓自己了。如果知道你们那么在意，我就不说了。”

“是一号病房！”小菅抬起头，“从窗口望出去可以看见石墙的，只有那间房间了。就是那个少女住的房间，真可怜啊。”

“你们还真信啊，快睡吧。我那是骗你们的。”

叶藏这时想着别的事情。他想到阿园变成了一缕鬼魂，随即在心里描绘出美丽的身影。叶藏有时候就是这么直接，对他而言，“神”这个字，只不过是送给笨蛋的一种充满揶揄的代名词，或许是他们太接近神了反而感知不到吧。在这种情况下轻率地触及所谓“神的问题”，各位读者想必会用“浅薄”或“廉价”之类的词语来严厉谴责我吧。啊！原谅我吧！不论多么笨拙的作家，也会想把自己小说中的主人公推到神的面前。这么说吧，唯有自己小说中的主人公才像神，才像那个将自己所爱的一只枭放飞于夕阳下的天空，然后微笑着望着它的智慧女神密涅瓦。

第二天一大早，下雪了，疗养院变得热闹起来。疗养院的前院，上千棵低矮的马尾松全部被白雪覆盖，从那里往下走的三十几级石阶，以及相连接的沙滩，也都积了一层薄雪。雪时下时停，到中午仍在下着。

叶藏让真野买来木炭画用纸和铅笔，躺在床上画起窗外的雪景。他是从雪完全停止后，才开始画的。

病房在雪的反射下相当明亮，小菅躺在沙发上看杂志，不时伸长脖子瞄一眼叶藏的画。他对艺术有一种敬畏感，这是因为信赖叶藏才产生的感情。小菅从小就认识叶藏，觉得他跟别人不一样。一起玩耍的时候，他断定，叶藏的与众不同，全是他脑瓜太聪明所致。小菅从少年时代起就很崇拜爱打扮、会吹嘘、好色，甚至有点残忍的叶藏，尤其是学生时代的叶藏，在背地说老师们的坏话时，那一双透着兴奋的眼睛更让他喜爱。但是他喜爱的方式与飞驒不同，那是一种观赏的态度。总之，他很机灵，不会总黏着叶藏，可以跟随的时候才跟随。这或许就是小菅比叶藏和飞驒更让人容易接受的原因吧。小菅敬畏艺术，这和之前他上厕所也要穿新买来的蓝色外套都说明了他对日复一日的人生还有所期待。像叶藏这样的男人，是流尽汗水才创造出来的，所以必定不是寻常人物。虽然小菅对叶藏也有一些想法，不过他还是相当信赖叶藏，只是有时候也会失望。就像现在，小菅瞄了眼叶藏的画，就很失望。木炭画用纸上画的只是一些海与岛的景色，而且，还是普通的海与岛。

小菅把视线收回来，继续翻阅手中的杂志。病房中，鸦雀无声。

真野在洗衣处清洗叶藏的毛衬衫。叶藏就是穿这件毛衬衫跳海的，因此衣服上散发出一股海水的腥味。

下午，飞驒从警察局回来，一脸兴奋地打开病房房门。

“都在啊！”看见叶藏在作画，他夸张地大叫，“很好嘛，艺术家果然还是要经常创作，才会越来越厉害。”

他说着走到床边，越过叶藏的肩膀，瞄了一下他的画。叶藏连忙将画纸对折，腼腆地说：“别看了，我很久没画了，都生疏了。”

飞弹穿着外套，一屁股就坐在了床边。

“或许吧，大概是太心急了。不过这样也好，至少对艺术还充满热情。嗯，我是这样想的。哎，你到底在画什么呢？”

叶藏托着腮帮，用下巴指了指窗外的景色。

“我在画海。天空和海都是黑的，只有岛是白色的。画着画着，突然觉得很烦躁，所以就停笔了。还真是业余啊。”

“有什么关系呢，再伟大的艺术家，都带点业余的味道。现在这样就可以了。刚开始是业余的，慢慢地就变成专业的了，之后又变成业余的。我又要说说罗丹了，那家伙就是个不停地在业余和专业之间转变的男人。不对，也不能这么说。”

“我不想再画画了。”叶藏将折起来的木炭画用纸塞进怀里，打断飞弹的话，“画画这种事需要一气呵成，雕刻也一样。”

“这种心境我理解。”飞弹拢了拢长发，点点头表示赞同。

“可以的话，我想写诗，因为诗是正直的。”

“嗯，诗也很好。”

“不过，还是很无聊。”他现在觉得做任何事都很无聊，“或许我最适合做一个艺术赞助人。赚很多钱，再聚集很多像飞弹这样优秀的艺术家，给予各种资助。你觉得怎么样？像我这样的人还谈什么艺术，太不知羞耻了。”

他依旧托着腮帮眺望海面，说完这番话后，静静等待飞弹的反应。

“不错啊，这也是一种相当不错的生活。而且这种人也是不可或缺的。”

飞驒说着说着身体突然摇摆起来。他毫不反驳的亲近姿态，让人很容易想到拍马屁，实在是讨厌。或许他那所谓的身为艺术家的骄傲，终于抬高了他的身价。为了接下来的发言，飞驒暗自摆好了架势。

“警察那边，情况怎么样了？”

小菅突然问道。对于这个问题的答案，他并不是特别期待，只不过是随口一问。

内心有所动摇的飞驒，找到了宣泄口：“他们要以自杀帮助罪的罪名起诉。”飞驒一说完就后悔了，觉得有些过分，于是改口道，“不过还是会缓期起诉的。”

一直躺在沙发上小菅这时突然站起来，啪啪地拍起手来。

“这下麻烦大了！”他本想缓和气氛，可是却没成功。

叶藏用力转了个身，仰躺在床上。

明明有个人死掉了，这两个人却还能若无其事，未免太悠哉了吧，为此感到愤慨的读者们，肯定会大呼快哉吧。活该！然而，这是很残酷的事，怎么可能心平气和地去面对。时常濒临绝望，又极易受伤的一朵小丑之花，在没有风的状况下生长是多么悲哀啊，读者们要是能明白就好了。

飞驒为自己不恰当的一句话所产生的效果感到惊慌失措，他隔着棉被，轻轻碰了下叶藏的脚：“没事的，没事的。”

小菅又躺在了沙发上：“自杀帮助罪。”他还在努力地缓和气氛，“还有这种法律呀。”

叶藏缩回脚，说：“有的，是要判刑的，亏你还是学法律的。”

飞驒苦笑道：“没事的，你哥哥会处理好的，他觉得如果只是这样的话，你还算幸运的。他还是挺热心的。”

“真是个人才。”小菅闭上眼睛。“其实你根本不用担心，他可是个谋略家。”

“笨蛋！”飞驒忍不住发笑。他从床上下来，脱掉外套，挂在门旁的钉子上。“我听到一个好消息！”他跨过放在门边的陶瓷圆火盆，说：“那女人的丈夫……”他稍犹豫片刻，低垂着眼睛继续说：“他今天也来警察局了，和你哥哥对谈。事后你哥哥对我说，那男人被说动了，一毛钱也不要，只想跟你见上一面。你哥哥拒绝了，说你身体还没恢复，情绪还相当激动。这男人就很失望，让你哥哥代他向你问好，说别在意他们，要你好好保重身体……”说到这里，飞驒突然打住不说了。

他刚才越说越兴奋。那位男人似乎是个失业者，穿着相当寒酸，因此叶藏的哥哥向他转述时，嘴角不时地泛起轻蔑的笑意。飞驒听的时候充满了愤怒，此时说起话来便显得有些夸张。

“其实见上一面也好，他真是多管闲事。”叶藏盯着右手掌说道。

“可是……我觉得还是不要见面比较好，而且他已经回东京了。你哥哥送他到车站，除了送上两百块奠仪，还让那人写了一份从今以后毫无瓜葛之类的承诺书。”

“真能干啊！”小菅噘起薄薄的下唇，“用两百块钱就解决了，真了不起。”

飞弹皱起他那张被炭火烤得光滑油亮的圆脸。像他这样的年轻人最害怕在自我陶醉时被人泼冷水，所以，他们都会理解对方的自我陶醉，并且努力配合，这就是他们的默契，可是小菅却破坏了这个默契。那个男人的懦弱让他恨得牙痒痒，而乘人之危的叶藏的哥哥也不是什么好东西。

飞弹晃晃悠悠地走到叶藏的床头，眺望乌云密布的大海，鼻子几乎快贴在了玻璃窗上。

“那个人真了不起。我认为他并不是因为你哥哥的拒绝才不见你的，他真的很了不起。那是绝望之心产生的美感。他妻子今天早上已经火葬了，据说他是抱着骨灰坛走的。他上车时的身影现在还停留在我的脑海中。”

小菅终于明白了，他低头叹了一声，说道：“的确了不起。”

“了不起吧，是好消息吧。”飞弹将脸转向小菅，他已经不生气了。

“经历这件事后，我觉得能活着真是太好了。”

我该露脸了，如果再继续写下去，这篇小说就全乱了。我已经步伐蹒跚，不知道该怎么处理小菅，怎么处理飞弹，怎么处理叶藏了。他们对我拙劣的文笔已经不耐烦，擅自展翅飞翔了。我紧紧抱着他们沾满泥水的鞋子，大嚷着“等等我、等等我”。如果不在这里调整一下，我第一个就受不了。

本来这篇小说就不是那么有趣，只是虚有其表。这种小说，写一页和写一百页都一样。我从一开始就对此有所觉悟，但在写作时，我仍乐观地期待能出现一件适合的事物。我这个人虽然高傲，也还是有那么一两个优点的吧。我对沾满自己得意忘形气息的臭文章感到绝望，却也四处寻找可能有的闪光点。找来找去，我快要累死了。

啊！写小说最好别胡思乱想，用美丽的感情却创造出丑恶的文学，这样的作家真是个蠢货。这是一句真理。如果不全身心投入，哪能写什么小说啊。每个词，每句话，都包含着十种不同的意义要跳进我的胸膛，我不得不折断笔将它丢弃。不管是叶藏还是飞驒，或是小菅，你们全都不用这样惺惺作态，反正已经露出原形。省省吧，都给我省省吧，无念无想。

那天晚上，夜深人静之后，叶藏的哥哥来到病房。叶藏和飞驒、小菅三人正在玩扑克牌。昨天叶藏哥哥第一次来的时候，他们也是在玩扑克牌。他们并不是一天到晚都在玩扑克牌，其实他们很讨厌玩扑克牌，要不是太无聊，是不会有人拿出来玩的。他们会刻意避开那些无法充分发挥自己个性的游戏。他们很喜欢拿扑克牌变魔术，研究各种技巧，然后表演给大家看，接着又故意让人看出破绽，博大家一笑。比如把一张牌盖住，问大家："这是什么牌？"黑桃女王、梅花骑士，大家想到什么就说什么。一翻开牌，谁也没有猜对，但他们认为只要猜下去就总会有猜对的时候。一旦猜中了，该是多么愉快啊！总之，他们不喜欢那种经过长时间等待才能得出结果的游戏，瞬间就决出胜负是他们最喜欢的。所以，即使他们玩扑克牌，也就玩个十分钟，但就是如此短暂的时间，叶藏的哥哥却碰上了两次。

哥哥进入病房，皱了皱眉头。他误以为他们整天都在玩扑克牌。这种不幸在人的一生当中屡见不鲜。在美术学校时，叶藏也感受过同样的不幸。有一次他在法语课上打了三次呵欠，每次视线都正好和教授对上，的确就只有三次。当他打第三个呵欠时，那位日本著名的法语教授忍无可忍地大声叫道："你在我的课上一直在打呵欠！一小时都打了上百次了！"教授虽然说得有些夸张，但他的意思是叶藏的呵欠打得太多了。

啊，来看一下无念无想的结果吧。我没有停笔，一直在写着，但接下来必须更换阵容不可。那种疾笔成书的境界，我是没办法达到的。这究竟会成为怎样一篇小说呢？还是从头开始看吧。

我描写的是海边疗养院，这一带景色相当优美，而且疗养院里的人也不全是坏人。就说这三个年轻人，啊，他们可是我们的英雄。就是这样。话虽有些艰涩但也有道理。我说的就是这三个人。好吧，就这么决定了，就算很勉强也这么定下了，什么都别再说了。

叶藏的哥哥向大家打了招呼，接着对飞驒耳语了几句。飞驒点点头，转身向小菅和真野使了个眼色。

等三个人全都走出病房后，哥哥开口问："灯光怎么这么暗啊？"

"嗯，这家医院不让人把灯开得太亮。不坐吗？"叶藏坐在沙发上如此说道。

"哦。"哥哥没有坐下，他似乎对灯光太暗这事仍有些在意，不时抬头看看，同时在病房里走来走去。

"这边的事总算解决了。"

"谢谢。"叶藏低着头喃喃道。

"我并没觉得这有什么，只是回家之后又得啰唆了。"他今天没有穿和服裤裙，不知什么原因，敞着黑色外褂，并没有绑上系绳。

“我会尽力的，不过你最好写一封道歉信给父亲。你似乎不太在乎，不过这毕竟不是件小事。”

叶藏没有接话，两眼看着散在沙发上的一张扑克牌。

“如果你不想写信，那就不写。不过后天你必须去趟警察局，警察特意将调查工作延到现在，已经很给面子了。今天我和飞驒以证人身份到警察局接受询问。警察问了你平常的言行，我都据实回答了，他还问你在思想上有没有有可疑之处，我说绝对没有。”

哥哥停止了踱步，站在叶藏面前的火盆前，伸出一双大手摊在炭火边，叶藏看见那双手在微微颤抖。

“警察也问到了那名女子的事，我说我完全不知道。飞驒也被问了相同的问题，他的回答和我的一样。到时你也这么回答就好了。”

叶藏知道哥哥的言外之意，却假装没听出来。

“不必要的话不用说，对方问什么你就答什么。”

“被起诉了吧？”叶藏用右手的食指来回摸着扑克牌的边缘，低声问道。

“我不知道，这个还不清楚。”哥哥加强语气说，“我想你应该会被警察拘留四五天，你最好有心理准备。后天早上我会来接你，我们一起去警察局。”

哥哥两眼盯着炭火。两个人沉默了一会儿，雪融化时的水滴声夹杂着海浪声传入他们耳中。

“警察会把这件事当作案件处理。”哥哥突然蹦出这句话，但立刻又用若无其事的口吻继续说道，“你也得为自己的将来好好考虑才行，毕竟家里没那么有钱，今年收成相当不好。虽然告诉你你也帮不了什么忙，但是我们家的财务现在也出现了危机，可以说一团糟。或许你会嘲笑，可是不管是艺术家或是别的什么，首先要考虑的也是生活问题吧。哎，今后要是能重新振作起来就好了。我准备回去了，飞弹和小菅最好住旅馆，他们每晚在这里吵闹，不太好。”

“我的朋友都很好吧？”

叶藏睡觉时故意背对着真野。

从那天晚上开始，真野又和往常一样，睡在沙发上。

“嗯，那个小菅先生，”真野轻轻地翻了个身，“是个很风趣的人。”

“是啊，那家伙还很年轻呢，比我小三岁，今年才二十二岁，和我去世的弟弟是同一年出生的。他总是喜欢模仿我不好的地方，飞弹就很了不起，已经独当一面了，很能干。”

叶藏沉默片刻，又小声地补充道：“每次我一闯下现在这种祸，他都会拼命安慰我，他是在勉强自己配合我。他在其他方面都很强，唯独在我面前特别谨慎小心。这样可不行啊。”

真野没有说话。

“跟你说说那个女人的事吧。”

叶藏依然背对着真野，慢吞吞地说道。

叶藏一直有种可悲的习惯，当他觉得有点尴尬，又不知道如何避免时，就会不管不顾地将尴尬贯彻到底。

“其实也没什么。”真野一句话也没说，叶藏开口讲述起来。

“你一定也听说了吧，那女人叫阿园，在银座一间酒吧工作。那里其实我只去过三次，不，是四次。飞驒和小菅都不认识她，我也没告诉他们。

“这件事挺无聊的。那女人是因为觉得生活太苦才去自杀的。死之前，我们各自想着完全不同的事。阿园在跳海前还对我说：‘你跟我丈夫一个样。’她有一个同居的男人，据说两三年前还在小学当老师。要问我为什么会和她一起去死，大概是因为喜欢吧。”

他的话已经不能相信了。他为什么就不能编个好一点的谎言呢？

“我曾经在左派组织工作过，发传单，参加游行示威，净做一些不像我会做的事。很滑稽吧，可是那是很辛苦的呢！我这么做，是被‘成为先驱者’这样的言论蛊惑了，并不是为了地位。但不论我怎么拼命挣扎，也只会走向毁灭，不是吗？像我这样的人，说不定很快就会变成乞丐。家里一旦破产，连吃饭都会成问题。我什么都不会，就只能当乞丐了。”

啊！他越说越觉得自己是个骗人精。这么不老实，真是大不幸啊！

“我相信命运。我是不会和它抗争的。老实说，我很想画画，非常想。”叶藏抓了抓头，笑起来。“假如我能画出杰作来就好了……”这家伙是这么说的，而且还是笑着说的。青年们，真正实干的人什么都不会说的，而是用笑来代替回答。

天亮了，天空中一抹云彩都没有。昨天的雪都融化了，只有在松树的树荫和石阶的角落里，还留有少许灰色的残雪。浓浓的雾气弥漫在海面上，从雾霭深处的各个角落，传来渔船引擎的阵阵响声。

院长一大早就来叶藏的病房探视。仔细检查过叶藏的身体之后，他眨了眨镜片后面的那双小眼睛。

“没什么问题了，不过还是要注意。警方那边我已经说过了。毕竟你现在还不算完全康复。真野小姐，他脸上的纱布可以拿下来了。”

真野马上将叶藏脸上的纱布取下。他的伤口已经痊愈了，结的痂都已脱落，只剩下白中带红的斑点。

“虽然这么说很失礼，但还是希望往后你把心思放在学业上。”院长说完之后，有些不好意思地望向大海。

叶藏也觉得有些愧疚。他坐在床上，重新穿上脱下的衣服，一句话都没说。这时，伴随着尖锐的笑声，门打开了，飞驒和小菅冲进了病房。大家互道早安。

院长向这两个人道过早安后，吞吞吐吐地说：“就剩下今天一天，真是遗憾。”

院长离去之后，小菅第一个开口说道：“那个人太圆滑了！那张脸看着就像章鱼。”

他们对人的脸特别有兴趣，喜欢通过长相来判断一个人的全部价值。

“食堂有那个人的画像，还戴着勋章呢！”

“画得太难看了。”说罢，飞驒走到阳台。今天他穿的衣服是向叶藏哥哥借来的，是稳重的茶色。他理了理衣领，在阳台的椅子上坐下。

“飞驒也这么认为啊，很有大师风范嘛！”小菅也走到阳台。他问叶藏，“阿叶，要不要玩扑克牌？”

他们三个把椅子搬到阳台，开始玩起扑克牌。

玩的时候，小萱颇为严肃地说道：

“飞弹，你在作假。”

“笨蛋，你才作假。看看你的手。”

三人哈哈笑起来，然后一起偷偷看向隔壁阳台。

一号病房的患者和二号病房的患者都躺在躺椅上做日光浴。她们被三人的笑声搞得满脸通红，忍不住也笑了。

“糟糕，已经被发现了。”

小萱张大嘴巴，冲叶藏使着眼色，三人突然大笑起来。他们经常像小丑一样表演这种把戏。其实当小萱开口说“要不要玩扑克牌”时，叶藏和飞弹就已经看出他真正的意图了。闭幕之前要上演什么样的剧情，他们也心领神会。他们一旦发现天然的表演舞台，便会毫无理由地想演戏，这或许是为了纪念吧。这个时候，舞台的背景是早晨的大海，然而此刻的笑声，却引发了连他们也没有想到的大事件：真野被这家疗养院的护士长骂了一顿。他们大笑过后不到五分钟，真野被护士长叫到办公室，劈头盖脸地训斥一番，要她叫他们保持安静。她哭着冲出办公室，把这件事告诉了已经停止玩牌、无所事事地待在病房里的三个人。

三人垂头丧气，也不说话，就那么你看看我，我看看你。他们沾沾自喜的表演，在现实的无情打击和嘲笑下，被彻底摧毁了。

“没什么了，算了。”真野反而安慰他们说，“这栋楼里并没有重症患者，而且昨天我在走廊碰到二号病房患者的母亲，她也说热闹点好，一副很高兴的样子呢，还说每天都被你们的话逗得发笑。真的没问题，没事的。”

“不！”小菅从沙发上站起来，“是我们不好，害你受到冤枉。护士长那家伙，为什么不直接跟我们说呢？去把她找来。既然她那么讨厌我们，现在就马上给我们办理出院手续，我们马上出院。”

就在这一瞬间，三人决定要出院，这是他们的真实想法。尤其是叶藏，甚至已经开始想象四人坐着汽车沿着海边兜风的样子了。

飞弹也从沙发上站起来，边笑边说：“那么，大家一起去找护士长吧。竟然敢骂我们，真可恶！”

“出院吧，出院！”小菅踹了病房门一脚，“这种破医院，一点也不好玩！被骂倒无所谓，不过她骂人之前的心态，就很讨厌。她一定是把我们当成不良少年，或者是愚蠢浅薄的时髦青年了。”

说完，他又用力地踹了下门，接着又忍不住笑出来。

叶藏翻倒在床上，说：“那么，我呀，大概就是白痴一样的恋爱至上主义者了。我已经受不了了！”

他们对于护士长这个野蛮人的侮辱感到义愤填膺，但悲哀的是，他们又想换个角度去想，试图找个理由含混过去。他们总是如此。

然而，真野却是率真的人。她将双手放在身后，靠着墙壁。她那略往上翘的上唇，此时噘得更高。

“是啊！实在太过分了。昨天晚上，护士长的办公室也聚集了许多护士，她们也都在玩牌，吵闹得很呢！”

“对呀，过了十二点还吵个不停，明显偏袒。”

叶藏嘟囔着拾起散落在枕边的木炭画用纸，仰躺在床上，开始作画。

“因为自己做了坏事，所以别人的长处也看不出来。听说护士长是院长的情人。”

“这样啊，太好了！”小菅非常高兴，“他们总是将别人的丑事视为美德，认为那是勇敢的行为。“有勋章就会有情人呀？真了不起啊！”

“你们难道真的不知道吗？总是说些不负责任的话，别人听了只会觉得可笑。你们尽管闹好了，反正我已经习惯了。还有，实话告诉你们，根本没有人被骂。我还以为你们都是很有教养的人呢。”

真野用一只手遮住脸，边哭边打开门，就要往外走。

飞驒拦住她，轻声对她说：“你不要跑到护士长那里去。好了，没事了。”

她这时用双手掩面，点了点头，走到走廊上。

“她是个正义使者。”真野离去后，小菅在沙发上坐下，笑着说，“竟然还哭了，看来被自己说的话冲昏头了。她平常说起话来，一本正经，颇有男人的架势，但毕竟还是女人。”

“很奇怪啊。”飞驒在狭窄的病房里来回踱步。“一开始我就觉得很奇怪，真的很奇怪。竟然哭着出去了，吓我一跳。她该不会跑去找护士长了吧？”

“不会的。”叶藏装出一副无所谓的样子回答，并将画纸丢给小菅。

“是护士长的画像吗？”小菅大笑着问道。

“我看看。”飞驒也争着看画纸。

"女怪物啊。真是杰作，画得真像。"

"是啊，一模一样。护士长曾经陪院长来过一次病房。画得太好了，铅笔借我。"

小菅向叶藏借来铅笔，在画纸上加了几笔。

"这里还要加个角。这样就更像了。拿去贴在护士长的门上吧。"

"走，我们去散步吧。"

叶藏从床上下来，边伸懒腰边嘀咕："讽刺画大师。"

讽刺画大师！我已经厌烦了。这可不是通俗小说。虽然这样的作品可以医治我时常变得僵硬的神经，以及有相同症状的诸君的神经，但我总觉得太天真了。假如我的小说突然变成古典文学的话——啊，我疯了吗？诸君或许会觉得我的这种注解是多余的。对连作家都料想不到的地方任意推测，而且还高喊："这才是杰作！"啊，死去的大作家是幸福的。活着的那些笨作家，为了让自己的作品广受欢迎，正汗流浃背地写着出乎意料的注解，最后，终于创造出满是注解、啰里啰唆的拙劣作品。随便你们吧，我可没有这种刚毅的精神，看来我是注定当不成好作家了。果然太天真了。没错，这是一个大发现，实在是彻彻底底的天真。但唯有在天真中，我才能够获得短暂的休息。啊，无所谓了，别再管我了。小丑之花到这里大概也该枯萎，而且枯萎的样子是那样的卑贱丑陋。对完美的憧憬，对杰作的期待。

"已经够了！我自己就是奇迹的创造主。"

真野躲进了厕所，她大概想大哭一场，然而她并没有哭泣。她看着镜子里的自己，擦去泪水，整了整头发后，走向食堂去吃过了点的早餐。

六号病房的大学生坐在食堂入口处的桌子旁，面前放着已见底的空汤碗，一个人无聊地坐着。看见真野，他微微一笑，说：“你病房里的病人很有活力啊。”

真野停下脚步，抓住桌子一端，回答道：“是啊，净说些天真的话逗我们笑呢。”

“那挺好的。听说是一位画家？”

“嗯，经常说想要画出伟大的画作来。”话还没说完，真野的耳根就红了。

“他是很认真的。因为很认真，非常认真，所以经常感到痛苦。”

“对呀，对呀。”大学生的脸也红了起来，他由衷表示赞同。

因为已经确定很快就可以出院了，因此大学生的心胸变得越来越宽广。

这样的天真写法如何呀？诸君或许很讨厌这种人吧。混蛋！你敢笑我陈腐！啊，即便是暂时休息，我也有点害羞。如果不对一个女人加上注解，我根本没办法爱上她。而愚蠢的男人，就连休息都会犯错。

“就是那里，就是那块岩石。”叶藏指着从梨树枯枝间望过去，隐约可见的大块平坦岩石，岩石上的凹陷处，残留着昨天下的雪。

“就是从那里往下跳的。”叶藏滴溜溜地转动着眼珠子，看上去很滑稽。

小菅一句话也没说，他在猜想叶藏说这句话的时候，是否真的不在乎那件事。其实叶藏并不是不在乎，他只是有把话说得十分自然的办法。

“回去吧！”飞骅用双手撩起外套的下摆。

三人沿着沙滩往回走着。海面非常平静，在太阳的照射下，泛着白色的光亮。

叶藏朝大海扔了一块石子。

“放心了。现在如果跳下去，什么问题都不存在了。债务、学校、故乡、后悔、杰作、耻辱、马克思主义，还有朋友、森林和花朵，全都无所谓了。等回过神来时，我已经站在那块岩石上笑了。放心吧。”小菅压抑住兴奋之情，开始捡拾贝壳。

“别诱惑我哦。”飞骅苦笑道，“这可是个不良爱好。”

叶藏也笑了出来。三人的脚踩在沙滩上，发出沙沙的声响，在每个人的耳中回荡。

“别生气了，刚才说的确实有些夸张。”叶藏和飞骅肩靠着肩走着。“不过，唯独有件事是千真万确的。那女人在跳海前说了什么，你们知道吗？”

小菅眯起充满好奇心的双眼，故意和他们拉开一段距离。

“我记得她说好想用家乡话说话，她的家乡在最南端的一个地方。”

“糟了！我就喜欢听别人的家乡话。”

“这是真的，哈哈，她就是这样的女人。”

一艘大型渔船停靠在海边，渔船的旁边放有两只直径七八尺的精美鱼筐。小菅将捡来的贝壳用力抛向那艘船的黑色侧腹。

三人都感到一种近乎窒息的尴尬。如果这种沉默再持续一分钟，说不定他们会纵身入海。

小菅突然大叫：“快看，快看啊！”他指着前方的岸边，“是一号病房和二号病房的病人！”

撑着已经过季的白色阳伞，两个女孩缓缓地朝这边走来。

“她们发现我们了。”叶藏的脑瓜又活络起来。

“要跟她们打招呼吗？”小菅抬起一只脚，抖了抖鞋上的沙土，看了叶藏一眼。只要命令一下，他立刻就会冲过去。

“算了，不用了。”飞驒一脸严肃地拍了拍小菅的肩膀。

那两个女孩停了下来，不知在商量什么。过了好一会儿，她们突然转身，背对着这边走开了。

“要追吗？”这回轮到叶藏起哄了。他看了眼正低着头的飞驒。

“还是算了吧。”飞驒苦闷得不得了。他明显地感受到自己的血液已经干枯，因为这两个朋友已和自己渐行渐远，他心想，这或许是由生活的不同导致的吧。飞驒的生活已陷入了窘境。

“不过，也不枉此行啊。”小菅像西洋人那样耸了耸肩。他很努力地想要缓和气氛。“她们一定看见我们了。她们那么年轻，长得又可爱，可我们却不知道她们在想什么。喂！她们正在捡贝壳，竟然学我，真讨厌。”

飞驒一转念，微微一笑，正好和叶藏充满孤寂的眼神交会。两人的脸都红了。他们都明白，彼此心中都充满了体谅之情，他们都很同情弱者。

三人吹着暖和的海风，眺望着远处撑着阳伞的女孩。

在远处疗养院的白色建筑物下方，真野正站在那里等他们回来。她靠在矮门柱边上，将右手放在额头前，遮挡刺眼的阳光。

最后一夜，真野有点心浮气躁。睡下后，她还不停地说着一大堆有关自己清贫的家庭以及伟大的祖先等事。随着夜越来越深，叶藏的话也越来越少。他依然背对着真野，一边爱理不理地回着真野的话，一边想着别的事。

不久，真野开始说起自己眼睛上方的伤痕。

“我三岁的时候，”她本来想很平静地说这年事，却失败了，她的声音像是被卡在喉咙口，“不小心打翻油灯，被烫成这样，从那时起，我心里就特别别扭。上小学后，这个伤疤变得越来越大，学校的同学都叫我萤火虫！萤火虫！”她顿了顿，接着说：“大家都这么叫我，那时候我就在心里发誓，一定要报仇。是的，我真的这么想的。心想以后一定要成为大人物。”她笑了笑，“是不是很可笑？竟然想成为大人物。还是戴上眼镜吧，戴上眼镜，就能遮掩这个伤疤了。”

“算了吧，那样反而更奇怪。”叶藏似乎有点生气，突然插嘴。当他萌生对某个女人的爱意时，他仍旧摆脱不了传统的做法，会故意对她刻薄。“现在这样就很好，一点也看不出来。赶快睡吧，明天还得早起呢。”

真野静默不语，明天就要分离了。喂！本来就是不相干的人，要知道廉耻，要知道廉耻啊！我也有值得骄傲的地方。她一会儿咳嗽，一会儿叹气，接着又砰砰作响地用力翻身。叶藏佯装不知情，他心中在思索着什么，却始终没有再开口。

我们还是来听一听海浪声和海鸥的叫声吧，然后重头回顾这四天的生活。对一个自称为现实主义的人，这四天充满了讽刺。

既然这样，就来谈谈吧。我的原稿被送回来时，多了一大片黑色的印记，它似乎被编辑当成了茶壶垫，这自然是一种讽刺。责备妻子不为人知的过去，在这当中一喜一忧也是一种讽刺。掀开当铺的布帘，但我还是把衣领整理得一丝不乱，不让人看出自己的落魄相也是一种讽刺。我们每天都过着讽刺般的生活。如果你不能理解承受着现实的压迫，却还要支撑下去的那种硬汉的骄傲态度，那么你我永远都是没有交集的陌生人。

反正都是讽刺，那就来点好的讽刺吧。真正的生活，啊，离现在太遥远了。我还是慢慢回味这充满人情味的四天吧。虽然只有短短的四天，却比我五年、十年的生活都要充实，让我终身受益。

听着真野深沉的鼾声，叶藏实在忍受不了沸腾的思潮，正准备翻转身体向真野扑过去，一个严厉的声音在他耳边响起：不行！别辜负萤火虫对你的信赖。

天色逐渐亮了起来，他们都已起床，因为叶藏今天要出院。

我很害怕这一天的到来，这大概就是愚笨的作家懦弱的感伤吧。写这篇小说的同时，我很想拯救叶藏。不，我是想原谅这只还没有化身为拜伦的狐狸。这是我唯一一个痛苦的秘密心愿。然而，随着这一天的临近，我感觉到比以前更强烈的荒凉，再次悄无声息地朝我和叶藏袭来。

这篇小说失败了。它既没有任何的进步，也没有任何的解脱。我似乎太拘泥于格式，导致这篇小说沦为低俗之作。我说了很多话，却总觉得遗漏了许多更重要的话。这固然是一种高傲的说法，但如果我能活得足够长久，过几年后再拿出这篇小说来看的话，不知道将会多么懊悔。恐怕一页都还没看完，我就厌恶得难以忍受，双手颤抖着将稿子折起来，再也不看了。即便现在，我都没有魄力重新看一遍前面写的内容。啊，作家非得把自己最真实的想法赤裸裸地呈现出来不可吗？这可是作家的失败。

“用美丽的感情却创造出丑恶的文学。”

这是我第三次重复这句话。接下来，我想进一步给予证实。

我不懂文学。要不要学习？从哪里着手比较好呢？

我难道不是混沌与自尊心的集合体吗？这篇小说难道不也是这样的东西吗？为什么我急着下论断呢？不整合所有思绪就活不下去，这种吝啬的习惯，到底是跟谁学的？

要写吗？那就写青松园最后一个早晨吧。就这样吧。

真野邀请叶藏去后山看风景。

“风景真的很棒啊，现在一定可以看见富士山。”

叶藏的脖子上围了条黑色的羊毛围巾，真野则在护士服外面添了件有松叶图案的外套，还用红毛线披肩将脸裹得严严实实的。他们穿着木屐，一起走到疗养院的后院。庭院的正北方，耸立着一座红土高崖，那里吊挂着一个狭窄的铁梯。真野利索地爬了上去。

后山枯草遍地，上面覆盖着一层白霜。

真野对着双手呵出一口白气，在山路上飞快地奔跑着。山路曲折陡峭，叶藏踩着白霜在后面追赶，并对着冰冷的空气吹口哨。空无一人的山野，想做什么都可以，他不想让真野产生不好的担忧。

来到洼地，这里也满是枯草。真野站住不动，叶藏也在距离她五六步的地方停下脚步。眼前，有一间用白色篷布搭成的小屋。

真野指着小屋说："这是日光浴场。很多轻症病人都脱得一丝不挂在这里晒太阳。现在也是。"

小屋也盖满了一层白霜。

"继续跑吧。"

不知为什么，真野显得有些焦躁。

她又跑了起来，叶藏紧跟在后，一路来到两边长着细长落叶松的小道上。他们都觉得累了，开始慢慢地往前走。

叶藏大口大口喘着粗气，肩膀一起一伏。他大声说："你正月还会在这里吗？"

真野没有回头，用同样大的声音回答："不会，我想回东京。"

"那来我家玩吧，飞驒和小菅每天都会来。我应该不会在牢里过正月吧？那件事一定会解决的。"

还没见过面的检察官那张爽朗的笑脸早已在心中描绘出来。

到这里可以结束了吧。

古代的大作家都会在这种情况下，意味深长地结束。然而，想必无论是叶藏和我，还是诸君，都厌烦了这种敷衍了事的安慰。正月、监狱以及检察官，跟我们一点关系也没有。我们是否从一开始就对检察官之类的事很介意呢？我们只是想爬上山顶而已，那里有一些东西。有什么呢？也许，心怀某种期待才有此行。

他们终于爬到了山顶。山顶被简单地修整过，露出十平左右的红土。中间有一座用圆木搭建的矮亭子，四处摆放着一些类似庭园造景石之类的石头，这些东西上面也全都覆盖着白霜。

“不行啊，看不到富士山。”鼻尖通红的真野大叫，“就在这边，本来可以看得很清楚。”她指着东边阴暗的天空。

这或许是因为朝阳尚未升起。一朵朵无法描述颜色的流云，冒出来沉下去，沉下后又缓缓地飘起来。

“哎呀，好吧。”

微风拂面。

叶藏眺望着远处的大海。脚底下就是三十丈高的断崖，正下方的江之岛小得就像模型一样。在浓浓的晨雾深处，海水上下起伏。

然后，不，就只有这样而已。

秋风记

久久地呆立，
静静地思索，
万物皆故事。
——生田长江

我到底该写什么样的小说呢？我感觉自己仿佛生活在故事的洪流中。如果能成为演员，那真的是太好了，我能丝毫不差地描绘出自己熟睡时的样子。

就算我死了，也会有人认认真真地为我化好妆，同时为我悲伤，估计K就会这么做。

K是个比我年长两岁的女人，今年三十二岁。

说到这里，就聊聊K吧。

K从很小的时候起就经常来我家玩，虽然跟我没有血缘关系，但她跟我家人毫无差别。而且如今，K也和我一样，觉得“要是没出生就好了”。出生之后，不到十年时间，就已经看遍了这世间最美的事物。任何时候死去都可以，没有半点后悔。但是K还活着，为了孩子活着，也为了我而活着。

“K，恨我吗？”

“恨啊。”K严肃地点点头，“有时恨得想要你死。”

我的很多至亲都过世了。最年长的姐姐二十六岁就死了，父亲死时五十三岁，最小的弟弟只活到十六岁，三哥死于二十七岁。到了今年，排行紧跟在三哥之后的姐姐也死了，享年三十四岁。二十五岁的外甥，二十一岁的堂弟，他们都与我交往密切，今年也相继死去。

如果有无论如何都得死的理由，请明明白白地告诉我。虽然我可能做不了什么，但还是可以好好谈谈。哪怕一天就只说一句，这样说上一个月或是两个月都没关系。和我一起去哪里好好地玩乐一番吧，要是这样依然觉得生活没有半点希望，不，就算这样也不能独自去死。真到了那种地步，干脆我们一起死吧。遭人遗弃实在是太可怜了。君可知，弃民之爱深几许。

K就是这样活着的。

今年深秋，我在头上扣了顶格子花纹的鸭舌帽跑去找K。吹了三声口哨后，K轻轻推开里边的木门，走了出来。

“要多少？”

“不是钱的事。”

K斜着眼看我。

“想去死？”

“没错。”

K轻轻咬了下嘴唇。

“似乎每年这个时候，都会感觉你撑不下去了。大概是天冷的缘故。是不是很冷？没披风吗？哎呀，还光着脚。”

“据说现在流行这样。”

“谁教你的？”

我叹了口气：“没人教我。”

K也轻叹一声。

“难道就没有好人吗？”

我笑了。

“想和你一起去旅行。”

K一脸严肃地点点头。

我就知道，K会带着我去旅行的，K不会让我死去。

那天半夜，我们坐上蒸汽火车。火车开动后，K和我都长长地松了口气。

“小说写得怎么样了？”

“没写。”

火车在一片黑暗中，咔嚓咔嚓地响个不停。

“抽烟吗？”

K从手提包里接连掏出三种外国香烟。

很久以前，我写过一篇小说。小说里，决定去死的主人公在临死前，抽了一支醇香的外国香烟，之后，那种淡淡的快乐最终让他打消了自杀的念头。K知道这个故事。

我满脸涨红，但还是装模作样地把三种外国香烟都尝了一遍。

到了横滨，K买了些三明治。

“不吃吗？”

K故意狼吞虎咽，看着她的样子，我逐渐放松下来，拿来一块吃着。

“我觉得自己哪怕只说上一句半句，也会让众人痛苦。这种痛苦对人生没有任何意义，也许我微微一笑，沉默不语才是最好的，可我是个作家，作家如果不说点什么的话，就没办法活下去，所以我很苦恼。我甚至连花的美都不能好好欣赏。那花的暗香让我心旌摇荡，我总想像疾风一样将它摘下，放在掌心，揪下花瓣后把它揉碎。我一定会忍不住放声哭泣，把花瓣塞进唇间，嚼得稀烂，然后吐出来踩在脚下。我控制不住自己，想杀掉自己。或许我根本就不能被称作人。近来，我真的这么觉得。难不成我是撒旦？杀生石，毒蘑菇。别说我是吉田御殿，毕竟我是个男的。”

“也许吧，谁知道呢。”K板着脸。

“K，你恨我，恨我的八面玲珑。嗯，我知道了。你相信我很坚强，所以高估了我的才能，认为我是个天才。可是我那不为人知的努力，你一点都不了解。就像剥藠头，剥了一层又一层，最后却什么都没有。可我坚信一定会有些什么，于是开始剥另一颗藠头，剥到最后还是什么都没有。这种猴子捞月似的悲哀，你大概是不会明白的。遇上一个便爱上一个，这种人其实谁也不爱。”

K拉了拉我的衣袖，我的声音比别人高出许多。

我笑笑，说道：“这当中，也有我的宿命。”

汤河原到了，我们下车。

“说自己什么都没有，其实是在撒谎。”K换上旅馆的和式棉袍，说，“不觉得这棉袍的蓝色横纹很漂亮吗？”

“是啊。”我累了，“你还惦记着刚才说的藠头？”

“对。”K换好衣服，坐在我身边，“你不相信现在，那你相信刹那吗？”

K像少女一样天真地笑着，看着我。

“刹那，不是谁的错，也不用谁负责任。这一点我很清楚。”我就跟个老爷似的，端坐在坐垫上，两手抱在胸前，“但对我来说，刹那并不是生命的喜悦，唯有人死去时刹那的纯粹才能相信。可是人世间的喜悦刹那……”

“你害怕承担喜悦刹那之后的责任？”

K嘟囔了一句。

“实在是没办法善后。焰火会在刹那间绽放，肉体却会残留下去。看到美丽极光的刹那，如果肉体也一起烧得全无痕迹，或许还能拯救，可事实上这是不可能的。”

“没出息。”

“嗯，我已经厌倦说话了，随你怎么看我吧。关于刹那的事，就去问刹那主义者吧，他们会让你亲身体验到的。每个人都在为自己的那点绝活扬扬得意，这是在给人生添油加醋。要么活在回忆里，要么将此生奉献给眼下的刹那，或是一一活在对将来的期望中。人类的愚笨和灵巧之别，或许就是来自这些不同的选择。”

“你是笨蛋吗？”

“别说了，饶了我吧，K，我既不笨也不聪明。我们的情况比这些更糟糕。”

“那是什么？”

“中产阶级。”

而且，还是落魄的中产阶级，我们只活在罪恶的回忆中。说完这些，我们都觉得很扫兴，于是匆匆站起身，拿上毛巾，来到楼下的大浴场。

过去，未来，都不能聊。我和K在沉默中立下誓约，然后踏上旅程。家里的情况不能提，自身的痛苦不能说，更不能谈起对明天的恐惧，人世的疑惑与昨日的耻辱也不可言。唯愿眼下这一刻，至少在这一刻，能够让我们拥有安静的时光。我们在心中暗暗地祈祷，静静地洗着身体。

“K，我肚子这里有条伤疤。是盲肠手术的伤。”

K像母亲一样温柔地笑了。

“K的腿很长，但我的腿是不是比K还长？一般的裤子根本就穿不了。我这人，干什么都麻烦。”

K注视着漆黑一片的窗外。

“你说这世上，存不存在好的坏事？”

“好的坏事？”我喃喃地念道。

“下雨了？”K稍稍侧头听着。

“是山谷的小河，就在这浴场下流过。到了清晨，浴场的外面全是红叶，而高耸的大山就近在眼前。”

“你常来？”

“只来过一次。”

“来自杀？”

“对。”

“当时游玩了吗？”

“没有。”

“今晚呢？”K故意装傻。

我笑了：“什么呀，这就是K说的好的坏事吗？我还以为……”

“以为什么？”

“还以为你会和我一起死呢。”我咬咬牙，说道。

“这个啊。”这一次K笑了，“这世上也有坏的好事这种说法。”

我们慢慢地走上浴场长长的阶梯，每走一步，都在心中默念：“好的坏事、坏的好事，好的坏事、坏的好事，好的坏事、坏的好事……”

我们叫来一名艺伎。

“我们两个说不定会殉情，很危险，所以今晚请你不要睡觉，看好我们。死神来了，就把他赶走。”K一脸认真地说。

“遵命。要是有个万一，我们三个人就一起死吧。”艺伎回答。

我们三人玩起游戏，就是那种点着纸，趁着火没灭，说出规定之物的名字，然后再把纸传给另一个人的游戏。

“开始了。无用的东西。”

“坏了一只的木屐。”

“走不动的马。”

“不能用的三味线。”

“拍不了照片的相机。”

“点不亮的灯。”

“飞不起来的飞机。”

“还有……”

“快点，快点。”

“真相。”

“什么？”

“真相。”

“真是笨蛋。那，忍耐。”

“这个有点难啊。来了，辛劳。”

“进取心。”

“颓废。”

“前天的天气。”

“我自己。”K说。

“我自己。”

“我也一样——我自己。”

火灭了，艺伎输了。

“这也太难了。”艺伎干脆彻底放松下来。

“K，你开玩笑的吧。竟然说真相、进取心、你自己这些没用的东西。哪怕是我这样的人，只要还有一口气在，就会拼命想要活得漂亮一些。K就是个白痴。”

“你请回吧。”K也较起劲来，“你想让大家都看到你认真的样子和你认真背后的痛苦吗？”

艺伎这时不美了。

“我这就回去，回东京去。给我钱，我马上走。”我起身脱下棉袍。

K抬头望着我的脸哭了起来，脸上却还留着淡淡的笑容。

我并不想回去，可是没人出来阻止我。算了，死了吧，死了吧。我换上和服，穿上袜子，走出旅馆，一路飞奔。

我在桥上停住，看着桥下白色的河流。我觉得自己就像个白痴，不，就是白痴。

“对不起。”不知什么时候，K已站在我身后。

“怜悯人，也要适可而止。”我哭了起来。

回到旅馆，屋里已经铺好了两个床铺。我服下一剂巴比妥，没一会儿假装已经睡着的样子。过了一阵，K悄悄地爬起来，服下一剂相同的药。

第二天中午，我昏昏沉沉地醒来。K在我之前起身，推开一扇走廊的窗户。窗外一片雨水。

我起来，没和K说话，独自去了浴场。

昨晚的事是昨晚的事，昨晚的事是昨晚的事——我在心中拼命告诫自己，在宽敞的浴场来回游动。

走出浴场，打开窗户，我俯视着从窗下蜿蜒流过的白色河流。

一只手突然轻轻地放在我肩上，转过身，我看到的是全身赤裸的K。

“鹡鸰。”K指着河岸岩石上来回跳动的小鸟，“居然说鹡鸰像手杖，那个诗人真够笨的。鹡鸰要更严厉，更坚强，根本不把人类放在眼里。”

我也这么认为。

K把身体滑进浴缸。

“红叶真漂亮。”

“昨晚——”我欲言又止。

“睡得好吗？”K随口问道，双眸像湖水一样清澈。

我哗啦一下跳进浴缸。

“只要K还活着，我就不会寻死。”

“中产阶级不好吗？”

“我觉得不好。寂寞、苦恼、感激，全都是中产阶级的兴趣所在。他们自以为是，只为自己而活。”

“只在意别人的传闻。”K哗的一下从浴缸里出来，很快擦干身体，“是因为自己的肉体存在于那里。”

“富人上天堂——”没等我说完这句玩笑话，啪地被抽了一鞭。

“常人的幸福，我们很难拥有。”

K在沙龙里喝着红茶。

或许是下雨的关系，沙龙里人声鼎沸。

“等这次旅行平安结束之后，”我在可以远眺大山的椅子上，与K并排坐着，“我送你件东西吧。”

“十字架。”K低声说道。她的脖子是那么纤细，很柔弱的样子。

“给我一杯牛奶。”我对女招待如此吩咐，转而对K说，“你还在生气？昨晚我乱说什么要回去，其实只是在做戏。我或许中了舞台的毒，每天不这样装模作样闹上一番，就活不下去。现在我这样坐在这里，其实也是在拼命地装模作样。”

“恋爱也这样？”

“有个晚上，因为我很在意自己袜子上的洞，所以失恋了。”

“你觉得我怎么样？”K把脸靠了过来。

“什么怎么样？”我皱了皱眉头。

“漂亮吗？”她感觉像个陌生人，“看着年轻吗？”

我恨不得打她一顿。

“K，你就这么寂寞吗？K，你要记住，你是个贤妻良母，而我是个不良少年，败类。”

“只有你……”正说着，女招待端来牛奶，“谢谢。”

“痛苦是一种自由。”我啜着温热的牛奶，“开心也是一种自由。”

“但我却是不自由的，两边都是。无论怎么理解，都是这样。”

我重重地叹了口气。

“K，你身后有六个男人，你喜欢哪个？”

四个看似旅馆职员的年轻男子在打麻将。还有两个中年男子喝着威士忌，翻着报纸。

“正中间那个。”K远眺着拂过山前的云雾。

我回头一看，也不知什么时候，一个青年站在沙龙正中央，手揣在怀里，盯着入口处右角上的菊花插花。

“菊花很难插好的。”K在花道的某个流派中有着显赫的地位。

“啊，那人好面熟。他的侧脸和晶助哥太像了。啊，哈姆雷特。”

我的那个哥哥二十七岁就死了，生前很擅长雕刻。

“我又不认识那么多男的。”K羞涩地说。

号外。

女招待一张张地给众人发着号外——今天是事变发生后的第八十九天。上海已被全面包围，敌人大败，全线撤退。

K瞥了一眼号外。

“你呢？”

“丙种。”

“我是甲种。”K大声地笑起来，“我可没看山，而是在看眼前雨滴的形状。你看，它们全都有自己独特的个性。有的大大咧咧，啪嗒啪嗒地落下；有的急躁焦虑，细细长长地落下；

有的装腔作势，大声地坠落；有的百无聊赖，随风飘散。”

K和我都累了。那天离开汤河原后，我们来到热海，这里的街道包裹在一片雾霭之中，昏黄的灯火陆续亮起，让人难以心安。

我来到旅馆，打算晚饭前去散个步，于是向店家借了两把公用伞，信步走到海边。雨天的海面，海浪懒洋洋地翻滚着，溅起的冰冷浪花，让人感觉格外的冷漠。

我回头看看街道，华灯点点。

“我还小的时候，”K停下脚步说道，“曾经用针在明信片上戳出一个个小孔，油灯的灯光透过小孔，使得明信片上的那些海洋馆、森林、军舰，都披上了漂亮的霓虹。你想起来了吗？”

“我曾在幻灯片上看过这样的风景。”我故作糊涂，“全都模模糊糊的。”

我们沿着海岸线信步而行。

“真冷啊，先泡个澡再出来就好了。”

“我们已经别无所求了。”

“是啊，全都从爸爸那里得到了。”

“你想死的心情，”K蹲下身，擦掉脚上的泥，“我能理解。”

“我们为什么不能凭借自己的力量活下去呢？”我天真得像个十二三岁的孩子，“就算做个鱼贩子也行。”

“大家视我们如珍宝，没人会允许我们这么做的。”

“说的也是，K。虽然我想做些下流的事，但大家都笑我。”海边钓鱼人的身影映入我的眼睛，“我想，不如干脆就做一辈子的钓鱼人，像白痴那样过活。”

“你不行的，你太了解鱼的内心了。”

我们都笑了。

“我就是撒旦，这个你应该知道的吧。凡是爱我的人，都没好下场。”

“我不觉得，没有人恨你。你只是喜欢装成坏人。”

“我天真吧？”

“嗯，就像这御宫的石碑一样。”路边，竖着一块金色夜叉的石碑。

“那就来说说最单纯的事吧。K，接下来，我说的可都是真心话，你听好，把我——”

“不用，我知道你要说什么。”

“是吗？”

“我全都知道，还知道自己是情妇生的。”

“K，我们——”

“啊，危险！”K挡在了我面前。

K手里的伞被巴士的车轮碾过，发出嘎吱嘎吱的声音。紧接着，K的身体也被卷到了车轮下。

“停车！快停下！”

我像是被人敲了一记闷棍，心中暴怒，抬脚向好不容易才停住的巴士侧腹狠狠踢着。K伏在巴士下，美得像被雨水打湿的桔梗花。很不幸啊，这个女人。

“别碰她！”

我抱起昏过去的K，放声大哭。

我把K背到附近的医院。路上，K一直用微弱的声音哭着说：“好疼，好疼。”

K在医院里住了两天，家人赶来探望，然后一起坐汽车回去了。我则独自一人坐火车回家。

K伤得似乎不是很重，身体每天都在好转。

三天前，因为有事要办，我去了趟新桥，回来的路上，顺便到银座走了走。在某家店的橱窗里，我看到了一个银色的十字架。走进店里，我没有买下那个银十字架，而是买了架子上的一枚青铜戒指。那天晚上，我的口袋里只有刚从杂志社那里拿到的一点钱。青铜戒指上镶着一朵用黄色石头雕成的水仙花。我把它送给了K。

作为回礼，K寄给我一张她今年就要满两岁的长女的照片。今天早上，我收到了那张照片。

女生徒

早上，我睁开眼睛醒来，很不舒服。

好像玩捉迷藏时，躲在黑乎乎的壁橱里，一动不动。突然，哗啦一声，壁橱门被人拉开，光线倏地照进来，随即听到对方大喊：“找到你了！”刺眼的光加上一丝怪异的感觉，胸口跳得厉害。抓紧和服前襟，不甘心地爬出壁橱，一下子有种气不打一处来的感觉。不对，不是这种感觉，应该是更耻辱难堪的感觉。好像打开一个盒子，结果里面还有个小盒子，打开小盒子，里面又有个小盒子，继续打开，又有更小的盒子，再打开，还有盒子，直到把全部盒子都打开，这种没完没了的行为才算完，最后出现了一个骰子般大小的盒子，打开一看，里面空空如也——有点类似这种感觉。

说什么啪的一下睁开双眼，根本就是在骗人。我的眼睛先是模模糊糊，然后有浊物慢慢往下沉淀，一点点变得澄清，最后我才疲惫地睁开眼睛，整个人也为之清醒。早上总觉得空虚，难过的事一件接着一件涌上心口，让人受不了。讨厌！讨厌！早上的我是一天当中最丑的，两条腿酸软无力，也许是没睡好的缘故，什么都不想做。

说什么早上精神好，那也是骗人的。早上是灰色的，是最空虚的，从来都是如此。早上，我躺在床上，厌世感总是如期而至，对以往做的那些错事的悔恨感，常常梗塞整个胸口，痛苦极了。

可恶的早上。

我小声地叫着："爸爸。"

我感到一阵愧疚，却又欣喜不已。伴随这种心情，我翻身起床，利索地叠好被褥。抱起被褥时，我吆喝一声："嘿咻！"算是给自己鼓劲。就在这一瞬间，我意识到，到目前为止，我从未想过自己竟是个会说出"嘿咻"这种低俗字眼的女人。似乎只有老太婆才会说"嘿咻"，真是讨厌。为什么我不用别的什么来鼓劲，而偏偏发出这样的声音呢？也许有个老太婆住在我身体的某处吧。真难受，以后我可要多加小心。这就像对人们粗俗的走路样子紧蹙眉头，猛地发现自己也是这样，教人万分沮丧。

早上的我一向缺乏自信。我穿着睡衣坐在梳妆台前，不戴眼镜看着镜子里的自己。脸有些模糊，似乎带着一点水汽。虽然我最讨厌戴眼镜，但这东西却也有独特的好处。我喜欢摘掉眼镜眺望远处，整个世界都变得朦胧，恍如梦境，又像是万花筒，感觉很棒。看不见任何脏污，只有庞大的物体、强烈的光线映入眼帘。看人我也喜欢摘掉眼镜。所有人的脸庞都变得柔和、美丽。摘下眼镜之后，我不会和其他人争吵，更不会口出恶言，只会默默地、茫然地发呆。那个时候的我，看谁都很善良，因而我更加安于发呆，甚至很想撒娇，心情也会变得温和许多。

可是，我还是不喜欢戴眼镜。一戴上眼镜，感觉我的整张脸瞬间消失了。从双眼衍生出的种种情绪，浪漫、善良、激烈、软弱、天真、忧愁，这些都被眼镜遮掩住。而且，用眼睛传情，想也别想。

眼镜是个妖怪。

我一直很讨厌我脸上的这副眼镜，总觉得拥有美丽的双眸才是最好的。即使没鼻子，嘴巴被口罩遮住，但只要看到那一对眸子，便想要更加精彩地活下去，这样就足够了。我的眼睛只是比别人大些，却说不上美丽，所以注视着自己的双眼，会感到相当失望。连妈妈都说我的这一双眼睛毫无神采，跟煤球没什么两样。一想到这个，我就很沮丧。每次看着镜子里的自己，我都深切地盼望自己的眼睛能够变得湿润有光彩，就像碧湖一般，或像那种躺在青青草原上望着天空的眼睛，可以映出白云的流动，甚至连鸟的身影也都照映得清清楚楚。我好想和拥有如此美丽眼眸的人相遇。

从今天早上开始就是五月了，一想到此，我心里多少有些喜悦。因为夏天很快就要到了。步入庭院，草莓花跳入眼睛，父亲去世的这一事实，教人觉得不可思议。死亡、离别，这种事实在让人难以理解，真教人纳闷。我想念姐姐还有那些分开的朋友。每天早上，我总会鬼使神差般地想起那些已经过去的事、已经去世的人，它们就像食物变质腐烂发出的臭味一样环绕在我身边，真受不了。

恰皮和可儿（因为是可怜的狗狗，所以叫它可儿）两条狗一起跑来趴在我跟前。我只喜欢恰皮，恰皮毛色雪白，光亮亮的很美，而可儿脏兮兮的。我在抚摸恰皮时，可儿在一旁哭丧着脸的表情被我看得一清二楚。我知道可儿腿有残疾，就是因为可怜它，才故意不对它好。可儿看起来像是一条野狗，什么时候会被专门捕杀野狗的人抓去都很难说，它的脚都已经这样了，逃是逃不掉的。可儿，赶快到深山里去吧，谁都不喜欢你，还是早早死掉算了。不仅是对可儿，对人我也会做出无法容忍的事，欺负别人、伤害别人，我真的是个惹人嫌的孩了。坐在走廊上，我抚摸着恰皮的头，看着明艳醒目的绿叶，突然感到一阵悲凉，好想一屁股坐在泥地上。

我想哭。使劲屏住气息，让眼睛充血，也许这样会流下一点泪来，我试着这样做，但事与愿违。我也许变成了不会流泪的女孩。

我不再想这件事，开始打扫屋子，边扫边哼起《唐人阿吉》。我稍稍回过神，惊讶地发现，平常热衷于莫扎特、巴赫的我，居然无意识地哼起《唐人阿吉》，这真是有趣。我拿起被褥时吆喝着“嘿咻”，打扫屋子时哼着《唐人阿吉》，自己是不是无药可救了？这样下去，我睡觉说梦话时不知道会说出怎样下流的话来。我感到非常不安，但又莫名地觉得可笑，于是放下扫帚，一个人笑起来。

我换上昨天新做的内衣。胸口的地方刺着一朵小小的白蔷薇。一穿上上衣，就看不见这朵小花了，因此谁都不知道。我为此相当得意。

母亲正忙着帮人做媒，一大早就披头散发地出去了。从我很小的时候开始，母亲就常为别人的事尽心尽力，我虽然已经习以为常，不过有时还是感到讶异并且深深佩服。也许因为父亲一心扑在书本上，所以母亲连父亲那一份也都做了。与其说父亲疏于社交，不如说根本就不善于与人交往，但母亲却喜欢与善良的人接触。两人虽然性情不同，却能彼此敬重。可以说是一对心无邪念、善良又和睦的夫妇，啊！值得我骄傲，值得我骄傲。

在酱汤煮好之前，我坐在厨房门口，呆呆地望着眼前的杂树林。我发现，以前我总是这样，在同样的地方，以同样的姿势，想着同样的事情。忽然间，我有了一种特别的感受，莫名地想到过去、现在、未来。

我常常想到这样的情形：和某人坐在屋子里说话，视线下意识地往桌子方向移去，然后停住，只有嘴巴还在动着。在这种状态下，我产生了奇怪的错觉，觉得好像以前的某一天，自己在同样的姿态下，和谁谈论着同样的事，视线也是下意识地移向这张桌子。我相信，相同的情形会原封不动地来到自己面前。即使行走在再偏远的乡野小道上，我也深信自己以前来过。走路时，我会顺手摘下路旁的豆叶，然后想着，以前也在这条路上摘过豆叶。而且我相信，我不管在这条路上走过多少次，都会摘豆叶。有一次，我正在洗澡，不经意地看起手来，想到不管再过多少年，洗澡时我还会这么不经意地看着手，并且若有所感。一想到这个，我不知怎的就会心情沉重。

我又想起某天傍晚，我把饭盛到饭桶时，说是灵光乍现有点夸张，但我分明感到体内有某种东西咻咻地跑来跑去，该怎么形容这种感觉呢？我想应该称之为“哲学的尾巴”。在我的放任下，我的脑袋和胸口因它而变得透明，心绪骤然轻柔地沉静下来，慢慢地，一种难以言说的触感冲击着我的全身。

这时候，我并没有想到什么哲学，只是有一种强烈的预感，自己应该会像一只哪里来的流浪猫一般，悄无声息地活下去。这种预感很可怕。如果这样的感受一直持续下去，也许我会变成教徒，可我不想当什么教徒。

我知道，其实是我太无聊了，没承受过生活的苦，处理不了每天成百上千的所见所闻引发的感受，所以这些有用没用的东西才会趁我发呆的时候，像妖怪一样一一浮现出来。

在饭厅里，我一个人吃饭。今年，我第一次吃到黄瓜，看到青翠的小黄瓜，意味着夏天即将到来。五月的黄瓜，涩味中带有一种悲伤，使人的胸口一阵刺痛、发痒。

每次一个人在饭厅吃饭，我就特别想坐火车去旅行。我翻看着报纸，报上刊登出一张近卫先生的照片。近卫先生是个英俊的男人，但要说我喜欢他的脸，还谈不上，他的额头长得不好看。我最喜欢看报纸上刊登的图书广告。由于哪怕只是一字一行，也都要花上一两百块的广告费，因此为了使一字一句发挥出最大的效用，人们绞尽脑汁挤写出各种名句。这样字字如金的文章，大概世上不多吧。读着这样的广告，我莫名地感到心情愉快。

吃完饭，我关好门上学。虽然我觉得应该不会下雨，却因为太想带昨天从母亲那边要来的好看雨伞，就把它带上了。这把雨伞是妈妈少女时代用的，发现这把好看的雨伞，我有些得意。我真想撑着这把伞，走在巴黎的街上。等这场战争结束，这种梦幻般复古的雨伞一定会流行开来。这种伞与女式无边软帽应该很相配。穿上开着大襟领的粉红色连衣裙，戴上黑绸蕾丝长手套，在帽檐上插上一枝紫堇花，在深绿的季节走在巴黎的街上，前往餐馆吃早餐，然后慵懒地托着腮，看着窗外川流不息的人群。

这个时候，应该有人轻拍我的肩，瞬间，耳边响起音乐，《玫瑰色的圆舞曲》。哈！可笑！可笑！可惜现实中只有这把长柄雨伞。真是凄惨可怜，跟卖火柴的小女孩子一模一样。算了，还是去拔草吧。

出门时，我顺手拔了一些门前的草，算是帮了母亲的忙，今天也许会有什么好事发生。同样是草，为什么有的我想拔掉，而有的我却想让它自在地生长呢？既然可爱的草与不可爱的草从外形上看来并没什么不同，为什么一定要分出喜欢哪些、讨厌哪些呢？没道理啊！女人的喜欢或是讨厌，实在是任性。

就这样忙了十分钟，我匆匆地赶往车站。穿过马路时，我突然想要画画。途中，我从神社前的森林小路穿过，这是我新发现的一条近道。走在林间小路上，我随便看了看脚下，到处生长着两寸长的小麦苗。一看到这些小麦苗，我就知道又有军队经过这里。去年也有大批军队和马匹来到这里休息，过一阵后来这里看看，小麦苗就像今天一样生长着。然而，这些麦苗长到现在这样，就不会再生长了。今年这些同样是从军队马匹驮着的粮袋里掉落在地上长出来的，昏暗的森林里，小麦苗完全照不到阳光，一长高立刻就死，真是可怜。

离开神社前的森林小路，我在车站附近碰到四五个工人。他们一如往常对我说些口没遮拦的粗话，让我不知怎么应对。虽然我想超过他们，尽快离去，但这么做的话，势必要穿过他们之间的缝隙，和他们触碰，我很害怕。话虽这么说，但如果站着不动，让工人们先走，自己再与他们保持一定距离，更需要足够的胆量。因为这样的行为很失礼，可能会惹工人们生气。我的身体在哆嗦，差点哭了出来。我不想让人看到我哭的样子，于是勉强向他们挤了挤笑容，然后慢慢地跟在他们后面。那时候虽然只能这么做，但我乘上电车后，那份懊恼并没有随之消逝。真希望我可以早日坚强起来，遇上这些无聊的事能够淡然处之。

电车门旁边有个空位，我把书包轻轻地放在那上面，然后拉了拉裙摆，准备坐下去。此时，一个戴眼镜的男人将我的书包挪开，坐了下去。

“这个是我找到的位子。”男人一听，只是一笑，便若无其事地看起报纸来。回过神来仔细想想，真不知道是谁厚脸皮，说不定是我。

没办法，我只好把雨伞和书包放到行李架上，像往常那样，一只手拉着皮革吊环，另一只手随意翻着杂志，脑子里却想着各种稀奇古怪的事。

要是让我来说说看书这件事的话，我应该会惶恐不安，继而现出一副哭丧脸吧。书上所写的东西我深信不疑。阅读一本书之后，我就会沉溺其中，信赖、同化、共鸣，这之后将它融入生活之中。等再阅读其他书时，我又立刻大变样。把他人的想法毫不犹豫地改造成自己的想法，这种小聪明是我唯一擅长的技能。不过说真的，我越来越讨厌这种小聪明，每天不断地出错，不断地失败，遭受过各种耻辱，也许自己才会变得稳重些。不过，从这些耻辱中牵强附会地扯出理由，然后予以巧妙的修饰，编出一套有模有样的理论，这似乎也是我所擅长的

（这句话我在某本书上读到过）。

哪一个才是真正的自己呢？我分辨不清。当找不到可以读的书和可供模仿的样本时，我会怎么办？也许会手足无措，缩着身子，捏鼻子打喷嚏吧。总之，不管搭乘哪辆电车，我每天都会这么胡思乱想，乱七八糟！身体讨厌的余温还未消退，受不了。我知道自己一定得做点什么，但究竟怎么做，才能找到真正的自我呢？之前，我对自己的批判没什么意义。批判的过程中，一旦碰到自身讨厌的缺点，我马上又心疼起自己，然后做出没必要小题大做的结论，批判也就因此而不了了之。看来，什么都用不着反省，全凭良心做事吧。

我手里的这本杂志有个专栏叫《年轻女孩的缺点》，有很多人投稿。阅读当中，我有种好像在说自己的感觉，会不由自主地感到难为情。投稿者各有各的不同，平常让人感觉脑瓜很笨的人，写出的东西果然也是傻乎乎的；光看相片就觉得很漂亮的人，文字也不会难看到哪里去。这现象真滑稽，我哧哧笑着读下去。宗教家一开口便是信仰；教育家则始终说着感恩啊、感恩啊；政治家卖弄着写汉诗的能力；而作家，则装腔作势地使用华丽的辞藻。一群自以为是的家伙。

尽管如此，他们写的都相当正确：缺乏个性、毫无深度，甚至看不出有什么鼓舞人心的东西。说穿了，就是没有理想。虽然也有批判，但并未对生活的积极性产生正面影响；没有反省，没有真正的自觉、自爱、自重，即使有勇气去行动，也不敢承担相应的责任；虽然能顺应并适当改造自己周围的生活方式，巧妙地处理随之而来的问题，但对生活本身却没有强烈的热情；没有真正的自谦，缺少独创性，只会一味地模仿，缺少人类天性中“爱”的感觉；假装高雅，却毫无内涵可言。除了这些，杂志还提到了很多事，让人读了之后，不断地点头称是，根本无法否定。

不过话说回来，这些文章的作者向杂志投稿，最多也只是为了发表而已，所以他们没有将自己的情感注入其中，纯粹为了写而写。文中多处出现“真正的”“应有的”等定语，但“真正的”爱、“应有的”自觉到底是什么，却没有特别说明。他们也许是知道的。假如真是这样，那么他们如果能再具体一点，以权威的口吻指示我们往左或是往右，该有多好。说实话，我们早已忘了爱的表达方式，所以不要只是告诉我们这不行、那不行，而应该用强硬的口吻命令我们必须这样做、必须那样做，我们必定会遵照执行。缺乏自信这一点，也许每个人都有。在杂志上发表文章的人，也不会在任何场所随便说出自己的想法。尽管被斥责文章里根本没有鼓舞人心的东西，但当我们付诸行动去追求真正的理想时，这些人应该会在各处守卫、引领我们吧。

我们知道该去什么地方一展才能，我们想拥有美好的生活。正因为这样，我们才怀抱着真正的理想。一想到要赶紧寻觅一个值得依赖、不为所动的信念，我的内心就震颤不已。不过，要将这些东西全部通过自己具体的生活去实现，对女孩来说，需要相当努力才行，因为这需要考虑母亲、父亲、姐姐、哥哥的想法（有时候我虽然会觉得他们太古板，但丝毫没有瞧不起前辈、老人、已婚人士的意思，不仅如此，还非常地佩服）。还有生活中往来不断的亲戚、认识的人、朋友，以及总是用强大力量推动我们向前的“世俗”。一旦想到、看到、思考到这些因素，我就能体会到所谓发挥自己的个性，不是随便说说就可以轻而易举地实现。

所谓最聪明的做法，就是收起锋芒，选择大多数人走过的道路，不声不响地持续前进。将面向少数人的教育施予大众，是一种恶毒的行为。随着年龄的增长，我逐渐明白学校的教育与社会的规范有着极大的差异。一味地遵守从学校学来的规矩，到了社会上会吃大亏，会被人看成笨蛋，一直贫困下去。应该有从不说谎的人吧，这样的人注定是个失败者。我的一个亲戚，行为端正，怀有坚定的信念，为了理想拼命努力，试图活出自我，结果却遭到其他亲戚的嘲讽，被当成傻瓜看待。我当然不会像他那样，明知道会被当成傻瓜，依旧执意发挥自我意志。小时候，当我的看法和大家截然不同时，母亲就会问我："为什么？"此时，我要是认真加以解释，母亲就会很生气，敲着我的脑袋说："太让人伤心了，你真是个品行不端的坏孩子啊！"然后显出悲哀的神情。母亲也曾向父亲告状，父亲当时只是笑了笑，什么都没说。母亲后来对父亲说我是个"反常的小孩"。随着渐渐长大，我开始变得战战兢兢。虽然只是做一件普通的衣服，我也会尽可能地把每个人的意见考虑进去。

尽管我十分珍惜自己身上被称作个性的东西，希望能一直保持下去，却没有办法清楚地表达出来。我总想成为别人眼中的好女孩。聚会的时候，我低三下四地说些违背本意的话，这样做不会让我吃亏，不过我很讨厌这样。如果社会规范能早点往好的方向转变就好了，这样一来，我就用不着低三下四了，也用不着为了顾忌别人的想法而战战兢兢地生活。

呀，那边的位子空出来了。我从行李架上拿下书包和雨伞，迅速坐了下去。我的右边是个中学生，左边是个背着孩子、穿着无领短衣的太太。那位太太上了年纪，脸上却还涂着厚厚的粉，头上盘着时下流行的发型，脸长得倒挺漂亮，但脖子上堆着黑黑的皱纹，看上去很恶心，我真想上去给她两个耳光。

站着与坐着，人想的事情完全不同。一坐下来，各种无聊的事情马上填满了脑子。我对面位子上坐着四五个差不多年纪的上班族。他们呆呆地坐着，三十岁左右吧。这几个人全都是一副没睡醒的样子，毫无精神，太讨厌了。我想着，如果我现在对这几个人当中的一个报以微笑，说不定单凭这个，就会被硬拉去和那人结婚。单凭一个微笑，女人就能决定自己的命运。可怕，真是不可思议啊，我得小心才是。

一大早，我的脑子里尽想些奇怪的东西。我猛地想起两三天前来家里整理庭院的园丁。他一身园丁的打扮，但他那张脸怎么看不像园丁。夸张地说，他的脸像是哲学家，黑色的皮肤，很壮实，眼睛很漂亮，眉距有点窄，鼻子是塌的，不过与黑皮肤配在一起，看起来倒显得意志坚强，唇状也好看，只是耳朵沾了点泥。看到他的那双手，我才又回过神意识到他是园丁，但他那张戴着黑色遮阳软帽的脸，让人觉得当园丁实在太可惜了。我曾向母亲打听，他是不是一开始就是个园丁，还被母亲斥责了一通。

今天我用来包书本的包袱布是那个园丁第一天来我家时，我向母亲要来的。家里那时在大扫除，改造厨房的工人、翻修榻榻米的工人都来了，母亲收拾衣橱时，我看到了这块包袱布，于是就把它要来了。这是一块漂亮的女用包袱布，只是把它打结成团非常可惜。我坐着，把它放在膝上看了又看。我希望车上的人能都看到它，可惜没人注意。这么可爱的包袱布，谁要是能看上一眼，我就嫁给他。

想到“本能”这两个字，我就忍不住想大哭一场。我们的意志根本没办法控制本能。当我从很多事情上渐渐了解到这个道理之后，几乎要疯了。该怎么办呢？我很困惑，不能肯定，也不能否定，只觉得头上好像压了一个巨大的东西，拉着我到处走。这让我有种满足感，与此同时，也似乎有种带着悲伤的心情冷眼旁观别处的感情。为什么我不能过满足自己、只爱自己的生活呢？看着本能一点点腐蚀我以前的感情和理性，我就觉得很悲伤。哪怕将现实的自我稍微忘掉一些，我仍会感到极度无力。随着本能的力量越来越强大，我不禁有种想哭的冲动，好想呼唤母亲和父亲。不过，也许真实这东西，本就出人意料地存在于连自己都讨厌的地方。

到了御茶水站。一下月台，不知道什么原因，我能把所有的事一下子忘得一干二净。我赶忙回想刚刚在脑子里钻来钻去的那些事情，却无论如何也想不起来。我还想再继续想下去，可依然什么都想不起来，脑袋像被掏空了一般。当时我的心情一会儿激动，一会儿痛苦，但现在却又像什么都没发生过，我觉得很有意思。“现在”“现在”“现在”，就在人们掰着手指头计算的时候，“现在”早已经远走高飞，紧接着是新的“现在”。我爬着天桥的楼梯，一直想着这究竟是什么东西，真是愚蠢，说不定我太幸福了。

早上的小杉老师像我的包袱布一样漂亮。美丽的青色很适合老师，如果不是那么做作，胸前火红的康乃馨跟她真的是绝配，我也会更加喜欢这位老师。她太拿腔拿调了，一点都不自然，她不觉得累吗？她的性格令人难以捉摸，有很多我不能理解的地方。明明性情阴郁，却要努力做出开朗的样子。但无论怎么说，她是个有魅力的女人，当老师真可惜。尽管在课堂上她不再像从前那样受人欢迎，但我，也只有我，仍旧被她吸引。我觉得她像是住在山中或是湖畔古堡里的大小姐。这个夸奖还好吧。小杉老师的话，为什么总是那么一本正经呢？不会头脑有什么问题吧？好可悲。从刚才开始，她就一直就爱国心唠叨个没完，那种事，难道不是理所应当的吗？不管怎样的人，都深爱着自己的出生地，真是无聊。庭院的角落里，有四朵蔷薇在绽放，一朵黄色，两朵白色，一朵粉红色。我呆呆地望着花，心想：这真是个好地方啊。能发现花的美丽的，唯有爱花之人。

吃午饭时，有人提起了妖怪的事。雅米小姐讲述的一高七大不可思议事件之打不开的门的故事，吓得大家哇哇大叫。我没有逃走，反倒觉得很有意思。由于玩得很疯，刚吃完饭肚子又饿了，于是我要了牛奶糖回来，发现大家又沉迷在恐怖故事中了。对这些妖怪故事，大家都兴趣盎然，这算是我们的一个刺激点吧。接下来，老师讲了久原房之助的故事，讲的虽然不是怪谈，但故事本身很有趣。

下午上美术课时，大家都到学校的庭院里练习写生。伊藤老师总是莫名其妙地折腾我，今天，老师又要我当他的模特儿。早上我带来的旧雨伞很受同学欢迎，大家都七嘴八舌地讨论着，伊藤老师知道了这事，便要我撑着伞站在庭院一角的蔷薇边，说要画下我的姿态，然后参加展览。我答应只当三十分钟的模特儿。能帮上忙，让我很高兴，不过，与伊藤老师两个人面对面很累人。他一直在说话，一堆谬论，他一边构图一边唠叨，谈的全都是我的事。我懒得理他，烦人。他真不干脆，时而奇怪地笑，时而又显得很害羞，明明是老师，我却瞧不起他。他还说什么“你让我想起了死去的妹妹”，真让人受不了。人是好人，就是太喜欢装腔作势了。

说到这个，其实我也会，而且我还很狡猾，懂得怎样不让别人讨厌，我知道这跟欺骗没什么两样。“习惯了装腔作势，慢慢地就成了只会弄虚作假的妖怪。”我心里虽然这么想，但这本身也是在装腔作势。我一边安静地站立着给老师当模特儿，一边深深地祈祷：请让我能自然些、纯真些，那些没用的书就别再读下去了。只有观念的生活，不懂装懂，真是让人瞧不起。你没有生活目标，所以更应该积极地生活。老是摆出一副思索和烦恼夹杂的样子，其实那只是你毫无意义的伤感罢了。你只是在怜惜、安慰自己，把自己抬得太高了。啊！内心如此污秽的我当模特儿，画出来应该不会美，老师的画一定落选。伊藤老师真是个傻瓜，连我的内衣胸口刺着蔷薇花都不知道。

一声不吭地摆着同样的姿势时，我突然非常想要钱，十块钱也可以。现在好想读《居里夫人传》，还有，也真心希望母亲健康长寿。当老师的模特儿真是太辛苦了，我已经筋疲力尽。

放学后，我和寺庙住持的女儿金子悄悄去“好莱坞”剪头发。剪完一看，无法接受，令我大失所望，那不是我想要的发型，怎样看都很丑。我很委屈。偷偷来到这种地方剪头发，结果把自己弄得像一只肮脏的母鸡，我后悔了，来到这样的地方，简直自取其辱。

“就这样去相亲吧。”住持的女儿兴奋地说出这样的话。她仿佛产生了错觉，好像真的要去相亲一样。

她认真地问道：“这样的发型插什么样的花好看啊？”“穿和服时，该配哪种腰带呢？”真的是喜欢自说自话的可爱女孩啊。

“你要和谁相亲？”我笑着问。

“有道是谁家的鲜花插到谁家的花瓶里。”她这样回答。

什么意思？我吃惊地听着。寺庙住持的女儿当然是嫁入寺庙最合适，一生都不用为吃穿发愁。她的回答出人意料。金子似乎没有个性，正因如此，她的女性气质十分突出。她和我是同桌，我们虽然不算特别亲近，但她却向大家表示我是她最好的朋友。这个可爱的女孩每隔一天给我写一封信，还常常照顾我，让我非常感激。可她今天的表现，还是让我产生了厌恶感。

和住持女儿分开后，我搭上了电车，不知道为什么突然有些忧郁。在巴士里，我看到了一个令人讨厌的女人。她穿着一件领襟沾满污渍的和服，用木梳卷着乱蓬蓬的头发，手和脚黑乎乎的，还顶着一张分不清男女的红黑色脸庞，真恶心。此外，那女人还挺着个大肚子，不时诡异地笑着。我想到偷偷跑去“好莱坞”弄头发的自己，跟这女人其实也没什么两样。

我想起早上电车上坐我旁边涂着浓妆的太太。啊，好脏，真恶心！女人真讨厌。正因自己是女人，所以很清楚女人为什么那么肮脏。那种肮脏，像玩过金鱼后，那沾满全身怎么洗都洗不掉的腥臭味。想到自己也将这样一天又一天散发着雌性的体臭，我真希望自己趁还处于少女时代就死掉算了。因此，我突然间很想生病，如果患上重病，使得汗水像瀑布般流个不停，身体因此暴瘦，或许我就能变得玉洁冰清。或许只要活着，我就无论如何都逃离不了这样的命运了吧。我觉得自己开始渐渐理解庄严的宗教意义了。

下了巴士后，我稍稍舒了口气。巴士里空气污浊，真让人受不了，还是大地让人安心。双脚踏在土地上，我就会由衷地喜欢自己，感觉身体变得轻飘飘的，像只快乐的蜻蜓。

回家的这条田间小路，每天看都看腻了，我已经感受不到乡间的宁静了，眼前只有树木、道路、田地。那么今天，我就试着装作第一次来到这里的外乡人吧。我是神田一带一个木屐匠的女儿，有生以来第一次踏上这片土地。这乡下的景象会是什么样呢？这是个绝妙的构想，一个让人哭笑不得的构想。于是我换了一个表情，故意夸张地东张西望。走在林荫小路时，我仰起头望着新绿的枝头，小声地发出“哇”的声音。走过土桥时，我看了会桥下的河水，仿佛镜面一般平静的河水倒映着我的脸，我还学狗汪汪叫了几声。眺望远处的田野时，我眯着眼，迎着风，心神荡漾，喃喃感叹道：“真好啊”，而后在神社休息片刻。神社前的森林很黑，我边说着：“啊！可怕，可怕！”边急忙起身，快步穿过森林。走出森林，外面的光亮让我故意惊讶了一番，似乎看什么都很新奇。正当我心无旁骛地走在乡下的小道上时，寂寞感突如其来。于是我来到路边的草地上，轻轻坐下。一坐在草地上，我刚才雀跃的心情突然消失了，转而变得严肃起来。我开始安静地反省近来的自己，这阵子为什么变成这样了呢？为什么老是坐立不安？我好像一直在害怕着什么。

前段时间有人对我说："你越来越俗气了。"对方说的可能是对的，我或许真的很糟糕、很无趣。"不行！不行！太差劲了！太差劲了！"我差点大叫起来。然而，想用几声大叫掩饰自己的软弱，是不可能的。必须振作，振作！我大概恋爱了。

我躺在草地上呼喊着："爸爸！爸爸！爸爸！"晚霞映照下的天空真漂亮，暮霭还是粉红色的。大概是落日溶于暮霭中，暮霭才会变成这样柔软的颜色吧。粉红色的暮霭悠悠地飘着，把我的身体轻轻包裹住。我的每根头发都闪耀着粉红色光芒，这光芒轻柔地爱抚着我，令我感动。我生平第一次想对天空深鞠一躬。就在此刻，我开始相信有神明存在。天空是什么颜色的呢？蔷薇？火焰？彩虹？天使的翅膀？寺庙？不对，应该比这些更庄严。

"我爱这世界上的一切！"我差点热泪盈眶。我仰望天空，发现天空的颜色慢慢地在改变，没多久就变成了青色。我不停地惊叹，好想褪去自己的衣裳，与这绝美的景致融为一体。就在这时候，树叶和草突然变得透明，我伸出手轻轻摸着草地。好想就这样活下去。

回到家，我发现家里来了客人，母亲也在，客厅里传来热闹的笑声。平常，家里只有我和母亲两个人时，不管脸上挂着怎样的笑意，母亲也不会笑出声。但是在跟客人说话时，就算脸上一点微笑也没有，她也一定会高声大笑。跟客人和母亲打过招呼后，我走到屋后面，在井边洗手，然后脱下鞋洗了下脚。这时，鱼铺老板来到我家里："久等了，承蒙惠顾。"说完，他便把一条大鱼放在井边。我不知道这是什么鱼，不过鱼鳞很细密，像是北海的鱼。把鱼放到盘子上后，我又洗了洗手，感到有股北海道夏天的腥味，这让我想起前年暑假去北海道姐姐家游玩的情景。因为靠海，苦小牧的姐姐家一直弥漫着一股鱼腥味。我眼前浮现出姐姐傍晚一个人在冷清的厨房里，用她那白皙的手熟练地处理鱼的样子。记得那时候，不知道为什么我很想黏着姐姐，可是那阵子姐姐刚生下小年，没多余的时间照顾我。想到这里，我便感觉到一阵冷风从空隙处直钻我的心口，心中有一种无法再抱住姐姐的细肩，犹如死去般凄凉寂寞的心情。站在阴暗的厨房一角，我远远地望着姐姐那白皙优雅的手指。过去的事情，始终让人怀念。亲人啊，可真是个不可思议的东西，人们尽管对旁人的记忆会渐渐淡却，但对于亲人，那些美丽的回忆却一直在心间翻涌。

井边的茱萸果已经泛红，再过两个星期应该就可以吃了。去年发生了一件很滑稽的事。一天傍晚，我一个人摘茱萸果吃，恰皮在旁边静静地看着我，我觉得它很可怜，就给了它一个茱萸果，恰皮一口就把它吃掉了。我又给了它两个，它又马上吃掉了。我觉得很有趣，于是摇动茱萸树，让果子啪嗒啪嗒掉下来，恰皮便拼命地吃茱萸果。笨家伙！这是我第一次见狗吃茱萸果。我自己也伸直了身子，摘下茱萸果吃，恰皮也在树底下吃，真是滑稽！想到那时的事，我自然就想起了恰皮。

“恰皮！”我叫着。

恰皮从玄关跑过来。它太可爱了，于是我用力抓住它的尾巴，没想到它轻轻咬了一口我的手。我快哭了，在它的头上敲打了几下，它却若无其事地喝着井边的水。

我走进房间，打开灯。这个房间本来就没多少东西，现在更显得空荡荡的，让人浑身难受。我脱下内衣，换上和服，吻了吻内衣上的那朵蔷薇花，然后坐在梳妆镜前。客厅传来一阵又一阵哄笑声，我莫名地感到愤怒。母亲和我两个人在家的时候还好，可一旦来了客人，就很奇怪，她便会疏远我，像对待陌生人一般。这个时候，我就会很想念父亲，觉得自己很可怜。

我看着梳妆镜里的自己，发现自己的脸竟显得神采飞扬。我有些意外，这张脸好像是别人的，与我的悲伤、痛苦完全没有关系。尽管今天没有涂腮红，镜了里的脸却显得非常红润，小小的嘴唇也泛着红光，好可爱的女孩啊！我摘下眼镜，浅浅地笑了笑，眼睛也很好看，清清澄澄的。大概是我凝望了很久傍晚时分美丽的天空，眼睛也变得美丽了。这真是太好了！

我高高兴兴地走到厨房淘米，顿时又感到悲伤。我好怀念之前在小金井的家。在那个美好的家里，有父亲、姐姐，那时母亲还很年轻。每天我放学回来，便会跟母亲、姐姐在厨房或客厅边笑边聊有趣的事，我会不停向两人撒娇要点心吃。我和姐姐吵架的事也时有发生，被母亲责骂后，我便会一个人骑着脚踏车去很远的地方，等到天快黑才回来，一家子又快乐地吃晚饭。那时我真的很快乐，没有人际关系的困扰，可以尽情地撒娇，就像在心安理得地享受什么大特权，没有寂寞，也没有痛苦。爸爸是个伟大的父亲，姐姐也很温柔，而我总是依赖姐姐。

但随着慢慢长大，我开始变得令人讨厌，不再享受任何特权。我丑态毕现，就像被人扒光了衣服，光溜溜的没有任何遮掩。我今后再也不能想撒娇就撒娇，整天被苦痛包围。姐姐后来嫁了人，爸爸也离开了人世，只剩下我和母亲。想必母亲也很寂寞，前些天她对我说：“以后我的生命里再也没有快乐了。看到你，我真的感受不到一点快乐。请原谅我。你父亲不在了，幸福也就不在了。”母亲说自己看到蚊子就会想到父亲，洗衣服也会想到父亲，剪指甲、喝茶时，也一定会想到父亲。不管我再怎么体恤母亲的感受，陪母亲说话，都和父亲在时不同了。夫妻之爱是世界最强大的情感，比亲人间的爱还来得珍贵。

我一个人煞有其事地想着超出自己年纪的事情，倏地感到脸颊发烫。我用湿漉漉的手绑紧头发，哗啦哗啦地淘米，觉得母亲真可爱，真心想要好好照顾她。没多久，我解开头发，觉得头发好像变长了。母亲一向讨厌我留短发，如果把头发留长，好好地扎起来给她看，她一定很高兴。可是，我不喜欢用这样的方式逗母亲开心，我很讨厌这样。

仔细想来，这阵子我会焦虑不安，跟母亲应该有很大关系。我想做个让母亲安心的好女儿，但又不想违背自己的本意，刻意讨她欢心。如果我什么都不用说，母亲便能清楚了解我的感受，并且感到安心的话，那该有多好啊！不管我怎么任性，也绝不会让世人看笑话，就算我觉得很辛苦、很孤独，也会认真守住最重要的原则，我会好好爱母亲、爱这个家。如果母亲能绝对信任我，放下顾虑，无忧无虑地生活，那我就心满意足了。对我来说，这是最大的乐趣。不过，虽然我把这视为自己的人生道路，但母亲却完全不相信我，还一直把我当小孩子。有时候我说些孩子气的话，母亲就很高兴。几天前，我拿出四弦琴，故意笨手笨脚地弹给母亲听，母亲似乎打心底里高兴，然后故意取笑我：“哎呀，难道下雨了？听起来怎么像雨滴的声音？”或许母亲认为我是认真在弹奏四弦琴吧。

我很伤心，好想痛痛快快地哭一场。母亲，我已经长大了，不是小孩子啦。世上的事情我什么都知道，请敞开心扉跟我说吧，家里跟经济有关的事情也可以向我说明。如果你说在现在的状况下，你也应该为家里出力的话，我绝对不会逃跑。我会做个勤俭懂事的女儿。真的，请你尽管相信我。尽管——我突然想起有首歌叫《尽管如此》，不禁呵呵笑了起来。等回过神，只见我两只手呆滞地提着锅，像个笨蛋似的在胡思乱想。

哎呀，不行了，得赶快为客人准备晚餐。刚刚那条大鱼怎么处理呢？总之，先去掉鱼头，将鱼身切成三块，抹上味增吧，这样做出来的鱼一定很美味。做菜绝对要凭直觉。厨房里还有些黄瓜，我可以倒点醋拌黄瓜。接下来是我拿手的煎蛋了，除了这几道菜，我还得再做一道。

啊，对了！就做洛可可吧，这是我自己发明的一道菜。把火腿、鸡蛋、芹菜、白菜、菠菜这些厨房的剩菜统统集合起来，按照颜色搭配，然后装盘。这道菜尽管不怎么可口，但既不麻烦，又很经济，而且端上来后，会把餐桌装饰成一副奢侈豪华的样子。放在鸡蛋底下的是芹菜叶，那是一片青青的草地，旁边是火腿做成的红色珊瑚礁。白菜的黄叶子平铺在盘子上，既像牡丹花瓣，又像羽毛扇子。绿色菠菜，就当是牧场或是湖水吧。把这样的两三个餐盘摆在餐桌上，客人应该会很自然地想到路易王朝吧！虽然事实上没那么好，但既然我做不出美味佳肴，至少还能把场面弄得漂亮些，让客人目不暇接，以此骗骗人。料理这种事，外观最关键。这样，我想应该就可以过关了。不过做这个洛可可，还需要一些绘画天分。对于色彩搭配，如果没有超乎常人的敏感性，肯定会失败，至少必须具备我这样的细腻内心。最近我查了一下洛可可这个词，它的意义是一种装饰样式，内容空洞，只有华丽的外表。这真是个有意思的解释，我不禁一笑。美丽之下，难道还需要什么内容吗？纯粹的美丽，都是没有意义、没有道德的。事实明摆着，因此，我喜欢洛可可。

每次都一样，当我做菜尝味道的时候，总会莫名地有种虚无感向我袭来。我疲惫不堪，心情阴郁，所有努力均已到达极限，不能再努力了。我突然间感到烦躁，什么味道、外观全都不管了，随便弄了弄，便一脸不高兴地端了过去。

今天的客人让我特别不舒服，他们是住在大森的今井田夫妇和他们七岁的儿子良夫。今井田先生虽然已经四十岁了，却仍像个年轻人似的皮肤白皙，让人有点恶心。为什么他要抽“敷岛”牌香烟呢？带过滤嘴的香烟，让人觉得不干净。要是抽烟，就不能选带滤嘴的，这会让人怀疑自己的人格。今井田先生把烟圈一个个吐向天花板，嘴里说着：“喔、喔，这样啊。”此时此刻，他好像一个夜校老师。

他太太个头很矮，一副唯唯诺诺的样子，举止有些粗俗。就算没什么事，她也会像笑岔气似的弓起身体，整个人几乎就要趴在榻榻米上。有什么好笑的吗？至于这么夸张吗？在这世上，当属这类阶层的人最坏、最卑鄙，这就是所谓的小资产阶级、小市民，连他们的小孩也在卖弄着无聊的小聪明，一点都不天真活泼。虽然这么想，但我还是克制着所有的情绪，又是鞠躬，又是说笑，还摸着良夫的头连声说：“好可爱，好可爱！”这完全是谎言，在这点上，今井田夫妇说不定比我来得纯真呢。大家吃着我做的洛可可，不停地称赞我的手艺，我心里气得直想哭，可还是装出很高兴的样子。我坐下来和大家一起吃饭，今井田太太喋喋不休的致谢让我无比恶心。既然这样，我也没必要欺瞒下去了。“这菜一点都不好吃，我只是随便弄的。”尽管我说的是实情，但今井田夫妇却拍着手大笑：“随便弄的，说得真好啊！”没有达到想要的效果，我有点不甘心，真想摔掉碗筷，大声痛哭。但我还是忍住了，强装欢笑。妈妈这时说：“这孩子总算帮得上忙了。”母亲啊，你明明了解我的心情，却为了迎合今井田先生若无其事地说出这种话。母亲，你实在犯不着这样讨好今井田这种人。面对客人，母亲变成了一个弱女子。虽然父亲不在了，但我们需要对人这么卑躬屈膝吗？一想到这个，我就气得说不出话来。快走吧！快走吧！我父亲是个优秀的人，待人友善，人格高尚，若是因为我父亲不在，就这么看不起我们的话，请你们马上离开！我真想对今井田这么说，但我还是低三下四地为他们服务，帮良夫切火腿，帮今井田太太夹酱菜。

吃过饭后，我立刻收拾起厨房。我很想一个人待一会儿。我不是在摆架子，但我真觉得没必要去迎合那样的人，和他们一起嬉笑。对那样的人，其实连奉承都不需要。讨厌！再也不想那样了！不过，我今晚亲切招待客人的表现，母亲想必很高兴。但我这样做真的没问题吗？到底是强硬地区分交际是交际、自己是自己，大大方方地行事处事比较好呢？还是即便被人恶言相向也绝不丧失自我、隐藏真心比较好呢？我分不出哪个才对。真的很羡慕有些人可以终其一生活在和自己一样软弱然而体贴、温和的人群中。不用遭受什么痛苦，就可以毫不费力地过完一生，也不用刻意去追求什么东西，这样的人生真好。

压抑自己的情绪去服务别人固然没有错，但如果以后每天都要跟今井田夫妇那种人赔笑脸、随声附和的话，我可能会发疯。我突然想到，像我这样的人是绝对不能进监狱的，除了这个，连给别人当用人也不成。我也不能当人家的太太。不，当太太就大不相同了。假如我下定决心要为这人辛苦一辈子的话，不管多辛苦，哪怕晒黑了皮肤，只要能充分感受到生存的价值和生活的希望，我也能做得很好，这是不用怀疑的。我会一天到晚像只小白鼠般不停地工作。我会不停地搓洗衣物，就算有很多脏衣物要洗，我也不会有什么不愉快。相反，我整个人会变得焦躁不安、歇斯底里般怎么也静不下心来，感觉不把所有脏衣物一件不留地洗干净并晾到衣架上，就算死也不瞑目。

今井田夫妇要回去了。好像有什么事要办，妈妈也跟着去了，而且还是应声连连地跟去的。今井田什么事都要利用母亲，我实在厌恶今井田夫妇的厚颜无耻，真想揍他们一顿。将大家送到门口后，我一个人茫然地望着屋外的道路，突然好想哭。

信箱中有晚报和两封信。一封是给母亲的，是松阪屋寄来的夏季大甩卖传单，另一封是顺二表哥寄给我的。顺二表哥的信上只是简单地告知，他这次要调到前桥的联队，并向母亲问好。即便是军官，也不能指望生活有多么轻松，但我还是羡慕那种每天严格、紧凑、规律的生活。在我看来，身体一直保持井然有序的状态，心情肯定会变得很轻松。像我这样，想做点事就做，不想做就什么都不做，干些坏事也无所谓，想要读书的话随时有时间可以读书，说到愿望，好像又有很多愿望要去实现。如果能限定一个努力的范围，或者狠狠地约束我，我反而会感激涕零。据说，在战场上效命的军人，他们只有一个愿望，就是能睡个安稳觉。不过，在我对士兵们所受的辛苦感到同情之余，也对他们羡慕不已。从厌烦琐碎、无休止的思念洪水中抽离，只渴望熟睡的这种愿望，实际上是相当干净、单纯的愿望。光是想，就觉得痛快淋漓。像我这样的人，如果能被丢到军队里，好好地被锻炼一番的话，说不定会变成一个开朗活泼的可爱女孩。然而，就算没有在军队生活过，世上照样有像小新这样直率的人。而我实在是个糟糕的女孩。

小新是顺二表哥的弟弟，年纪和我一样大，却是那样的乖巧。在亲戚中，不，在全世界，我最喜欢小新。小新的眼睛看不见。想到他年纪轻轻却失明，我不知道那是怎样的感觉。在这样寂静的夜晚，他一个人待在房间里，又会是怎样的心情。换作我，寂寞的话，可以通过读书、看夜景打发一些时间，小新却没办法这么做，他只能沉默。以前他在学习方面比任何人都努力，也很擅长网球、游泳。可是现在这种寂寞、痛苦，又是怎样的情形呢？昨晚，我想起了小新，上床后，我便试着合上眼睛，即便只有五分钟，即使只是躺在床上，也觉得这五分钟很长，让我感到胸口憋闷。而小新不管白天、晚上、几天、几个月，什么也看不到。如果他能发发牢骚、耍耍脾气、使使性子的话，我还会替他高兴，可小新什么都没说。我从没听过小新发牢骚或对人恶言相向，不但如此，他还总是一副天真无邪的样子。那样子让我更揪心。

我一边东想西想一边打扫着客厅，然后烧洗澡水。在等洗澡水时，我坐在橘子箱上，点着微弱的煤油灯，把学校作业全部做完。洗澡水还没热，于是我又重读了一遍《东绮谭》。书上所写的内容并不恶心、肮脏，不过作者的装模作样倒是随处可见，让人觉得有种老套、不可靠之感。也许是作者上了年纪吧。但是，国外的作家，不管多大年纪，还是会大胆地表达爱意，对笔下的人物依旧充满初恋般的深情。这样子反而没有让人嫌弃的感觉。不过，这部作品在日本应该算是不错的吧。从作品里可以深深感受到一种真诚、淡泊之心，总之，很清爽，算得上是这位作家最成熟的一部作品，我很喜欢。我认为这位作家是个有着很强责任感的人。很多日本的文学作品，由于太拘泥于道德，因而在情节描写上显得过于刻意，这是感情丰富的人常会有的夸大表现，往往使作品变得苍白。但是在这本《东绮谭》中，却有着一种如寂寞般深沉的张力，我很喜欢。

洗澡水开了。我来到浴室点亮灯，脱去衣服，将窗户全部打开，然后静静地泡在澡盆里。透过窗户，我望着珊瑚树的绿叶，一片片树叶因为电灯的光线正明亮地闪耀着。天上的星星闪闪发光。我看了很多次，始终闪闪发光。我仰着头呆呆地望着星空，故意不去注意自己微微发白的身体，即便如此，我还是能感觉到它实实在在地存在于视线内的一隅。我逐渐发现它与小时候的白不一样，心情顿时翻腾起来。肉体毫不理会内心的情绪，只顾着自行长大，真教人难受，怎么办才好呢？对于迅速成为大人的自己，我竟不知道该怎么做，实在是太可悲了。难不成除了听其自然，看着自己变成大人，就别无他法了？我真希望身体能一直像个人偶一样。我像个孩子似的将水搅得哗哗响，但心情还是沉重，觉得今后已没有理由活下去了。庭院对面的空地上，传来小孩的哭喊声："姐姐！"我胸口猛地一紧。我知道那不是在叫我，但我却很羡慕那个被孩子哭着依赖的“姐姐”。如果我有个依赖我、整天缠着我的弟弟，只要有一个，我也不至于每天像现在这样彷徨苦闷。我会干劲十足地生活下去，然后尽我全力宠爱弟弟。不管怎么艰苦，我都能忍受。我一个人这样想着，深深觉得自己很可怜。

从澡盆里起身，不知为何，我今晚特别想看星星，便走到庭院，抬头望去。星星看上去像要掉下来。是啊，眼看夏天就快到了。青蛙的鸣叫声此起彼伏，小麦也沙沙作响。不管仰头多少次，星星总是闪耀着。去年，不，已经是前年了，当我吵着要去散步时，父亲尽管生着病，还是陪我一起去散步。父亲永远那么有精神，一路上，他教我唱德语民歌，“你到一百、我到九十九”，告诉我有关星星的各种传说，还即兴吟诗给我听。他撑着手杖，噗噗地吐着口水，不停地眨着眼睛，陪我散步，真是个好父亲！但是自那以后，过了一两年，我渐渐变成了极其糟糕的女孩，有了很多很多属于自己的秘密。

回到房间，我坐在桌前，托着腮看着桌上的百合。好香！闻着百合的香气，再怎么无聊，也不会有乱七八糟的想法。昨天傍晚，我散步到车站，在返回家中的路上，我从花店买来这朵百合。之后，我的房间像变了个样似的清爽了许多，拉开纸门，立刻就能闻到百合的香味。我不知道它对生活有什么帮助，我只是看着它，觉得不管精神上还是肉体上，自己都比所罗门王奢侈。我突然想起去年夏天去山形旅行的事。爬山的时候，我在半山腰看到一大片盛开的百合，内心一惊，便不管不顾地想要去采摘。可是山崖陡峭，我怎样都无法爬上去，看来再怎么被吸引，也只能静静地欣赏而已。我打算离开，这时，附近一位不认识的矿工一声不吭地爬上山崖，没多久便摘来一大把百合，两手差点抱不过来，然后他面无表情地将那些百合交给我。很多很多的百合，再豪华的舞台或是结婚典礼上，恐怕都没有人会拥有这么多的花。有道是因花朵而目眩，那个时候我才第一次体会到。当我张开双手抱住那一大把纯白的花束时，我完全看不到前面。那位亲切的让我感动不已的矿工，现在不知道怎么样了。虽然只有这么一次的机缘，但每当我看到百合时，总会想起那位不顾危险为我摘花的矿工。

我打开桌子抽屉，在里面翻了一通，找到了去年夏天买的扇子。扇面上是个元禄时代的女人，她用一种放浪的姿态随便坐着，旁边，有两棵低矮的树。看着这把扇子，去年夏天的情景，就像烟雾般从扇子里冒出来。在山形住宿、乘坐火车、浴衣、西瓜、河川、蝉、风铃……那一瞬间，我好想带着这把扇子再乘火车去旅行。我将扇子打开，感觉还不错。啪啦啪啦，扇骨松开，扇子突然一下子轻盈了许多。就在我拿着扇子东玩玩西摸摸时，母亲回来了。她的心情似乎不错。

“啊呀！累死了！累死了！”母亲虽然嘴上这么说，但脸上没有丝毫的不高兴。她就是喜欢帮别人做那个，做这个，没办法。

“还有一堆事要忙啊！”她边说着边换衣服，然后进浴室去洗澡。

洗完澡，母亲和我一起喝着茶，其间不停地笑着。她像是想到什么似的，对我说：“前些日子你不是说想看《光脚的女孩》吗？想去的话，就去吧。不过先帮妈妈按摩一下肩膀再去，会更快乐吧。”

我高兴极了。我一直很想去看《光脚的女孩》这部电影，但因为这阵子我比较贪玩，怕母亲生气，心中有所顾忌。母亲看出了我的心思，于是故意吩咐我做事，好让我没有负担地去看电影。真的好高兴啊！好喜欢母亲，我禁不住笑了出来。

我很久没有和母亲在一起说说笑笑了。母亲的应酬实在太多。可能也是不想被人小瞧，所以她才这么努力的吧。我给母亲按摩的过程中，她的辛劳仿佛传到了我的身体上。要好好保重啊，我一定会照顾好你的，母亲。先前今井田来家里做客的时候，我还生母亲的气，真是难为情。我赶紧小声地说道："对不起！"我总是只考虑自己的事，对母亲一直抱着蛮横的态度，每次都让母亲痛苦，而我却根本不在意。自从父亲过世，母亲真的变得很脆弱。我自己感到难受的时候，总是整个人搂住母亲，但母亲一旦想要靠在我身上，我就会觉得讨厌，好像看到什么恶心的东西一样。我这个人真是太任性了。母亲也好，我也好，说到底同样都是弱女子。从现在起，我要满足于只有两个人的生活，随时为母亲着想，经常和她聊聊以前的事、父亲的事，即使一天也好，让母亲成为我生活的中心，随时感受生活的价值。虽然我总是想着好好对待母亲，想做个好女儿，但在行动和言语上，我却一直很任性。而且，这阵子的我，越来越像个坏孩子，一点都不可爱，尽想些肮脏、羞耻的事。痛苦、烦恼、寂寞、悲伤，虽然我清楚地知道它们给予我的滋味，但要用一句话说明那到底是什么东西，我恐怕连一个类似的名词或形容词都找不到，因而它最后只能变成一个不知道是什么的怪物。以前的女人，即便被骂作奴隶、没有自我的蝼蚁之辈、人偶，但和现在的我相比，她们身上的女人天性仍要多很多，并且胸襟广阔，有着足够的智慧坦然应对逆来顺受的现实，她们也知道什么是纯粹的自我牺牲之美，以及不计回报、全然奉献的快乐。

“啊！真是个厉害的按摩师啊，天才啊！”妈妈又跟我开起了玩笑。

“很舒服吧？因为我很用心地在按摩啊！不过，我的厉害之处不光是在按摩哦。只那样就太没用了，我还有更厉害的地方呢！”

我试着用直率的方式跟母亲交流。这些话爽朗地在我耳畔响起，我已经有两三年没像现在这样真诚、爽快地说话了。在一番顿悟之后，或许就能产生一个全新的自我，我高兴地想着。

今晚，为了种种事情我要向母亲道谢，所以在按摩结束后，我又为母亲念了《爱的教育》里的几段内容。母亲知道我在看这样的书后，安心地笑了。前几天我在看《美人在旋转》时，她轻轻地从我手上拿起书，看了眼封面，脸色一下子凝重起来。不过她什么也没说，将书还给了我。当时我很生气，也就没再继续读下去。母亲应该没看过《美人在旋转》这本书，但我感觉她似乎知道里面的内容。

寂静的夜晚，我一个人大声念着《爱的教育》，念着念着，声音沙哑起来，非常难听，我便觉得对不起母亲。由于四周非常安静，因此我难听的声音就格外明显。不管什么时候阅读，《爱的教育》始终让人感动，这让我觉得自己的心还是天真美丽的，真好啊！不过读出声音和用眼睛看，是完全不同的感觉，我很惊讶。当我读到安利柯和卡隆的那段内容时，母亲竟低下头哭了起来。我母亲跟安利柯的母亲一样，也是个优秀美丽的母亲。

后来母亲先去睡了。一大早就出门，一定很累。我替她掖好被角，并啪啪地轻拍了几下。母亲她总是一沾枕头就睡着。

做完这些，我来到浴室洗衣服。最近我有个怪癖，总是习惯在近十二点时才开始洗衣服。白天哗哗地洗衣服，我总觉得是在浪费时间，很可惜。不过，正好与我想的相反也说不定。透过窗户，我看到高挂在天空的月亮。我蹲坐着，一边洗着衣服，一边笑着凝望月亮。月亮装作无知的样子看着我。

我突然想到，在这相同的瞬间，也许在某个地方，也有一个寂寞、可怜的女孩，同样地边洗衣服边笑着凝望月亮。我相信她的确是在笑。她住在遥远乡下的某个山顶上，于某个深夜来到屋后开始洗涤衣服。与此同时，在巴黎一条小巷的某栋杂乱公寓的门口，也有一个和我同年的女孩，正一个人洗着衣服，同时也笑着凝望月亮。对此，我毫不怀疑，就像真的通过望远镜清清楚楚地看到一样，她们都鲜明地浮现在我眼前。我们的苦恼没人知晓，如果我们现在就变成大人，我们的苦恼、寂寞说不定就会变成笑话。一切或许可以成为追忆，可是，在彻底成为大人前，这段漫长而令人厌恶的时光又该如何度过呢？谁都无法告诉我们，这就像是出麻疹一样，只能置之不理，别无他法。可实际情况是，有人会因麻疹而死，也有人会因为麻疹而失明，放任不管是不对的。

每天闷闷不乐，动不动就生气的人为数不少，因此而失足堕落，无可救药，就此断送一生的也大有人在，甚至还有人因一念之差就自杀了。等到酿成悲剧后，世人才惋惜地说：“哎呀！再大一点就了解了，再成熟一点，自然就明白了。”然而站在当事者的立场，我们可是痛苦到了极点，拼了命才熬到现在。我们认真倾听，试图从这世上获取某些有益的教导，但得到的却只是一些不痛不痒的说教。我们绝不是享乐主义者，如果有人指着远处的山峰，说爬上山顶就能领略绝美风景的话，我们一定照做，毫不犹豫。我们知道那绝不是谎言。可是此刻我们的肚子正剧烈地疼痛着，对此你只会视而不见，嘴上却一个劲地说："喂喂，坚持住，很快就能爬上山顶了，到时候就好了。"除了这样的话，你不会说别的。一定是有人搞错了吧，最坏的是你啊！

洗完衣服，打扫完浴室，我轻轻地拉开房间的纸门，百合的香味扑鼻而来，好清爽，心情顿时舒畅了许多，感觉内心深处都变得清澈，有种崇高的虚无感。当我换上睡衣时，我以为早就进入梦乡的母亲突然说起话来，吓了我一跳。母亲做出这样的事不是第一次了，真教人害怕。

"你说想要双夏天的鞋子，我今天去涩谷，就顺便看了看，好贵哦！"

"没关系啦！我其实没那么想要。"

"可是，不买的话，你会很烦恼吧？"

"嗯。"

明天，又是和今天同样的一天。我明白，幸福，这一生都不会来的。可我还是愿意相信它一定会来，明天就会来，有这个信念，我才能睡个好觉。我故意重重地躺在棉被上。啊！真舒服。因为棉被有点冷，所以我的背部感到了一丝丝寒意。突然我感到些许恍惚，迷迷糊糊地想起"幸福迟了一夜才来"这句话。一心等待着幸福，后来还是大失所望地跑出家门。到了第二天，美好的幸福讯息终于来到这个已被舍弃的家中。可是太迟了！幸福迟了一夜才来。幸福是……

庭院里传来可儿的脚步声，啪哒、啪哒、啪哒、啪哒。可儿的脚步声很有特点，由于它的右前腿比较短，而两条前腿呈0型，因此脚步声跟别的狗大为不同。已是深夜，它竟然还在庭院之中徘徊，它在做什么呢？可儿真可怜。我今天早上冷落了它，明天，我一定会好好疼爱它。

我有个令人烦恼的毛病，如果不将双手紧紧盖在脸上，我会睡不着。此刻，我盖着脸，一动也不动。

即将进入梦乡的感觉很奇怪，就像上钩的鲫鱼、鳗鱼用力拉扯钓线一般，总觉得有一股铅一样重的力量，顺着钓线在拉扯着我的头。一用力拉，我便迷迷糊糊地睡去，稍稍放松，我又恢复了精神。接着再用力拉，我又迷糊睡去，然后再放松。这样重复个三四次之后，猛地用力拉起，于是我一觉到天亮。

晚安！我是一个不会被王子注意到的灰姑娘。明天，我会在东京的哪个角落呢？王子，您知道吗？我们将不会再见面。

雪夜的故事

那天，从清晨起，就一直下着雪。给侄女阿鹤的裙裤已经做好了，放学后，我顺道送去了中野的叔母家。叔母给了我两块鱿鱼干作为礼物。我在吉祥寺站下车时，天色已经暗了下来，地上的雪积了一尺多深，而雪花依旧不断地飘着。由于我脚上穿着长靴，因此我心情反而有些兴奋，故意挑积雪厚的地方走。来到离家不远的邮筒旁，我才发现之前夹在肋下、用报纸包的鱿鱼干不见了。虽然我这人有时稀里糊涂的，却几乎没丢过东西。可能那天夜里太兴奋了，在积雪上一会儿跑一会儿跳，才把鱿鱼干弄丢了。我感到很伤心，不只是因为粗心大意弄丢东西而惭愧，也因为我原本打算把那些鱿鱼干拿去给嫂子。嫂子她今年夏天就要生孩子了。她总说怀了孩子以后，老是觉得饿。可能是有了孩子，就得把肚子里胎儿的那份也一起吃下去的关系吧。嫂子跟我不一样，她是个注重仪表的优雅女人。之前她的饭量少得跟金丝雀似的，而且从来不吃零食。可最近，她却时常感到肚子饿，会突然想吃些与平常不一样的东西，她觉得很羞耻。前几天，我和嫂子一起收拾碗筷时，记得她曾小声叹息："嘴里真苦啊，有鱿鱼干就好了。"这件事我一直记在心里，那天叔母碰巧送了我两块鱿鱼干，我当时高兴极了，打算把它送给嫂子，没想到却在半路上弄丢了，这让我觉得无比沮丧。

我跟哥哥、嫂子一同生活。哥哥是个性情古怪的小说家，眼看就要四十岁了，却还是一文不名，经常缺钱花，动不动就嚷嚷说身体不舒服，每天都爱躺在床上。这倒也罢了，可他嘴上还不饶人，只要遇上事，便絮絮叨叨地向我们抱怨个不停，而自己却从来不帮着家里做点事。嫂子因此还得承担起男人干的那些体力活，让人觉得怪可怜的。有一次，我实在忍不住了。

"哥哥，你倒也偶尔去帮忙买个菜啊，其他家的男人都会这么做。"

话音刚落，哥哥就绷起了脸。

"混蛋！我可不是那种庸俗的男人。你，还有贵美子（嫂子的名字），都听好了，就算我们三个都饿死，我也不会出门去干买菜这种寒酸的事，你们就死了这条心吧。这是我最后的一点尊严。"

能有这样的决心，倒也值得敬佩，但哥哥说出那样的话，究竟是为了国家着想而憎恶采购大军呢，还是因为懒惰而不愿出门？我不知道。我的父母都是东京人，但由于父亲长年在东北山形的政府机关工作，因此哥哥和我都出生在山形。后来父亲在山形去世，母亲带着二十来岁的哥哥，背着年幼的我，三人一起回了东京。前些年母亲过世，家里就只剩下哥哥、嫂子和我三个人。我们没有人们常说的"故乡"，也就不像其他人家那样，能吃到从故乡捎来的特产。哥哥又是个怪人，与街坊邻居完全没有交往，我们也就从不会意外地收到什么珍奇之物。说来惭愧，如果我能把那两块鱿鱼干带给嫂子的话，真不知道我会有多高兴。弄丢了鱿干，实在可惜，于是我连忙转身，沿着来时的路在雪地里仔细寻找，可哪里还能找得到。在白茫茫的雪地里找白色报纸包的东西，绝不是件容易的事，何况雪还一直下个不停。我一路找回到吉祥寺站附近，结果却连块石子都没找到。我叹了口气，重新打好伞，抬头仰望阴沉的夜空。雪花仿佛上万只萤火虫，在天空中狂乱地飞舞，真是好美。街道两旁的树，因为积雪的关系，树枝不时轻轻晃动，像是在轻声幽叹一般。我仿佛置身于童话中的场景，鱿鱼干的事被抛在脑后。一瞬间，灵感浮现在我的心头：把眼前的美丽雪景送给嫂子吧。比起鱿鱼干，这份礼物要强上几倍。我对吃的太在意，实在是丢脸。

哥哥曾经对我说，人的眼球能够把眼前的风景保存下来。盯着灯泡看上片刻，然后闭上眼睛，灯泡的样子会清晰地在眼睑后边浮现。之后，哥哥又给我讲了个故事。虽然哥哥说话完全靠不住，但他讲的那个故事，就算是信口胡诌的，我也觉得很动人。

从前，丹麦有个医生解剖了一名遇难水手的尸体。他用显微镜查看死者眼球时，发现眼球的视网膜上，映着一幅家人团聚的美景。医生把这件事告诉了他的一位小说家朋友，小说家立刻对这种匪夷所思的现象做出了解释。水手遇难后，很可能被巨浪卷走了，当冲到岸上时，他拼尽全力抓住了灯塔的窗棂。他喜出望外，正打算大声求救，忽然看到窗户里，看守灯塔的一家人正专心准备晚饭，景象其乐融融。不行，要是这时候大叫“救命”，那这一家人的美好团聚就会泡汤。此时，水手紧抓窗棂的手指已经没有太多力气，一阵大浪扑过来，把他卷回了大海。没错，这个水手是世上最善良的人。听了小说家的解释，医生大为赞同，两人便郑重地安葬了水手。

我相信这个故事是真的。从科学角度来讲，这种事是不可能发生的，但我仍旧深信不疑。那个大雪纷飞的夜晚，我突然想起了它，因此也想把眼前的美丽雪景映在眼里，带回家，对嫂子说：“嫂子，你看看我的眼睛，这会让你肚子里的孩子变得漂亮的。”

前些日子，嫂子还求过哥哥：“能不能找些美人的画像，贴到我屋里？每天看着那些画像，我就能生出漂亮的孩子来。”

哥哥一脸严肃地点了点头：“嗯，你说的是胎教吧，这很重要。”

这之后，他在墙上贴了孙次郎艳丽的照片和雪之小面的清秀的照片。不过让人无奈的是，他又在两张照片之间贴了自己那张马脸般的相片。

“拜托，把你那张照片拿下来吧，每次看到那相片，我就不舒服。”向来温柔的嫂子也没法忍受下去，不停地恳求哥哥，最后哥哥总算拿掉了那张相片。要是每天都看着哥哥那照片，生下来的孩子肯定像个猴子。哥哥一副尖嘴猴腮的模样，却总说自己是美男子，太不像话了。为了肚子里的孩子，嫂子一定很想看到这世上最美的景色。现在，如果我把这幅雪景装进眼睛，带回去给嫂子看的话，她肯定会比吃鱿鱼干还要高兴十几倍。

我不再寻找鱿鱼干，而是往家走去。路上，我尽可能地将周围的美丽雪景收入眼中。不光这样，我还要让这片纯白的美景深深烙印在我的心中。

回到家里，我对嫂子说："嫂子，你看看我的眼睛。我的眼里，映满了很多的美景。"

"什么？"嫂子笑着来到我面前，把手放在我的肩上，"眼睛怎么了？"

"哥哥说过，刚刚看过的景色，会原封不动地保留在人的眼睛里。"

"孩子他爸就会瞎说。"

"可他说的那件事却是真的。我相信他说的那个故事。你就来看看吧。刚才在外面我看了许多美丽的雪景呢。来，看看我的眼睛吧。你生下的孩子，一定会有雪白的皮肤的。"

嫂子看着我，一脸悲伤。

"喂。"

哥哥从隔壁六张榻榻米大的房间走了出来。

"看我的眼睛，效果要比看瞬子（我的名字）的眼睛强上一百倍。"

"为什么？"

我真想给他一拳。

"嫂子说过，看到哥哥的眼睛，就不舒服。"

"那可不一定。我这双眼睛啊，可是看过二十年前的美丽雪景的呢。二十岁以前，我一直待在山形，而瞬子你，从记事起，我们一家就在东京生活了。你根本没见过山形的瑰丽雪景，所以东京下了这么点微不足道的雪，你就大加赞叹，真是少见多怪。我这双眼睛见识过的雪景比这美上不止千倍，再怎么说，也要比瞬子的强。”

我不甘心，差点儿哭了出来。还是嫂子出面帮我打了圆场，她微笑着说道：“孩子他爸，虽然你那双眼睛看过比这美上不止千倍的雪景，但同时也看过比这丑上不止千倍的脏东西啊。”

“是啊是啊。缺点大过优点，所以你的眼珠子才会发黄。真恶心。”

“瞎说。”

哥哥绷着脸，走回隔壁六张榻榻米大的房间。

樱桃

面对青山，我要举目。

——《诗篇》第一百二十一

我认为，父母比子女更重要。

“为了孩子”——即使像传统道德家似的，一本正经地向自己灌输这样的观念，与子女相比，父母仍旧处于弱势地位。至少，我们家是如此。尽管从没有等老了以后就让子女们照顾的打算，但在家里，我这个父亲却还是得看子女们的脸色。说是子女，但其实还是孩子，长女七岁，长男四岁，次女才一岁。年幼的他们，都各自骑在父母头上，而父母犹如孩子们的用人一般。

夏天，一家子挤在三张榻榻米大的空间里，吵吵闹闹地吃晚饭，作为父亲，我则用手巾一个劲地擦着脸上的汗。

“川柳集里说：‘吃饭的时候出汗，是粗俗的行为。’可孩子们吵成这样，再优雅高贵的父亲，也会汗流浃背啊。”

孩子的母亲一边让一岁的次女喝奶，帮丈夫、长女和长男盛饭，一边收拾孩子们弄翻的饭菜，给孩子们擦鼻涕，忙而不乱。

“我说，你容易出汗的是鼻子吧。老是擦鼻子。”

孩子的父亲笑了。

“那你呢？是大腿内侧吗？”

“好个上流的父亲。”

“不，不，这与上流、下流无关，我们讨论的是医学问题。”

“我啊！”孩子的母亲正色道，“这胸脯之间……是泪之谷……”

泪之谷。

孩子的父亲沉默了，低头吃着自己的饭。

在家里，我喜欢说笑。这可能是因为心中有太多不能说出口的烦恼，不得不表面上假装很快乐。实际上，不只是在家里，就连与人相处时，不管心里怎么难过，身体怎么疲累，我也会竭尽全力营造出快乐的气氛。与客人分手后，我虽然累得脚步都踉跄，心里头却还想着金钱、道德与自杀之类的事。我并不只是与人打交道时这样，就连写小说时也一样。在悲伤哀愁的时候，我反而会努力创作出愉快喜悦的故事。我本想的是把快乐带给读者，没想到他们并没有发现这一点，只是一个劲地批评那个叫太宰的作家越来越浅薄，只会用俗不可耐的笑话哗众取宠。

一个人愿意为他人服务，难道就是坏事？装腔作势、一本正经难道就是善举？

总之，我无法容忍认真过头、扫兴无聊的事。所以我在家里不停地说着笑话，带着玩笑的意味与一部分读者和评论家对着干。我家的榻榻米亮丽如新，书桌整理得一丝不乱，夫妻间相敬如宾。不用说什么丈夫打妻子，就连大喊“给我滚出去”“我要离开这个家”之类的激烈口角也没有，而且父母争先恐后地疼爱孩子，孩子们也很黏父母，快乐地成长着。

这其实都是表面现象。孩子的母亲袒开胸脯就是泪之谷，孩子的父亲盗汗症状日益严重。夫妻双方对彼此的痛苦都心知肚明，却努力不去触碰。要是丈夫开起玩笑，妻子也会用微笑回应。

可就在这时，听到孩子的母亲提到“泪之谷”，孩子的父亲一下子就沉默了。尽管想要讲些笑话，却不知道说些什么，于是继续沉默着。很快，气氛凝重起来，就算平时疯疯癫癫，孩子的父亲这时候也有些紧张。

“要不雇个人吧。想要解决就只能这么做。”

为了不让孩子的母亲难过，孩子的父亲战战兢兢地小声说道。

身为三个孩子的父亲，在家务方面我是无能的，连被子、坐垫都不会收拾，只会说一些傻瓜一样的笑话，什么配给啊、登记啊这些事更是不懂，回家就像是住旅馆过夜而已。我只顾忙着迎来送往，也经常把便当带到工作室，一去就是一个星期。虽然我成天忙着工作，但一天下来最多也只能写完两三张稿纸，其余时间全用来喝酒。酒喝多了，一睡一整天，我的身体渐渐变得消瘦。此外，我好像还和很多年轻女人有来往。

七岁的长女和一岁的次女虽然都容易感冒，但总的还算正常。倒是四岁的长男，个头比同龄的孩子矮，只会爬行不会站立，连句完整的话都说不出来，别人说什么也听不懂，大小便还需要父母照顾。他的饭量倒挺大，却一点不见长，一副瘦瘦小小的样子，头发也稀稀疏疏的。

对长男的事，夫妻两个人都避而不谈。如果从嘴里说出白痴、哑巴等字眼，未免太悲惨了。孩子的母亲常常紧抱着儿子，孩子的父亲则偶尔会有抱着儿子投河自尽的冲动。

“父亲杀害哑巴次男。某天午后，某区某町某号某先生（53岁）在六张榻榻米大的家宅客厅，用木棍打死次男某某（18岁），自己则用剪刀自杀未遂，已被警方送进附近医院，尚处昏迷当中。该父最近招得一位女婿，因担心又哑又傻的次男妨碍女儿夫妻间的感情，竟走此绝路。”

这种新闻报道让我胆战心惊，而后拿着酒咕噜咕噜喝到不省人事。

哎呀，只不过是发育迟缓了一些嘛！很快就会快速长起来的。那时，他就该嘲笑我们担心过度了呢！夫妻俩没对任何亲朋好友说过这事，只是在心中暗自祈祷，表面上若无其事地一笑置之。

为了活着，孩子的父母用尽了心力。我是个极端谨慎的人，算不上什么多产的小说家，被拉到大众面前后，才慌里慌张地拼命创作，写不下去了，就喝酒放松放松。我并不是天生喜欢喝酒，而是带着对自己写不出惊世骇俗之作的埋怨去喝酒。事事如意的人，根本不会喝什么酒（女人里很少有人酗酒，就是因此。）

与人争辩，我从没胜过，每次都输。我总是被对方强烈的信念与惊人的自我肯定击溃，到最后，我只能沉默不语。不过回想起来，我也发现过对方的不合理之处，看来错的不都是我。不过一想到明明输了，却还要吵吵闹闹地争执，我心里便觉得一阵凄凉。对我来说，争辩就像打架一样令人憎恶，就算怒气冲冲，我仍要以微笑示人，然后沉默以对，脑中随即千头万绪，一不小心就喝起酒来。

说得明白点吧，我絮絮叨叨地写了这一堆东西，说到底，就是一篇描写夫妻间争执的小说。

“泪之谷！”

导火线就是这个。正如先前叙述过的，这对夫妻别说是打架，就连恶言相向都不曾有过，彼此体贴尊重，但还是存在一触即发的危险，整天让人提心吊胆。这种危险就像两人悄无声息地搜寻对方不好的证据，又像拿起一张牌瞟一眼后收拢，等到把自己的牌全部收齐，冷不丁地在你面前摊牌。这是夫妻之间相敬如宾的原因。对妻子来说，丈夫是个越掸灰越多的男人。

“泪之谷！”

听到这句话，丈夫便沉默不语，只是在心里嘀咕：虽然你对我有一部分的看法没错，但流泪哭泣的不只有你一个啊！在为孩子的事深深担忧并努力想办法这一点上，我并没输给你。我始终把自己的家庭放在第一位。孩子在夜里咳嗽，哪怕很小的一声，都会让我从睡梦醒来。说到现在这个家，确实让你和孩子们委屈了，可我何尝不想搬到好一点的地方，让你和孩子们高兴一下。可我没有能力。我单是维持现状，已经够拼命的了。我不是什么凶神恶煞，没有对妻子孩子坐视不管还能心平气和的胆量。我也不是不了解配给与登记的事，确实是没有时间。孩子的父亲在心中喃喃自语，却没有说出来的勇气。哪怕说出来，最终也只会自讨没趣。

“去雇个人来吧！”孩子的父亲自顾自地主张着。

孩子的母亲也是个不多话的人，不过一旦开口，便带着冷静的自信（不只是孩子的母亲，任何一个女人都这样）。

“可是没人来啊。”

“好好找找，一定会有的。不是没人来，是没人能待下去吧？”

“是我不会使唤人喽？”

“没这回事……”孩子的父亲再次沉默。他心里真的这么想，却不能直说。

是啊，雇个人吧。孩子的母亲一背着次女外出，孩子的父亲就得照顾另外两个孩子，而且每天必会有十来个人登门拜访。

“我想到工作室去。”

“你说去工作室？”

“对，有个稿子一定得在今晚赶出来才行。”

这并不是谎话，不过其中也带有几分想逃离家中压抑气氛的心情。

“晚上我想到妹妹那里看看。”

妻子妹妹得了重病，如果妻子去探望，那我就得留下来照顾孩子了。

“所以才要雇个人啊……”

话说一半就止住了。只要与妻子提到一点点有关娘家的事，两人的情绪便会复杂起来。

活着真的好辛苦啊，被到处都是的铁链捆绑着，稍稍一动，便会流血不止。

我默默地站起来，从桌子抽屉里取出装有稿费的信封，塞进和服袖子，接着把稿纸和字典包在黑布里，轻飘飘地走出家门。

我哪里还有心思工作，脑子里想的全是自杀的事。于是，我直接向喝酒的地方走去。

“欢迎光临！”

“痛快地喝一杯吧！呀，今大怎么又穿这么华丽的衣服啊！”

“不难看吧？这衣服的款式是你喜欢的。”

“我今天和家里那位吵架，心情糟得不得了。来，痛快地喝吧！今天我就不回去啦！不回去啦！”

我认为，父母比子女更重要。但与子女相比，父母仍旧处于弱势地位。

送来一盘樱桃。

我家的孩子们没见过樱桃，因为妻子不让他们吃这么奢侈的东西。要是带回去让他们尝尝，他们一定很高兴。如果用线把樱桃一颗颗穿起来，挂在他们的脖子上，那看起来一定会像珊瑚项链一样。

这么想着，我这个孩子的父亲吃起一大盘樱桃来，要说味道，是极端难吃。我吃着吃着，从嘴里把核吐出来，心里大喊着：父母比子女更重要。

皮肤与心

呀！我在左边的胸脯下方，发现了一粒红豆大小的疙瘩。仔细一瞧，那疙瘩周围还有几个小颗粒，就像是喷雾喷上去散落开来。不过，当时一点也不痒。真讨厌。于是我便在澡堂里用毛巾使劲擦拭胸脯下方，几乎都要扒掉一层皮，不过好像一点用也没有。回到家，我坐在梳妆台前，解开衣服，露出胸脯，看到镜子里的样子，不禁一惊。从公共澡堂到我家，走路不到五分钟，就在这一小段时间里，疙瘩的范围就从胸脯下方扩到了腹部，足有两个手掌那么大，颜色鲜红，看上去好像熟透的草莓。我仿佛看到了地狱里的场景，顿时觉得天地变色。就是从那一刻起，我不再是以前的我，我也不再觉得自己是个人了。所谓魂不附体，指的就是这种状态吧。我呆坐了很久。暗灰色的雷暴雨悄无声息地围在身旁，将我与这个世界远远地隔离开。我仿佛置身于阴暗窒息的地下，只听得见微弱的声音。我凝视着镜子里赤裸的身体，没多久，像是淅沥沥地下雨般，这边、那边，到处都冒起了红色的小颗粒，脖子、胸口、腹部，好像背后也有。我调整镜子的角度，照着背部一看，天呀！雪白的背部天女散花般长满了红色的小颗粒，我不由得用双手捂住了脸。

“长了这东西……”

我让他看。那是六月初的事。他穿着短衬衫、短裤，一副刚结束一天工作的样子，闲坐在桌子前吸着烟。他站起来，皱着眉冲我左看右看，并用手到处触摸。

“不痒吗？”他问。

“不痒，一点都不痒。”我回答。

他感到纳闷，歪头想了一会儿，然后要我站到檐廊上正对落日的地方，来回转动我的裸体，仔细地察看。他对我的身子总是非常留意，虽然不擅于说话，却是真心地关心我。我清楚地了解这件事，因此即使他让我这样站在明亮的檐廊上，让我一下朝西，一下朝东地转来转去，但我反而像在祷告般，内心平静沉稳，非常的安心。我轻轻地闭上眼睛站着，希望就这样到死都不要张开。

“这我就不懂了。如果是荨麻疹的话，应该是会痒。不会是麻疹吧？”

我苦笑着重新穿上和服，说道：“可能是皮肤过敏吧。因为每次上澡堂，我都会很用力地搓洗胸脯跟脖子。”

“也许吧。大概是这样。”

他说完，便跑去药局买来一管白色的黏稠的药膏，一声不吭地用手指涂抹在我的身体上。很快，我的身体感觉到一阵清凉，心情也轻松了许多。

“不会传染吧？”

“别担心。”

话虽这么说，但他伤感的情绪还是从他的指尖传递到了我的胸脯，发出了痛苦的声响。他从心底里希望我能赶快康复。

一直以来，他都闭口不谈我丑陋的容貌。我脸上有很多可笑的缺点，可就算是玩笑话，他也一句都没说。他从没取笑过我的长相，相反，他看我时的神态总是像晴空那样清澈开朗。

“我觉得你很美啊，我很喜欢。”

他经常说这样的话，让我有些慌乱。

我们今年三月才刚结婚。我俩是那么软弱、贫困，让人很难为情。因此“结婚”这个词，我实在没有办法镇定自若地说出口。说起来，我已经二十八岁了。这样的丑女人本来是没有什么姻缘的。尽管二十四五岁时，我有过两三次机会，但眼看就有结果时却被拒绝了，主要是因为我家没什么钱。我们这个家，是由母亲、妹妹和我组成的可怜的弱女子家庭，所以我根本没指望会有好姻缘，这就是一个白日梦。到了二十五岁，我才终于觉悟：就算一辈子不结婚，我也要帮着母亲一起养育妹妹，以此作为我活下去的意义。妹妹今年二十一岁，和我差七岁。她很聪明，也不再像小时候那么任性，是个性情温和的好孩子。以后为妹妹找到一位出色的上门夫婿后，我就要过自己的生活。在那之前，我就安心地留在家中，把所有家务活和对外打交道的事都接过来，好好守护这个家。我一旦有了这个觉悟之后，之前搅乱内心的烦恼便全都一扫而空，痛苦、寂寞也都离我远去。我在做家事之余，还努力地练习当裁缝，试着帮邻居家的孩子做一些衣服。

正当我逐渐找到自己未来要走的路时，有人向我介绍了他。由于来说媒的是亡父的恩人，因此我没办法断然回绝。听媒人说，对方只是小学毕业，没有双亲也没有兄弟，是被亡父的恩人从小照顾长大的养子。当然，对方也没有什么财产，三十五岁，是个小有技术的绘图工，月收入有时会超过两百块，但有时又没有任何收入，平均下来，每个月大约七八十块钱。还有，对方并不是第一次结婚，他曾经和喜欢的女人一起生活了六年，前年分开了。从那以后，他便以自己只是小学毕业，既没有学历，也没有财产，年纪又大为理由，对结婚这事不再奢望，决定终身不娶，悠闲地当一个单身者。对此，亡父的恩人劝诫他："这样随性的做法，会被人当成怪人的，这很不妥，还是赶快娶个妻子吧，正好我认识一户人家。"于是，他跑来听听我们的意思。当时听到这些话，我和母亲面面相觑，觉得很为难。

这实在算不上一门好亲事。就算我是个嫁不出去的丑女，可我也没做错什么事啊，为什么非要和那样的人结婚？一开始我真的气得不行，但后来我又陷入极度的凄凉中。只能拒绝了，可是来说媒的是亡父的恩人，母亲和我总不能立刻拒绝。就在迟疑之时，我突然可怜起那个人来。他一定是个温柔的人吧，而我也不过是女校毕业，没有什么文化，也不是有钱人？父亲早已过世，家里风雨飘摇。而且看看我自己，还是个丑女人，也老大不小了，说来一无是处，说不定我和他正好相配呢？反正我注定是不会幸福的，与其拒绝亡父的恩人而彼此尴尬，不如……我的心逐渐倾向了那个人，我感觉自己的脸颊正微微发烫。母亲一脸担心地询问："你真的愿意吗？"我再也没与母亲商量，直接答应了亡父的恩人。

婚后，我很幸福。不，应该说果然很幸福。也许以后会受到惩罚吧，因为我被照顾得无微不至。他性格软弱，加上曾被女人抛弃，总是一副唯唯诺诺的样子，做什么都缺乏自信，实在让人受不了。他又瘦又矮，长相也很寒酸，不过干起活来却很卖力。我曾瞟过一眼他绘制的图案，发现好像在哪里见过，这是怎样一个奇缘啊！当他告诉我事情的原委时，我像是才真正爱上他似的，胸口扑通扑通直跳。银座那家著名化妆品店的蔷薇藤蔓商标就是他设计的。还有，那家化妆品店所推出的香水、肥皂、蜜粉等商标设计以及报纸广告，也都是他设计的。听说从十年前开始，他就是那家店的专属设计师。那些独具匠心的蔷薇藤蔓商标、招贴画、报纸广告，全由他一人绘制。如今，那个蔷薇藤蔓商标，就连外国人都认得，即使不知道那家店的店名，但那个把蔷薇藤蔓优雅地组合起来的商标，无论是谁都会过目不忘。我从上女校起，就知道那个蔷薇藤蔓商标了。因为被那个图案吸引，女校毕业后，我的化妆品全都是从那家化妆品店买的，可以说，我是它的忠实支持者。但那个商标的设计者是谁，我想都没想过。真是迷糊，不过也不只我是这样，世上的人看到报纸上这美丽的广告，应该没有谁会去想设计它的绘图工吧。绘图工，就好比默默使劲的抬轿者。我也是嫁给他之后，过了一段时间才注意到的。知道这件事的时候，我兴奋地说："我从女校开始，就非常喜欢这个图案，原来是你设计的啊。我太高兴了！我真幸福！原来我早在十年前就已经和你有缘了，所以我嫁给你，是早就注定的事了。"

"别戏弄我了，那只是绘图工的工作。"他红着脸，害羞地眨着眼睛，随即无力地笑笑，露出悲伤的神情。

他总是看低自己，虽然我并不在意，但他却对学历、贫困以及再婚等事非常在意，一直耿耿于怀。这样的话，像我这种丑女人，又该怎么办呢？夫妻两个人都缺乏自信，整天惴惴不安，彼此的脸上都布满了羞愧的皱纹。他偶尔会希望我向他撒娇，可我已经是二十八岁的妇女了，长得又这么难看，加上他那副没有自信的卑贱样子，我怎样都没办法天真可爱地向他撒娇。尽管心里对他满怀爱意，但我总是冷冰冰地回应他。于是，他更加忧郁了。而我因为明白他的感受，所以倍感压力，越发地与他相敬如宾。他似乎也很清楚我没有自信，常常会若无其事却又笨嘴笨舌地称赞我的长相或和服的花纹。我知道他是在安慰我，所以根本开心不起来，胸口憋闷梗塞，难过得想哭。

他是一个好人。从没让我感觉到以前那个女人的存在，真的，一点都没有。托他的福，我几乎忘了那件事。说到现在这个房子，是我们结婚后租的。他之前一个人住在赤坂的公寓，应该是不想留下什么不愉快的记忆，同时也出于对我的体贴，他把以前的家具全都卖掉了，只带着工作的用具，搬到了筑地这个家。然后，我从母亲那边拿了些钱，我们一点一点地购齐了家具，被褥、衣柜则是我从本乡的娘家带来的，这样一来，就完全没有那女人的影子了，现在，我已很难相信他曾经跟我以外的女人一起生活过六年。说真的，如果他不那么卑贱，对我粗暴一点，肆无忌惮地斥责我、蹂躏我的话，我也许会天真地唱歌，尽情地向他撒娇，整个家的气氛也一定可以变得快活起来。但我们两个人都自觉丑陋，弄得凡事都小心翼翼，我就不用说了，可他为什么也那么自卑呢？虽然他只是小学毕业，但就学识来看，他与大学毕业的学士没什么区别。他不仅收藏相当高雅的唱片，且一有空就认真阅读外国新兴小说家的作品，很多小说家的名字我都没听过，再说，他还创造了那个世界闻名的蔷薇藤蔓图案。尽管他常常自嘲贫穷，但这一阵子他接了很多工作，不时有一百、两百的大笔钱入账。前不久，他还带我去了伊豆的温泉。不过到现在，他仍然对家里的被褥、衣柜以及家具都是我娘家出钱买来的这件事耿耿于怀。他这样在意，反而令我惭愧，觉得自己好像做了什么坏事。都是些便宜货，至于那样吗！我难过得想哭，有时候夜里我脑子里还会冒出许多可怕的想法，比如：因同情、怜悯而结婚是个错误，真的该一个人生活下去，甚至会萌发可恶的不贞念头：要和更强悍的人在一起。我真是一个坏女人啊！

婚后才能深切感受到的美丽青春，就这样在灰暗中度过了，心中的悔恨使我犹如咬到舌头一般痛苦，现在真想用什么方法来弥补。有时候和他静静地吃着晚饭，我突然会被一种寂寞感搅得悲伤难抑，我的手上拿着筷子和饭碗，哭丧着脸。都怪我太贪婪了，人长得这么丑，竟然还奢谈什么青春，不过是让人耻笑罢了。其实我也明白，就眼下这份幸福来说，我已经算是额外领受了。而我竟然任性起来，所以这次才会长出这样可怕的疙瘩。大概是涂了药膏的关系，疙瘩不再扩张，说不定明天就好了。我暗自向神明祈祷后，便早早地睡下了。

我躺在床上拼命思考，结果越发觉得不可思议。无论得了什么病，我都不会害怕，可这皮肤病我却完全接受不了。怎样辛苦、怎样贫穷都没关系，我就是不想得皮肤病。就算缺胳膊少腿，也比得皮肤病不知强多少。我在女校读书时，生理课上会讲到各种皮肤病的病菌，害得我全身发痒，很想把课本上印有病菌照片的那一页撕掉。老师的神经似乎比较迟钝，不，即使是老师，也没有办法平心静气地授课。只是因为职业的关系，他们必须努力忍耐，装作一副理所当然的样子给学生上课。一想到事情就是这样，我就更对老师的厚颜无耻感到气愤和痛苦。生理课结束之后，我和朋友们讨论，疼痛、窒息、瘙痒，这三个哪一个最不能忍受？话题一出，我立即答道：瘙痒。难道不是吗？不论是疼痛还是窒息，都会有知觉上的限度。被打、被刺或者被捂住嘴巴鼻子，当它们引发的痛苦达到极限时，人便会失去意识。失去意识之后，人就进入了梦幻的境地，也就是升天了，可以从痛苦中美丽地解脱了。人一死，一切也就无所谓了吧。但是，瘙痒却像潮水一样，涨潮、退潮、涨潮、退潮，忽而缓慢地蠕动，忽而剧烈地翻滚，绝不会达到万事皆休的顶点，所以人既不会昏厥，也不会死亡，只能永远挣扎在一种磨磨叽叽的痛苦中。因此，没有比瘙痒更无法忍受的痛苦了。放到过去，假如受到那种旧式法庭拷问，在被打、被刺或者被捂住嘴巴鼻子的情况下，我也不会吐露实情。这些很快就会让我昏厥，持续两三次之后，我就会死去。我怎么可能吐露实情，我拼上性命也要保守秘密。不过，要是拿来满满一竹筒的跳蚤、虱子或疥癣，威胁说“要把这些东西倒在你的背上”，我一定会全身汗毛竖立，浑身打战，不顾烈女的气节，两手合十哀求对方“我说，我什么都说，请饶过我”。仅仅是想象那样的场景，我就会恶心得想要跳起来。当我在课间休息时对朋友这么一说，他们全都产生了共鸣。

有一次，在老师的带领下，我们全班去了上野科学博物馆餐馆。一到三楼标本室，我突然大声惨叫，没出息地哇哇大哭起来。原来，架子上摆满了各种被制成螃蟹大小的皮肤寄生虫标本模型，当时我真想大骂一声“混蛋”，然后挥舞棍棒把它们砸得粉碎。之后的三天，我辗转难眠，不知为什么，总觉得身上发痒，没有半点食欲。我连菊花都讨厌，小花瓣一片一片聚成一堆的样子，好像某个东西似的。看到凹凸不平的树干，我也会突然毛骨悚然，浑身发痒。看到别人平心静气地吃下鱼子，我无法理解他们是怎么想的。牡蛎壳、南瓜皮、虫吃过的叶子、芝麻、章鱼脚、虾子、蜂巢、草莓、蚂蚁、莲子、苍蝇，这些我没有一个不讨厌的。另外，我也讨厌注音的假名，那小小的注音假名看起来像虱子一样。还有，茱萸、桑果我也很讨厌。看到放大的月亮照片，我就会恶心得想吐。哪怕是刺绣，上面的图案花纹也让我无法忍受。由于讨厌皮肤病，因此我在这方面格外留心，到现在还没有长过疙瘩。结婚之后，我每天还是会去澡堂用米糠包搓洗身体。一定是搓揉过头了，才长出这样的疙瘩，真教人懊悔。我到底做错了什么？神明实在太过分了，竟然让我长了我最讨厌、最恶心的东西，又不是没有其他的病了，就像是正中靶心，让我落进我最害怕的洞穴里，这真是件不可思议的事。

第二天早上，天还没完全亮，我便起床悄悄照了照镜子，啊！我不禁叫出声，镜子里的我变成了妖怪，这不是我！我全身看上去就像个坏掉的番茄，脖子、胸口、腹部都冒出了丑陋无比、豆子般大小的疙瘩，像是长出了香菇似的，全身布满了疙瘩，嘻嘻嘻地对着我奸笑。疙瘩正慢慢地扩张到我的两条腿上。鬼！恶魔！我不是人！让我死掉吧！不过我不能哭，身体变得这么丑陋，还抽抽噎噎地哭，不但一点都不可爱，还会像个熟透了开始腐烂的番茄，显得滑稽、凄凉、无可救药。所以我不能哭，还是遮掩起来吧。他还不知道，我也不想让他知道，我本来就丑，现在皮肤又变成这样子，我已经一无是处了。我是废物，是垃圾桶。变成这样，他也找不出什么词汇来安慰我了吧。我不要什么安慰，如果他还是像往常那样疼爱这样的身体，我一定会轻蔑他。讨厌，我好想就此分手，不要再宠我了，不要让他看到我现在的样子，也不要他陪在我身边。啊，真希望我有一个更宽敞的房子，这辈子就住在远离他的屋子。如果我没结婚该有多好啊，如果我只活到二十八岁该有多好啊。十九岁那年的冬天，我得了肺炎，如果那时候没治愈就那样死去该有多好啊。那时候死了的话，我就不会遇上现在这样痛苦、惨不忍睹的情况。我紧闭双眼，一动不动地坐着，急促的呼吸声，让我感觉到自己的心已变成了魔鬼，心外的世界万籁俱寂，而我已不再是昨日的我。我像野兽一样站起来，慢慢穿上和服，深深地体会到和服的美好。不管怎样可怕的身体，都能被和服很好地隐藏起来。

我打起精神，往晾衣台走去，恶狠狠地看着刺眼的太阳，深深叹了一口气。耳边传来广播体操的号令，我一个人悲伤地做起了体操，小声地喊着“一、二、三”，努力装出很有精神的样子，我突然觉得自己很可怜，体操也做不下去了，差点哭出来。不知道是不是刚才身体剧烈扭动的缘故，我的脖子和腋下的淋巴结隐隐作痛，我轻轻一摸，发现全都肿硬起来。当我察觉后，整个人顿时无法站立，一下子跌坐在地上。我知道我是个丑女人，所以一直小心低调地忍耐着活到现在，为什么老天还要跟我过不去？一股能把人烧焦的巨大怒火喷涌而出，就在这个时候，身后传来他温柔的声音："哎呀，原来你在这里啊。怎么样？好点了吗？"

我本来想回答好点了，却突然拂开他搭在我肩上的右手，站起身说："我回去了。"

这句话一说出口，我连自己都不认识了。我到底做了什么？说了什么？这不负责任的话，让我自己和宇宙都变得无法相信了。

"让我看一下。"他有些惶惑，声音低沉，听着离我很远。

"不要！"我挪开身子，"这地方长出了一大片疙瘩。"

我两手摸着腋下，然后无所顾忌地号啕大哭起来。一个二十八岁的丑女人，再怎么撒娇哭泣，也没有半点可爱之处。我明知道自己丑陋不堪，但泪水就是不停地夺眶而出，甚至口水也流出来了，我真的是一点优点也没有啊。

"好了，别哭了，我带你去看医生。"他的声音透着一种我从没听过的果决。

那天，他请了假，在查阅了报纸上的广告后，决定带我去一位有名的皮肤科医生那里就诊。我一边换上外出的和服，一边问："身体必须给医生看吗？"

"是啊。"他微笑着回答，"你可不要把医生当男人。"

我脸红了，心里喜滋滋的。

走到外面，阳光绚烂，我觉得自己像一条丑陋的毛毛虫，在这病治愈前，我希望世界一直处于漆黑的深夜。

"我不想搭电车。"结婚以来，这是我头一回这么任性地说话。

疙瘩已经扩散到我的手背，我曾在电车上看到过一个女人，她的手就是这么恐怖，从那以后，我便觉得搭乘电车时用手抓吊环都是不干净的，担心被传染，但现在，我的手和那个女人毫无差别。对于“厄运上身”这个俗语，我从没像现在这样有着透彻的理解。

“我知道了。”他露出开朗的神情，和颜悦色地回答着，让我坐上轿车。

从筑地到日本桥高岛屋后面的医院，也就一点点路程，但在这段时间里，我却有一种搭乘殡仪车的感觉，只有眼睛还活着，茫然地望着车窗外初夏的巷道。走在路上的男男女女，居然没有一个人长着我这样的疙瘩，这让我感到不可思议。

到了医院，我跟着他进入候诊室，这里呈现出与外面世界迥然不同的风景，我突然想起很久以前在筑地小剧场中看过的《深渊》那出戏的舞台场景。尽管外面绿意盎然，阳光明媚，但不知为什么，这里即使有阳光照射进来，但仍旧显得昏暗，浮动着阴冷的湿气，一股酸酸的味道扑鼻而来。候诊室里有很多盲人，一个个垂着头挤在一起，还有一些身患残疾的老头子和老婆子。我惊讶地眨着眼，坐在靠近门口的长椅边，无精打采地闭上眼睛，我突然意识到，在这众多的病人当中，也许只有我一个人患上了严重的皮肤病。我睁开双眼，抬起头偷偷观察了每一个病人，果然，没有一个人像我这样乱长疙瘩的。我从医院玄关处悬挂的广告牌上得知，这是一家专治皮肤病和另一种我无法说出口的脏病的医院。这么说来，坐在那边，看起来像个电影演员的年轻英俊男子，既然没有长疙瘩，那就不是来看皮肤病的，而是来看那种病的。这样一想，我一下子觉得在这候诊室里垂头丧气候诊的病人，全都得了那种病。

“你要不要去散散步？这里空气太差了。”

他百无聊赖地陪在我身旁。

“看样子，还要等很久才能轮到我们。”

“嗯，轮到我差不多都到中午了。这边很脏，你别待在这里。”说出这样严厉的话，我自己都大吃一惊。但他柔顺地接受了，慢慢地点了点头，说：“你不一起出去吗？”

“我不去了。”我微笑着说，“待在这边很轻松。”

把他赶出候诊室后，我稍微安心了些，随即无力地靠着长椅，合上了眼睛。在旁人看来，我一定是个特别矫情，沉浸在愚蠢冥想中的老妇女吧。但对我来说，这样最放松。装死，我想起了这个词，觉得很滑稽。不过，我慢慢担心起来。“谁都会有秘密”——我感觉有人在我耳边小声说着这讨厌的话，我的心跳得厉害。说不定，这个疙瘩也……刹那间我全身汗毛竖立，他的温柔善良，他的缺乏自信，没准都是因为这个。说来可笑，这个时候，我才第一次深切地发现，对他而言，我并不是第一个女人。于是我站也不是，坐也不是。被骗了！结婚诈骗！突然间，我脑子里冒出这样恶毒的字眼，恨不得追出去，狠狠揍他一顿。我真是个笨蛋。一开始就知道那件事，可还是嫁给了他，现在却对他不是头婚而懊恼，但是已经不能重新再来了。他之前有过女人这件事突然变得鲜明起来，重重地冲到我的胸口，我第一次感到那个女人的可怕和可憎，在这之前我从没将那女人的事放在心上。对于自己的无动于衷，我后悔得想哭。我真的好痛苦，这就是所谓的嫉妒吧。如果是这样，那嫉妒这东西就是无药可救的狂乱，一种病理性的狂乱，它丑陋到极点，根本没有美感可言。这世界上大概还有我所不知道的令人作呕的地狱吧。此刻，我开始厌恶再活下去了。我觉得自己很悲惨，慌乱地解开膝上的包裹，拿出小说，随便翻开一页，就从那里开始读起《包法利夫人》。爱玛痛苦的一生总是能给我以安慰。在我看来，爱玛的沉沦，是女人最自然的归宿，就像水往低处流、身体会衰老一样自然。女人就是这样一种生物，有着不可告人的秘密，因为那是女人天生的能力。有一点是很清楚的，每个女人都一定会遇到一个又一个泥沼。对女人而言，每一天就是她的全部。和男人不同，女人不会考虑死亡之后的事，也不会去思索，只是祈求能时时刻刻保持美丽，溺爱着生活以及对生活的感触。女人之所以珍爱茶碗，收藏漂亮花纹的和服，是因为只有那些东西才是她们真正的生存价值。每一刻的行动本身，都是女人的生存目的。除了这个，她们还需要什么呢？假如高深的现实，不再能抑制女人的这种超然态度，不再对其横加指责，同时让这些渴望直率地表现出来，女人的身体不知道会有多么轻松。然而，对于女人这个深不可测的“恶魔”，谁都不愿碰触，假装没看到，正是因为这样，才引发了许多悲剧。也许，只有高深的现实才能拯救我们。

说实话，女人的心在婚后第二天就可以平静地想着其他男人了。人心难测啊！有个古话叫“男女七岁有别”，它带着可怕的真实感撞击我的心，让我猛地发现，所谓日本的传统伦理，竟具有如此强大的写实性，我震惊得几乎快要昏厥。原来，大家早就对此心知肚明。自古以来，那个泥沼就明确地存在，这么一想之后，我心情反而变得轻松了，慢慢地愉快起来，即使全身长满了这样奇丑无比的疙瘩，我还是一个有情欲的老妇女。我从容起来，开始有了悯笑自己的心情，继续翻阅起小说。鲁道夫轻轻抚摸着爱玛的身体，喃喃地说着甜言蜜语。我一边读一边想着其他事，不由得笑了起来。如果爱玛这时长出疙瘩会怎样呢？我脑子里冒出这样奇怪的念头，不，这可是个很重要的想法。我开始认真思考，如果那样的话，爱玛一定会拒绝鲁道夫的诱惑，而她的命运就会变得完全不同。是的，她一定会坚决拒绝，因为除了拒绝，没有别的选择。这样一来，就绝对不会发生悲剧。女人的命运会被当时的发型、和服花纹、困倦程度，还有一些身体的细微状况所左右，曾经有个保姆由于困得要命而掐死背上吵闹不停的孩子。假如换成像我这样的疙瘩，不知道它会怎样扭曲浪漫的故事，扭转一个女人的命运。要是我在结婚前一天出乎意料地长出这样的疙瘩，还没等反应过来便扩及胸口、四肢，那我该怎么办？我觉得这种事完全有可能发生。疙瘩这种东西防不胜防，我总觉得这是上天的恶意。兴高采烈地在横滨码头迎接五年不见的丈夫回来，却在焦急等待的时候，眼看着脸上重要的部位冒出紫色的疖子，触摸之下，那个兴奋不已的年轻夫人竟变成了一块丑陋的岩石。这样的悲剧是可能发生的，男人对疙瘩什么的倒是不会在意，但女人却是靠皮肤生活的。否认这一点的女人，一定是个骗子。我不太了解福楼拜，感觉上他像是个心思缜密的写实主义者。当夏鲁要亲吻爱玛的肩膀时，爱玛大喊着“不要！衣服会皱”来拒绝他。既然拥有这么细腻精密的观察能力，为什么没有描写女人患上皮肤病后的痛苦呢？大概是因为男人无法充分体会那种痛苦吧。也有可能，福楼拜这样的高人其实早已经看透，但由于这实在太污秽，一点都不浪漫，因此才敬而远之吧。不过，敬而远之这种说法，实在太狡猾了，太狡猾了！结婚前一天，或是与五年不见的爱人重逢之际，身上竟长出丑陋的疙瘩，如果是我，宁可去死或是离家出走，自甘堕落，自行了断。因为女人是为一瞬间的美丽欢愉而活的，管它明天会怎样。

候诊室的门被轻轻地推开，他露出松鼠似的小脸，用眼神询问我："还没到吗？"

我朝他轻轻挥了挥手，样子有点轻佻。

"喂！"听到自己粗俗尖锐的声音，我立刻缩起肩膀，压低声音继续说道，"喂，当女人认定明天不管变成怎样也无所谓时，你不觉得这是女人最有女人味的时候吗？"

"你在说什么？"他有些不知所措。看到他那样，我笑了起来。

"我嘴笨，所以你才听不懂。没关系，只是我坐在这边的时候，突然觉得自己整个人变得很奇怪，看来我还不习惯这样的环境。我这人很软弱，所以很容易就会被周围环境影响。你看，我都变粗俗了，一颗心不停地往下坠，就好像……"

话说到一半，我突然停住了。"就好像卖春妇"，我本来要这么说。这是女人永远无法说出口的话，同时也是女人必定会为之烦恼的话。在彻底失去自信时，女人一定会想到它。我逐渐察觉到，由于浑身长出这样的疙瘩，我的心已变成了魔鬼。这之前，我一直自嘲是丑女人、丑女人，以此伪装我的不自信，但唯独对自己的皮肤小心呵护，因为我知道它是我唯一的骄傲。当我明白这一点之后，才发现曾引以为傲的谦让、节俭、忍让都是靠不住的虚伪说教。其实，我是个单凭知觉和触觉而时喜时忧，像盲人一样生活的可怜女人，不管知觉、触觉多么敏锐，终究不过是动物的本能，与睿智一点关系都没有。说到底，我就是个愚蠢的白痴。

我的错一直延续到现在。我还把自身敏感的知觉视作高尚的东西，误以为那是一种少有的聪明。说到底，我不过是个愚昧的笨女人。

“我想了很多，我是个笨蛋。我要疯了。”

“别太勉强，我懂的。”他像是真的明白一样，露出智慧的笑容，说道，“喂，轮到我们了。”

我跟着护士进入诊疗室，解开腰带，迟疑了一会儿，然后脱掉内衣。我扫了一眼胸脯，天啊，我看到了一对石榴。比起眼前坐着的医生，被站在后面的护士看见，更让我难堪。我想医生是没有人的感觉的，我连他长什么样都没看清楚。医生也没有把我当人看待，到处摸来弄去。

“是食物过敏。吃了什么变质的东西吗？”医生平静地问道。

“能治好吗？”他替我问。

“能治好。”

我迷迷糊糊地听着，仿佛坐在隔壁房间里。

“动不动就哭，我实在看不下去了。”

“很快就会好的。去打针吧。”医生站起身。

“只是食物过敏吗？”他问。

“是啊。”

打完针，我们离开医院。

“手这边的疙瘩已经没了。”我伸出双手举向太阳，抬头看着。

“高兴吗？”

被他这么一问，我突然觉得很不好意思。

Goodbye

变心（一）

某位文艺界耆宿过世。告别仪式结束时，天空下起了雨。这是一场早春的雨。

回去的路上，两个男人打着同一把伞并肩而行。两个人都是来哀悼过世的文艺界耆宿的。而不知从哪个时刻开始，彼此谈论的话题全都是关于女人的艳情。其中，穿着带有家徽的和服、身材魁梧的中年男子是个职业作家，而比他年轻许多、鼻梁上戴着粗框圆形眼镜、穿着条纹裤子的英俊男子则是编辑。

“那家伙，生前跟很多女人鬼混过。”作家说道，“你差不多也该收手了，看看，憔悴得很哪。”

“我正打算全部分手。”那个编辑红着脸回答。

这位作家说起话来总是口无遮拦，编辑一向对他敬而远之，不巧今天没有准备伞，无奈之下，只好钻进作家的蛇眼伞里，结果被责备成这样。

正打算全部分手。这句话也不完全是谎言。

很多东西正在渐渐发生改变。战争结束了三年，不知何处发生了变化。

三十四岁的田岛周二是杂志《方尖碑》的编辑长，说话的时候虽然带着一点关西口音，却从来不谈及自己的出身。他是个相当精明的男人，《方尖碑》的编辑长一职不过是为了装装门面，实际上暗地里他靠着帮人做黑市生意而发了大财。常言说得好，不义之财来得快去得也快。据说他不仅整日花天酒地，还养着将近十个情人。

不过，他并不是单身汉。不光不是单身汉，现在的妻子还是个后妻。他的原配患肺炎死了，留下一个白痴女儿。他卖掉东京的住宅后，前往埼玉县的朋友家中。去埼玉县的途中，他娶了现在的妻子。

战争结束后，田岛把妻女托付给妻子的娘家，自己回到东京，在郊外的公寓租了间屋子，也只是用来睡个觉。之后他四处闯荡，赚了大笔钱。

可是，这样过了三年，不知因为什么，他的心境发生了变化。或许是社会环境发生了微妙变化吧，又或者是因为长期不加节制，使得他的身体突然消瘦起来。不，不，也许只是单纯上了年纪的缘故。总之，现在色即是空，寻欢作乐也变得索然无味。买下一栋房子，从乡下把妻子女儿都接过来……近来，一种乡愁般的强烈情绪，常常从他的心头掠过。

该是金盆洗手的时候了，今后就专心于杂志的编辑工作。

关于这个……

关于这个，眼下他面临一道难关，就是必须和那些女人彻底了断。一想到这里，即便精于算计，他也束手无策，只能长吁短叹。

“正打算……全部分手？”魁梧的中年男子撇嘴苦笑道，“那倒是不错，不过，你这家伙到底有多少女人啊？”

变心（二）

田岛哭丧着脸。他越想越觉得仅凭自己的能力，根本没法跟那些女人一刀两断。如果用钱就能解决这事，那倒是没问题，可那些女人并不是光用钱就能甩掉的。

“现在想来，自己简直是疯了。跟那么多女人……”

要不要向这个不良作家全都坦白，听听对方的看法呢？田岛突然涌出这样的念头。

“没想到啊，你能说出这么一本正经的话，真是难得啊。多情的人，总是会异常地畏惧道德，但这也正是他们招女人喜欢的原因。一个仪表堂堂的男子汉，又有钱、又年轻，再加上温柔体贴，当然受欢迎啦，这是理所当然的事嘛。就算你打算就此了断，对方也不会接受吧。”

“这才伤脑筋啊。”

田岛用手帕擦了擦脸。

“不会哭了吧？”

“不是，是雨水打在眼镜片上起雾了。”

“少骗人了，这声音明摆着就是在哭啊。还真是个情种。”

帮人做黑市生意，也就谈不上什么羞耻感，但就像那位作家说的，虽然多情，但田岛对女人却很忠诚，因此，女人们也毫不犹豫地深陷其中。

“就没有办法了吗？”

“没有了。话说回来，你要是能去国外躲个五六年再回来，倒是个办法，但就眼下这世道来看，出国也不是那么简单。要不，你把那些女人全都叫到一起，让她们唱《萤之光》，不，还是唱《敬仰吾师》好了。等她们唱完后，再由你一个一个颁发毕业证书。这之后你就假装发狂，赤身裸体地一逃了之。这样，女人们肯定会吓得晕头转向，以后再也不会纠缠你了。”

这算什么啊？

“不好意思，我这就告辞了。我还要去赶电车……”

“没关系啦，到下个车站前再走走嘛。不管怎么说，这可是个重大问题，必须研究出对策来才行啊。”

看起来作家这天似乎很无聊，怎么都不肯放过田岛。

“……就让我自己想想办法吧……”

“不，不，你一个人是解决不了的。你不会是想死吧？老实说，我很担心你啊。因为女人的迷恋而去死什么的，这不是悲剧，而是喜剧。不对，应该说是彻头彻尾的闹剧，可笑之极，谁都不会同情你。还是别想着去死了。有了！我想到一个好主意，你去物色个绝色美人来，跟她说明情况，让她扮成你的老婆，带她挨个拜访你的那些情人，绝对有效。女人们一见到她，肯定都会一声不吭地走开。怎么样，不试试看吗？”

确实是个好注意。田岛有些动心了。

行进（一）

田岛决定试一试，但是这当中存在一道难题。

去哪里找绝色美人。

换作绝丑女子，只需在车站附近走上片刻，马上就能发现三十来个，可要是说到绝色美人，传说以外是否真的存在这种生物，都令人怀疑。

田岛一向以自己的外貌为荣，不仅打扮时髦，虚荣心还很强，只要和长相普通的女人走在一起，他立刻叫嚷肚子疼，随即离开。他现在的情人们，虽尽是些风姿绰约的美人，但还称不上绝色。

那个雨天，从中年不良作家口中听到随口胡诌的“好主意”后，尽管田岛心里觉得这有些荒唐，但他自己也没想出什么好点子。

先试试吧，没准，人生的某个转角处，就藏着那种绝色的美人。想到这里，田岛那对藏在镜片后面的眼睛，立刻开始下流地转动起来。

舞厅、咖啡馆、候车室，没有，没有。全都是些丑得令人无法直视的女人。办公室、百货大楼、工厂、电影院、裸体剧场，这些地方同样没有。隔着矮墙往女子大学校园里偷窥、在某某小姐的选美比赛现场转悠，或是谎称见学，混进电影新人面试考场，没头没脑地寻觅，最后还是没有。

没想到，猎物突然出现在回家的路上。

田岛已经有些绝望了。当时是傍晚时分，他满脸忧愁地走在新宿站后的黑市上，连去找那些情人的心情都没有。光是想起她们，田岛都会觉得毛骨悚然。必须分手。

“田岛先生！”

背后突然响起的喊声，差点把他吓得跳起来。

“那个，请问您是哪位？”

“呀，真讨厌！”

声音刺耳，感觉像是乌鸦在叫。

“唉？”

田岛仔细一看，原来是个熟人。

这个女人是个黑市商人，不，就是个倒卖配给物资的。他和这个女人做过两三次交易，但对这个女人留下深刻印象却是因为她那乌鸦一样的声音以及可怕的蛮力。明明是个瘦小的女人，却能轻轻松松地背起十贯重的货物。她总是穿一身散发着鱼腥味、沾满着泥点的衣服和劳动裤，脚上套着长胶鞋，连是男是女都分不清，乍看上去简直像个要饭的。怪不得田岛每次和这个女人做完交易后，都会马上跑去洗手。

令人没想到的是，此时站在田岛面前的竟是个不得了的灰姑娘。她一身洋装尽显高雅的品位，不仅身材纤细，手脚也娇小可爱。二十三四，不，二十五六的样子，脸颊隐现淡淡的愁绪，梨花般幽微苍白，完全是个高贵优雅的绝色美人，根本想象不到这会是那个一口气能背起十贯重物的黑市二道贩子。

虽然乌鸦叫的声音让人觉得有些美中不足，但只要让她保持沉默就好了。

就这个女人吧。

行进（二）

俗话说，人靠衣裳马靠鞍，尤其是女人，仅仅是换了一身衣裳，就变成了另外一个人。或许女人本来就是妖物。不过，能像永井绢子这样变得如此彻底的女人也是少见。

“看来，真是赚了不少啊，这身打扮真高级。”

“哎呀，讨厌。”

她的声音确实难听，之前的高贵优雅什么的，瞬间灰飞烟灭。

“有件事我想拜托你。”

“你啊，抠门小气，就知道砍价……”

“不，不是生意上的事。我打算金盆洗手了。你还干着吗？”

“当然了，不干的话，就没饭吃了呀。”

话说得很粗俗。

“可你这身装扮，一点也不像干那活的呀？”

“毕竟我是个女人，偶尔也想穿得漂亮点，看个电影什么的。”

“今天是来看电影吗？”

“嗯。已经看完了。那电影叫什么来着，《足栗毛》……”

“是《膝栗毛》吧。一个人看的吗？”

“啊呀呀，干吗问这个，讨厌。和男人一起看电影，那才奇怪吧。”

“就是看中了你这点，我才想拜托你。能不能耽搁你一小时，不，三十分钟就够了。”

“不是坏事吧？”

“不会让你损失什么的。”

两人并肩而行，从他们身边走过的人当中，十个有八个会回头看。他们看的不是田岛，而是绢子。田岛虽然长得很英俊，但今天在绢子绝尘的气质下，他也只能甘拜下风。

田岛领绢子去了自己常去的那家黑市料理店。

“这里有什么招牌菜吗？”

“炸猪排很出名哦。”

“那就请我吃这个吧。我肚子正饿着呢。除了炸猪排，还有别的推荐吗？”

“这里的菜都挺不错的。只是，你到底想吃什么？”

“想吃这里的拿手菜，除了炸猪排，就没别的了？”

“这里的炸猪排跟别家不一样，分量很大哦。”

“真抠门。问你也没用，我自己去里面问问。”

这个女人一身蛮力，胃口惊人，却又是个货真价实的美人。无论如何不能让她跑了。

田岛喝着威士忌，一边恨恨地瞪着不管上多少都吃得一干二净的绢子，一边说起了他想拜托的那件事。

绢子埋头吃着，也不知道到底有没有在听。

“你会帮忙的吧？”

“真是个笨蛋，这完全行不通啊。”

行进（三）

对方出人意料的犀利言辞，让田岛栽了个跟头，但他还是说："是啊，正是因为完全行不通，才想拜托你。我现在真的没有别的办法了！"

"用不着这么麻烦。要是腻了，不再见面不就得了。"

"这种粗暴的事我可做不出来。对方这之后也许会结婚，也许会有新的情人。不管做出什么选择，使她们的心安定下来，是身为男人的责任。"

"呸！还责任呢。嘴上说着分手，实际上还是想搞暧昧。被我说中了吧？看你这张色眯眯的脸。"

"喂喂，你再这么失礼的话，我可要生气了。说话要懂点分寸才行。你看看你自己，就知道吃。"

"还没吃甘栗金团呢。"

"还吃啊？你不是胃扩张吗？还是去看看医生吧。从刚才开始你就一直在吃，差不多该停止了。"

"你果然是个小气鬼。这点东西对女人来说很正常啦。那些只吃了一点就说"哎呀，已经很多了"的大小姐，不过是想保持身材勾搭男人罢了。我可不管那么多。"

"那也差不多了。这家店可不便宜。你平时都这么吃吗？"

"开什么玩笑！别人请客的时候我才会这样。"

“既然这样，那你就敞开吃吧，不过我拜托你的事你得答应。”

“那样的话，会耽误我做生意的，少挣不少钱。”

“那部分我会另外支付。你平常赚多少，我就付你多少。”

“只要跟着你转悠？”

“是的。但是我有两个条件。在那些女人面前你不要说话，这个就拜托你了。笑一笑啊，点点头啊，或者摇摇头啊，最多到这种程度。另外，在那些女人面前你不要吃东西。只有和我单独在一起时，你怎么吃都没关系。但当着她们的面，你就只喝茶吧。”

“除了吃的，你确定会给钱吧？你这人太小气，我得先问个明白。”

“不用担心。我现在也是命悬一线啊。如果失败的话，就身败名裂了。”

“就是所谓的‘腹水一战’吧。”

“腹水？傻瓜，是背水一战！”

“呀，是吗？”

她满不在乎的口吻，让田岛咬牙切齿。不过对方确实是美，那种世间少有的气质，让人觉得她仿佛来自另外一个世界。

炸猪排、鸡肉薯饼、金枪鱼刺身、乌贼刺身、中华面、鳗鱼、什锦火锅、牛肉串烧、握寿司拼盘、虾肉沙拉、草莓牛奶，这些都吃完后，她居然还盼着甘栗金团。不会每个女人都这么能吃吧，还是说……

行进（四）

绢子所住的公寓位于世田谷一带，早上她通常要去做倒手生意，下午两点以后，她一般都很清闲。田岛于是和绢子约定，一星期一次，找个大家都方便的日子打电话约好在哪里碰头，会合后，两人再前往要分手的女人那里。

几天后，两人来到位于日本桥某个百货公司内的理发店，开始了首次行动。

前年冬天，追求时髦的田岛在闲逛时经过这家理发店，便进去烫了头发。店里的理发师青木小姐是位三十岁左右的战争遗孀。与其说是田岛引诱她，倒不如说是她主动靠近田岛。青木每天奔忙于筑地的宿舍与日本桥的理发店之间，收入勉强能维持生活。因此田岛开始资助她，如今在筑地宿舍那边，田岛和青木的关系已经人尽皆知。

但是，田岛却很少出现在青木工作的店里。田岛认为，像他这样出众的英俊男子经常出现在店里，肯定会妨碍青木的生意。

但这天，田岛却突然带着这样的绝色美人出现在店里。

“你好。”他先是略有些冷漠地打了声招呼，然后说道，“今天我把妻子带过来了，是从疏散地把她接回来的。”

这么一句话就够了。

青木长得眉清目秀，肌肤洁白柔润，可以说是个相当漂亮的女人，但和绢子一比较，就如士兵脚上的军靴和千金小姐脚上的银靴般有着天壤之别。

两个美人默默地点头行礼，青木的脸上露出了欲哭无泪的卑屈相。显然，胜负已分。

前面也说过，田岛对女人有忠诚的一面，他从没有对女人们说过“我是单身”这样的谎话。一开始，他就跟每个人坦白妻子疏散到乡下的事。而现在，妻子终于回到了丈夫身边。而且，他的这位妻子还是这般年轻貌美、高贵有礼的绝世美人。

在她面前，青木也只能欲哭无泪，别无他法。

“帮我妻子做一次头发吧。”田岛试图给对方最后一击，“都说不管在银座还是别的地方，都找不出像你这样手艺高超的理发师呢。”

这倒也不完全是奉承话。实际上，青木的手艺的确很不错。

绢子在镜子前坐下来。青木给绢子垫上披肩，解开绢子的头发。她的那双眼睛里，早已满是泪水。

绢子很平静，田岛却离开了座位。

行进（五）

做完头发后，田岛悄悄回到了理发店，把一叠一寸厚的纸币塞进青木雪白的上衣口袋，近乎祈祷般在她耳边低声说道：“Goodbye。”

那声音像是怜悯，又像是道歉，混杂着温柔而悲伤的情绪。

绢子默默地站起来。青木也没说一句话，只是安静地整理绢子的衣裙。田岛先一步跨出了理发店。

啊，分手真是让人痛苦。

绢子面无表情地从后面赶了上来。

“也不是那么好嘛。”

“什么？”

“头发啊。”

混蛋！田岛真想这样大骂绢子，但考虑到还在百货公司里，他只能忍耐。青木是绝不会说别人坏话的，也不会向他要钱，还经常给他洗衣服。

“这样就可以了吧？”

“是的。”

田岛只感到一阵无尽的寂寞。

“这种伎俩就被分手了，那孩子也真是没出息。长得不是挺漂亮的嘛，既然有那种姿色……”

“闭嘴！什么‘那孩子’，不许你这么失礼。青木可是个温顺的人，跟你不一样。总之，你给我闭嘴，一听你的乌鸦嗓，我都快要疯了。”

“哎呀，哎呀，真是对不起了。”

天啊，这说法也真够无聊的。此时的田岛真的要疯了。

田岛有种奇怪的虚荣心，每次和女人逛街，总是事先掏出钱包交到女人手上，付账的时候让女人出面，自己装作对钱毫不关心的样子。但到目前为止，还没有一个女人能够不经他同意而随意购物。

但是，这位嘴上说着“对不起”的女士却肆无忌惮地这样做了。百货公司这种地方到处都是昂贵的商品，她毫不犹豫地专挑那些东西。

“差不多了，给我停下吧。”

“果然小气。”

“你又要吃点什么了吧？”

“当然了，不过今天我会忍一忍的。”

“把钱包还给我。现在开始，花钱不能超过五千块。”

他现在已经顾不上什么虚荣心了。

“我才不会用那么多呢。”

“胡说，你已经用了。我看看剩下的钱就知道了。肯定已经花了一万以上了。之前请你吃的料理也不便宜。”

“既然是这样，那我们就到此为止吧，怎么样？又不是我愿意陪着你逛来逛去。”

根本就是威胁。

田岛一阵叹气。

蛮力（一）

但是，田岛原本也不是什么省油的灯。靠着帮人做黑市生意，田岛一下子就赚了几十万，仅凭这个，就足以说明他是个精明绝伦的人物。依照他的性格，是不可能被绢子这么戏弄还默不作声的。如果让他觉得这笔钱花得不值，他可不会心甘情愿地当冤大头。

你这个女人，狂妄什么，看我怎么玩弄你。

分手行动姑且暂缓。首先，他要把那个女人彻底征服，把她调教成一个恭谨、温顺、节俭的女人，之后再继续实施分手的计划。照现在这情况，他只会赔钱，不可能将计划进行下去。

制胜秘诀在于：不让敌人接近，而是深入敌境。

从电话簿上查到绢子所在公寓的地址后，田岛买了一瓶威士忌和两袋花生出发了。他想好了，肚子饿了就让绢子做点吃的，自己只管大口大口地灌下威士忌，之后再装作喝醉的样子，那么接下来，那女人就是自己的了。最重要的是，这一招可以省下在外住宿的费用，绝对划算。

田岛面对女人时总是自信满满，可现在居然想出这样不知廉耻、粗暴下流的办法。看来，的确是气昏头了。也许是绢子花掉了他太多的钱，导致他神经有些失常吧。

克制色欲这点就不必多说了，人如果对金钱过于执着贪婪，绞尽脑汁急于回本的话，下场也不会太好。

正是因为太憎恨绢子，田岛竟想出了这样毫无人性的卑鄙计划，结果险些丢了性命。

傍晚，田岛找到绢子世田谷的公寓。这是一栋老旧的、阴气十足的二层木质建筑。登上台阶，第一间就是绢子的房间。

田岛“咚咚咚”敲门。

“谁？”

屋里传来熟悉的乌鸦嗓。

门一打开，田岛大吃一惊。

屋里一片杂乱，还散发着阵阵恶臭。

啊，一塌糊涂。只见四张榻榻米大的房间里，榻榻米表面已经黑得发亮，还像海浪一样高低不平，两头的包边压根就看不到。整个房间堆满了她那些用来做黑市生意的用具，比如石油罐、苹果箱、一升装的酒瓶，还有包袱皮裹着的什么东西，像是鸟笼子一样的东西、碎纸屑，几乎没有下脚的地方。

“什么啊，是你啊，来干吗？”

绢子穿着田岛几年前见到她时就穿着的那种满是泥污的劳动裤，根本看不出是男是女。

房间的墙上，只贴着一张无尽会社的宣传海报，此外再也找不出任何装饰品，甚至连块窗帘都没有。这真是二十五六岁姑娘的房间吗？小小的灯泡发出昏暗的光，一片凄凉。

蛮力（二）

“我是来找你玩的。”田岛被前所未有的恐惧感包围，说话声不由得变成绢子一样的乌鸦嗓，“不过，还是下次再来吧。”

“肯定又有什么鬼算盘吧，你这人无利不起早。”

“不，今天嘛，真的……”

“你就不能爽快点吗？”

眼前这房间未免太吓人了。真的要在这种地方喝威士忌吗？啊，早知道，就买瓶便宜的了。

“我不是不爽快，你今天也太脏了吧，就不能弄得干净一点吗？”田岛一脸厌恶地说。

“今天我背了不少东西，所以有点累，你来之前我一直在睡午觉呢。哦，对了，有个好东西，要不要进来看看？便宜给你。”

看样子绢子有生意要跟自己谈。只要有油水，那就无所谓脏不脏了。田岛脱了鞋，挑了个榻榻米上还算过得去的地方，没脱外套便盘腿坐下。

“你喜欢吃干鱼子吧？喝酒的话。”

“最喜欢了。你有？请我吃吧。”

“那就赶紧拿钱来。”

绢子把右手毫不客气地伸到田岛的鼻尖前。

田岛厌恶地撇了撇嘴。

“看到你的所作所为，我感觉人生都变得虚无了。快把你的手给我收回去。干鱼子什么的，用不着。马才吃那东西。”

“都便宜卖给你了，你这个笨蛋。真的很好吃哦，这可是正宗货呢。别磨蹭了，快把钱拿来。”

绢子晃了晃身子，手却没有收回去。

不幸的是，田岛还真是非常喜欢干鱼子。喝着威士忌，就着这个下酒菜，什么都可以不顾。

“那就拿点吧。”

田岛一脸不快地将三张大钞放在绢子的手上。

“再拿四张。”

绢子面不改色。

田岛先是一愣，而后大吼道：“混蛋，给我适可而止吧！”

“真小气，你就不能痛快点？别跟买条鱼还要切一半似的。吝啬鬼。”

“好吧，那我就都买了！”

到了这地步，田岛终于爆发了。

“看好了，一张、两张、三张、四张，这样总行了吧！快把手给我收回去！你这个不知廉耻的家伙，真想看看你的父母到底长什么样。”

“我自己也想看看呢。要是看到他们，我就狠狠揍他们一顿。就这么扔下我不管，再新鲜的青葱也会马上蔫掉的。”

“我可没兴趣听你讲无聊身世。给我拿个杯子，接下来就喝酒吃鱼子吧。对了，我带了花生，给你。”

蛮力（三）

“咕噜咕噜”，田岛只用了两口，便喝干了满满一大杯的威士忌。

今天明明是打定主意要占到绢子便宜的，却反过来被她强卖了贵得离奇的所谓“正宗货”的干鱼子。绢子“咔嚓”几刀就把那一大块干鱼子全都切成小块，用肮脏的海碗装了一大碗，之后又撒上味精。

“请用吧。不用客气，味精就当请你的了。”

这么一大碗干鱼子一次根本吃不了，而且居然还撒上味精，简直是胡闹。田岛露出了痛苦的表情。哪怕用蜡烛把那七张大钞烧了，他也不会感觉这么惨痛。真是浪费，而且没有任何意义。

田岛欲哭无泪，从碗底夹起一块没有沾上味精的干鱼子，一边满心悲戚地吃着，一边战战兢兢地问：“你平时自己做饭吗？”

“想做的话也能做。只是嫌麻烦，不做罢了。”

“洗衣服呢？”

“别小瞧人。不管怎么说，我也是爱干净的人。”

“爱干净的人？”

田岛茫然地环视了一圈弥漫着恶臭的杂乱房间。

“这屋子本来就脏，根本收拾不出来。再说干我们这行，屋里免不了乱堆些东西，不管怎么整理，都是乱七八糟。给你看看我的壁橱吧。”

绢子站起来，“啪”地拉开壁橱。

田岛顿时惊呆了。

里面干净整齐，散发着金色的光芒，甚至还飘来一丝香气。衣柜、鞋柜、梳妆镜、行李箱，鞋柜上摆着三双娇小可爱的鞋子。也就是说，这个壁橱才是有着乌鸦嗓的灰姑娘的秘密乐园。

很快，绢子啪地关紧壁橱，在离田岛一段距离的地方，大大咧咧地坐下。

“打扮什么的，一个星期做一次就够了。我又不想勾搭男人，平时穿成这样就行了。”

“不过你那劳动裤也太惨了点吧，太不卫生了。”

“怎么不卫生了？”

“臭啊。”

“假装高雅可不行。你还不总是一身酒臭？难闻死了。”

“那就是说，我们臭味相投啦！”

随着酒劲一点点上来，眼前这杂乱的房间、穿得像乞丐一样的绢子，对田岛来说都不那么重要了。此刻，他想要做的，就是实施来之前制订的计划。

“就像欢喜冤家一样呢！”

这种挑逗方式并不高明。但男人在这种场合，即便是大人物或者大学者，也会说出这种愚蠢的话来勾搭女人，而且常常大获成功。

蛮力（四）

“能听见钢琴声呢。”

田岛故意眯着眼睛，侧耳听着远处传来的广播声。

“看你一副音痴脸，你还懂音乐呢？”

“笨蛋，你不知道啊，我可是音乐通。名曲的话，我能听上一整天。”

“那这是什么曲子啊？”

“肖邦。”

田岛信口胡诌。

“是吗？我还以为是越后狮子物的音乐呢。”

两个音痴之间的对话，一点都让人提不起兴致，田岛赶紧换了话题。

“你以前也和什么男人谈过恋爱吧？”

“尽说些蠢话，我才不像你那么淫荡呢。”

“说话注意下你的用词，真是下流胚。”

田岛突然有点不高兴，便又大口喝起威士忌。这么看，今天可能是没戏了。可就此打了退堂鼓，又有损于英俊男子的名誉，无论如何，都要坚持到底，取得胜利。

“恋爱和淫荡根本是两回事啊。看来你什么都不懂，让我教教你吧。”

田岛嘴里说着下流话，但自己都觉得不寒而栗。这样下去可不行，虽然时间还早，但还是装作喝醉睡了吧。

“啊，醉了，醉得厉害。让我在这睡一下吧。”

“不行！”

绢子的乌鸦嗓怒吼起来。

“当我傻啊，你那点把戏我早看透了。要在这里过夜也行，拿五十万，不，拿一百万来。”

这下，田岛彻底失败了。

“你用得着这么生气吗？我喝醉了，才想在这稍微……”

“不行，不行，快滚回去。”

绢子起身打开房门。

田岛黔驴技穷，只好使出最卑劣的手段。他猛地站起来想要抱住绢子。

只听得“咣”的一声，田岛脸上被狠狠揍了一拳，他发出嗷的一声怪叫。一瞬间，田岛猛地想起绢子是个能轻松背起十贯重物的大力士，不禁全身战栗。

“我饶不了你，臭小偷！”

田岛胡乱地叫喊着，赤脚奔到走廊。

绢子平静下来，关上门。

不一会儿，门外响起田岛的声音：“抱歉，那个，我的鞋……另外，要是有细绳之类的东西，拜托借给我，眼镜腿坏了。”

作为英俊男子，田岛遭遇到了从未有过的奇耻大辱。他用绢子施舍的红绳绑住眼镜腿，再挂到两耳上。

“太感谢了！”

田岛自暴自弃般地嚷着。下台阶的时候，他中途一脚踩空，又尖叫了一声。

冷战（一）

田岛无比心痛在绢子身上浪费的钱财，他还从没做过这样的赔本买卖。不管怎样，一定要把成本收回来。可是那家伙一身的蛮力，胃口出奇的人，而且特别贪婪。

天气渐渐转暖，很多花都开了，田岛却陷入了深深的忧郁中。

从那个彻底失败的夜晚算起，已过去了四五天。田岛新配了一副眼镜，脸上的肿胀已经消退。他拨通了绢子公寓的电话，这次准备尝试一下心理战。

“喂，我是田岛，上次我喝得太多了，哈哈哈……”

“单身女子总会碰到各种各样的事，生气也没用。”

“那之后我考虑了很多，最后还是想和那些女人分手，买间小房子，把妻子从乡下接来，重建一个幸福家庭。你说，这种事在道德上是坏事吗？”

“你说的话真让人摸不着头脑。但男人都一个德行，只要手里有点钱，就会打这种算盘。”

“是吗？所以这是坏事吗？”

“很好啊。看来，你是攒了很多钱吧？”

“不要开口闭口都是钱嘛……从道德上，也就是说从思想上，你怎么看这个问题。”

“你的事，我什么看法都没有。”

“嗯，确实是。不过，我觉得这是件好事。”

“那不就行了吗？我要挂电话了。这种废话，真烦。”

“但是对我来说，这可是事关死活的大问题啊。我真的觉得人还是要讲道德的。帮帮我吧，拜托你帮帮我。我真的想做点好事。”

“你可真奇怪，不会是又想装作喝醉的样子，干什么坏事吧？我可不会上当。”

“你别取笑我了。人哪，其实本性都是善良的。”

“我可以挂电话了吧？没别的事了吧？我刚才一直憋着尿呢，急得直跺脚。”

“等一下，请你稍微等一下。我一天给你三千块怎么样？”

心理战突然转为金钱诱惑。

“饭也请我吃吧？”

“这个就饶了我吧，最近我的收入少了很多。”

“没一万，就算了。”

“那就五千吧。拜托了。这可关系到道德问题。”

“我要尿了，饶了我吧。”

“五千块，拜托了！”

“你呀，可真是个笨蛋。”

电话那头传来咯咯的笑声，看来，是答应了。

冷战（二）

既然这样，那就必须最大限度地利用绢子。除了一天给她五千块，哪怕是一片面包、一杯水也不会招待她，如果不狠狠地使唤她，可就亏大了。温情是大忌，只会自取灭亡。

田岛曾被绢子揍了一拳，发出奇怪的叫声，这反倒让他有了主意，决定好好利用绢子那一身蛮力。

他的情妇中，有个名叫水原惠子的人，不到三十岁，是个水平一般的画家。她在田园调布租了个有两间房的公寓，一间是起居室，另一间是画室。

有一天，这位水原小姐拿着某位画家的介绍信来到《方尖碑》编辑部，红着脸，战战兢兢地问能不能让她为杂志画一些插画时，田岛觉得她的样子很可爱，当即决定资助她。惠子性格温和，不爱说话，爱哭鼻子。不过，她哭的时候，绝不会发疯似的哭号喊叫，而是像小女孩一样啜泣，招人怜爱。

但是，有一点非常棘手。惠子有个哥哥，曾在满洲当过很长时间的兵，从小蛮横，长得人高马大。田岛第一次听惠子说起她哥哥的时候，心里就觉得有些不妙。显然，惠子这个身为军曹还是伍长之类的哥哥，对田岛这样的人来说，是一种不祥的存在。

惠子的这个哥哥最近从西伯利亚回来了，一直住在她的公寓里。

田岛因为不想见到那位哥哥，所以想把惠子叫出来。他给惠子的公寓打去电话。

“我是惠子她哥哥。”

说话的声音非常有力，不难想象对方是个彪悍的男人。他果然在家。

“我这边是杂志社，想找水原老师谈谈插画的事……”

“不行。她感冒了，正睡着呢。工作的事，最近就免了吧。”

真不走运。想把惠子叫出来，看样子是不可能了。

但是，仅仅因为害怕她哥哥，就这么拖着不和惠子分手，这样的行为，对惠子来说也很失礼。既然惠子如今因为感冒而卧病在床，加上回国的哥哥又赖着不走，经济上肯定很拮据。或许现在正是个好机会。上门去探视病人，说点安慰话，然后悄悄塞点钱，就算是当过兵的哥哥，也不可能出手打人吧？说不定比惠子还感谢自己，想要握手呢！就算万一他要动粗，就躲到有着一身蛮力的绢子身后。

这是百分之百让绢子人尽其才。

“你听着啊，虽然我认为应该没什么问题，但那里有个粗野的男人。如果他动手的话，就请你帮忙制服他。不用担心，那家伙看上去很强壮，其实很好对付。”

不知不觉地，他在绢子面前，变得彬彬有礼。

（未完）

（此处未完为太宰治原文所载，太宰写到这里之后便结束了生命）